长篇惊悚小说

Changpian Jingsong Xiaoshuo

都市诡话

3

流转千年的索命诅咒，如何打破？
笼罩都市的恐怖暗影，怎样挣脱？

董　协◎著

二十一世纪出版社集团
21st Century Publishing Group

图书在版编目（CIP）数据

都市诡话.3 / 董协著. -- 南昌：二十一世纪出版社集团,2015.8

ISBN 978-7-5568-0701-7

Ⅰ.①都… Ⅱ.①董… Ⅲ.①长篇小说—中国—当代 Ⅳ.① I247.5

中国版本图书馆 CIP 数据核字 (2015) 第 115360 号

都市诡话.3　　董 协 著

责任编辑　张 宇
出版发行　二十一世纪出版社集团
（江西省南昌市子安路75号　330009）
www.21cccc.com　cc21@163.net
出 版 人　张秋林
经　　销　新华书店
印　　刷　北京建泰印刷有限公司
版　　次　2016年7月第1版　2016年7月第1次印刷
开　　本　710mm × 1000mm　1/16
印　　张　20
字　　数　250千
书　　号　ISBN 978-7-5568-0701-7
定　　价　35.00元

赣版权登字—04—2015—233

[目录]

第 01 章　鬼眼宗 ……………………………………………… 1
第 02 章　七个恶鬼 ………………………………………… 20
第 03 章　遗忘的世界 ……………………………………… 42
第 04 章　校园吃人魔 ……………………………………… 61
第 05 章　老师的噩梦 ……………………………………… 82
第 06 章　谁是鬼姊妹…………………………………… 101
第 07 章　面具怪谈……………………………………… 121
第 08 章　怪婴骸骨……………………………………… 141
第 09 章　亡灵饭店……………………………………… 163
第 10 章　巫女的选择…………………………………… 185
第 11 章　妖孽之子……………………………………… 200
第 12 章　千年怨咒……………………………………… 219
第 13 章　阿静最后的秘密……………………………… 238
第 14 章　鬼水岛的前世今生…………………………… 257
第 15 章　凶冥空间的对决……………………………… 275
第 16 章　死报灵诞生…………………………………… 297

第01章
〔鬼眼宗〕

润暗家的隔壁，最近搬进来了一家人。

隔壁原来的房主因为急于移民，把房子低价卖出去了，新住户是一位母亲和两个孩子。那位母亲看起来三十多岁，似乎是离婚了，自己带着孩子，孩子是一对兄妹。

他们搬来的第二天，那位母亲就带着两个孩子来拜访邻居。

“您好，我是住在你们家隔壁的范茵，我们刚搬来这个城市，以后请多多关照。小夏，小雅，快跟叔叔阿姨打招呼啊……”

那个男孩看起来顶多十岁，表情很僵硬，直勾勾地看着润暗和阿静，一句话也不说。妹妹则一直低着头，紧紧抱着一个洋娃娃，连长相都看不清楚。

“小夏，你怎么了啊？怎么都不说话？”范茵急了，不断催男孩开口说话，但他还是一言不发。

而那个女孩，不仅不说话，头还很怪异地左右摆动，甩动起一头长发。

他们这种奇怪的态度，让润暗有点儿摸不着头脑，他觉得这兄妹俩都有些奇怪，尤其是那个男孩。

不过，润暗只是想了一下，就把这件事忘在脑后了，他要考虑的事情太多了。

玲消失了。那是一周以前的事情了。

当润暗赶到玲的公寓时，原本应该是她家房门的地方，却变成了一堵墙壁！

润暗问遍了住户和管理员，没有一个人记得玲。玲从这个世界上彻底消失了。

恐怕，只有进入过玲的家——那个被侵入了的空间的人，还能保留玲存在过的记忆了，就和诺索兰公司消失的情况一样。

那张DVD里说，当最后一个被诅咒者消失之后，自己也会完全遗忘那些人。如果，最后不仅会失去阿静，甚至还会彻底忘记关于她的一切……这对润暗来说，是比自己死去还要不能接受的事情。

最近，润暗的新作品在"冥府之门"网站独家连载，他甚至低价把以后所有作品的电子书版权卖给了这家网站。润暗只提了一个条件，就是"冥府之门"要把历年及以后有关灵异现象的全部资料给他。

于是，润暗得到了五代十国时期的关于鬼眼的资料。公元907年至960年的五代十国是一个混乱分裂的时期，五代是后梁、后唐、后晋、后汉、后周，十国是前蜀、后蜀、吴、南唐、吴越、闽、楚、南汉、南平和北汉，多数是在南方的割据政权。而鬼眼的传说，就是在南方地区的十国传出的。

鬼眼传说最早出现在一个道士撰写的《异述经》里。《异述经》是一部类似《聊斋志异》的短篇笔记，记录了一些奇谈怪事，不过没有完整版本流传下来。其中有一个故事，一个书生夜宿庙宇时，遇到了一个紫色眼睛的女子，书生谨遵礼教，一直和女人保持距离。几天后，书生回到家乡，他不断看见各种幻象，最后七窍流血而死。书生临死前，对家人提起了那天遇见的女子，那妖异的眼睛就是最初的鬼眼传说。现在看来，那个女子拥有的应该是幻视鬼眼。

后来，与鬼眼有关的民间传说多了起来，南宋末年，一些宗派把拥有鬼眼的人奉为魔神，还有过一个鬼眼宗。

鬼眼宗的兴盛是在元朝初年，因为是秘密宗派，所以记载极少。七种鬼眼的名字就是由这个宗派命名的，这个宗派的宗主就是一个有阴阳鬼眼的人。

这个宗派有一个奇怪的教义，就是把七视之为极度不详的恶兆。而七正是鬼眼的种类数字，极度信奉鬼眼能力的宗派，本应视之为吉兆才对，却恰恰相反。据说是因为，七种鬼眼是和七个转生的恶鬼相对应的。七个恶鬼就是鬼眼背后的秘密吗？

阿静的病基本好了，只是偶尔会头晕、咳嗽。在分析过“冥府之门”所有灵异资料之后，她猜到了鬼眼消失的原因——那七个恶鬼现身了！

如果能找到那七个恶鬼，或许就能重新找回鬼眼能力。而琉璃是找到七个恶鬼的关键人物。

当然，这也可能是宗派散布的谎言。但是，润暗经历过那么多灵异现象，早就不再信任所谓常识了，而在常人看来荒诞、无法理解的事情，对他来说才是这个世界的常态。

“咳，咳……”阿静又咳嗽起来。

“你没事吧，阿静？”润暗关切地问道。这时，电话铃响了。

润暗接起电话，还来不及说“喂”，“冥府之门”的记者明华睿急切的声音就传了出来：“伊先生吗？大事件啊，发现了两具溺死的尸体！”

“溺死的尸体？”润暗有些疑惑，这和灵异有什么关系？

“是很怪异的溺死。那两具尸体，都是在根本不可能接触到水的地方溺死的。”

润暗一惊，忙问道：“在什么地方？”他忽然想到了一件事情，“死者的名字是……”

“一个叫罗志龙，另一个叫张远志。”

润暗问了这两个名字的写法，发了一条短信出去。他是发给诺索兰公司的开发部部长和技术分析部部长——路深槐和宗蒿霖的。如果他们对这两个名字有印象，那也就是说，这两人和玲一样，都是诺索兰公司的员工，因为待在高宁市而逃过了一劫。

润暗很快就收到了回复：没错，这两个人以前都是公司的职员，罗志龙还曾经是我的心腹。

“志龙，你怎么看?”元丰看着监视屏幕上的三个正在异度时间楼层里快速长大的克隆孩子，问身边的助理罗志龙：“虽然铁慕镜的资质是最强的，但我感觉公孙愿姬的潜力更大。她虽然可能不是灵异体质，但是她有惊人的洞察力，可以培养成有智谋的人才啊。”

克隆人和本体的差异，有时比双胞胎更明显。公孙愿姬就是这样。

“愿姬这个名字是你起的吧，元丰?”罗志龙也看向屏幕，恬静的愿姬正专心地看着书。

“嗯，因为她的本体叫公孙唯晶——唯晶的亲生父亲姓公孙，简是继父的姓——所以也姓公孙，而愿姬这个名字，是希望她可以实现我们的愿望。”

人类对生死、宇宙、灵魂的谜团，充满着好奇和探索的渴望。诺索兰家族研发克隆技术的初衷，就是想通过肉体的复制来延续生命。当他们从超自然领域了解到鬼魂的存在后，又期望通过对灵异体质的研究，创造出真正不死的生命，实现人类千古以来最高的梦想。

铁慕镜此刻虽然也在看书，但是他的目光却一直没离开过愿姬。愿姬超凡脱俗的美丽，无时无刻不在吸引他。

“愿姬……你的手，好了吗?”铁慕镜没话找话地问道。

上一次，愿姬的手在黑暗中被什么东西咬伤了，还好伤势不是很重。在这个时间快速流动的楼层内，伤口也会好得很快。

愿姬抬起头，嘴角微微一抿，说道：“好得差不多了，只要不影响我画画就行了。”她放下书，忽然问道：“你喜欢我，对不对?”

铁慕镜的心狂跳起来。“我……”他的脸红了，不知该怎么回答。

“可是，我只是克隆人。如果有一天，你见到我的本体的话，会不会更喜欢她呢?毕竟，我只是‘仿冒品’而已。”

“不会的!”铁慕镜猛摇头说，“任何人也替代不了你，愿姬！无论是谁，即使是你的本体也一样！”

“是吗？人心是最难了解和相信的。”

“真的……我发誓，愿姬……”铁慕镜热切地说，“我绝对不会爱上你以外的任何人！”

“那好，慕镜……要记住你的誓言哦。”愿姬站起身，走到慕镜面前，吻住了他的双唇。

铁慕镜简直不敢相信这是真的。

当愿姬再睁开眼睛时，她的眼里含着泪珠。

“太好了……慕镜，你认为我……我是无可替代的人……我也爱着你，一直一直都爱着……你不要违背今天的誓言，否则，即使我死了，我也不会原谅你……”

铁慕镜的回忆被唯晶的话打断了。“慕镜，润暗发来了短信，我们走吧，又有新的被诅咒者死了，而且是诺索兰公司的人！”

与此同时，润暗的邻居，那对小兄妹中的哥哥——李睦夏，正孤零零地坐在墙角，双眼空洞地盯着前方。

墙壁上忽然出现一个黑色小点，接着，那个黑点变成了一个黑环，飞速旋转起来，化成一个漩涡，最后占据整面墙壁，变成了一扇门。

“又来了……”李睦夏狠狠甩着头，当他再度看向墙壁时，什么都没有了。

幻觉发作的频率越来越高了。李睦夏回想起刚才见到的那个男人，他不是第一次见到。

那天，他和母亲、小雅一起去地产中介公司，那个男人和一个女人正从里面走出来。他们擦肩而过，那个男人记不得他了。没想到，现在他们居然成了邻居。

他永远也无法忘记，当自己的目光和那个男人相对时，看到了……一双妖异的紫色眼睛……

直到现在，元丰还清清楚楚地记得那个叫闻紫魅的女人的话：“你们遭到了诅咒。如果想继续活下去的话，必须听我的安排。”她要求他们尽可能不去任何有钟表的地方。

诺索兰公司是以根本不存在的楼房为基础建造的虚无空间。如今的高宁市，已经被这个虚无空间完全入侵了，成为时空错乱的地带。但是，那个女人和他们失去了联系，而现在，罗志龙死了。

几个小时以前，元丰去了罗志龙家，想和他商量接下来该怎么办。罗志龙是以前公司开发部部长路深槐的秘书，自从那个叫公孙愿姬的克隆人被杀害以后，他也感觉到，那个建筑物中的诡异感变得更加强烈了。

元丰刚跨进罗志龙家里，还来不及打招呼，就看见眼睛里布满血丝的罗志龙神经质地对他咆哮着：“我不要死……我不要死啊！”

“我也不想死。”元丰关上门，说道：“闻紫魅也许已经遭到不测了。这个诅咒的确存在，我们就是接下来要轮到的人。”

以实验为目的制造克隆人的这种行为，当时身为公司技术总监的元丰也有过道德角度的顾虑。但是使用克隆人来做试验，是研究灵异体质和遗传基因之间关系的最佳手段。如果能找出规律，就可以量产出具有灵异体质的人类。

这是报应吗？因为他们颠覆伦理的做法，公孙愿姬即使死了也不能原谅他们，也不奇怪。如果那时自己不是正好来到高宁市，现在就会消失得无影无踪了。到底该怎么终结公孙愿姬的诅咒？

元丰已经有了打算：“我们要找到公孙愿姬的遗体，让她入土为安，这样或许可以终结诅咒。所以，我们必须找到公孙涯！”

公孙涯是唯晶的亲生父亲，他是一个宗派的信徒。

罗志龙说道：“那个宗派叫鬼眼宗吧，是南宋创立的很古老的宗派了。我记得，简唯晶之所以在幼年期就表现出特异体质，就和她父亲信奉那个宗派有关系。”

“是的。”元丰说道，“公孙涯原来是一个民俗学者，在研究古代民间传说时接触到鬼眼宗，就很虔诚地信奉了。那个时候，简唯晶还没有出生。他的家里挂着一幅卷轴，上面画了一只巨大的、可怕的眼睛。那只眼睛……”

“是紫色的。”

“嗯，简唯晶出生之后，公孙涯让她每天都看着那只眼睛。听说，那幅卷轴是鬼眼派的第一任宗主画的‘阴阳鬼眼’，这个鬼眼里灌注了灵异的恶咒。留存到现在的画一共有十二张，公孙涯能够拥有这幅画，可见他的地位很高。”

因为受到卷轴中的恶咒影响，唯晶在还是婴儿的时候，就开始表现异常。她经常会露出婴儿不该拥有的表情，比如憎恶。当她露出这种表情时，她的母亲隋云希感到很惊恐。但公孙涯还是让唯晶继续看那幅卷轴。后来，隋云希再也无法忍受公孙涯不可理喻的做法，和他离婚了。

愿姬死后，公孙涯联系了公司，要求取回愿姬的遗体，当时元丰答应了。因为，他很害怕死去的愿姬的怨恨！

“但是，我们怎么找到公孙涯？如果他不在高宁市的话，”罗志龙想到这一点就很害怕，“我们就无法找到他了！”

高宁市是禁锢着所有被诅咒者的一个笼子，他们所有人都不会产生离开高宁市的想法，即使知道待在这里一定会死。

“他应该就在高宁市，鬼眼宗就在高宁市活动。”

他们不知道公孙涯住在哪里，所以要先去找隋云希询问，二人虽然离婚了，也许还有联络。

“我联系了远志，等一会儿他就开车来接我们，一起去找隋云希。”因为他们不能戴表，只能大概估计时间。

“你怎么了，志龙，出那么多汗？”

现在是一月，气温只有十几度，可是罗志龙的脸上不断渗出大滴的汗珠。即使是很紧张，也未免出汗太多了，他就像刚洗完脸一样。

还不等罗志龙反应过来，他衬衫上的前胸部位出现了一大片水渍，而且不断扩大到全身……

元丰无法置信地看到，罗志龙张着嘴，却发不出任何声音，更多水从他身上流出来，地板上已经积了一大摊水。

“志龙……你，你到底怎么了？”

罗志龙看起来很痛苦，他的脸憋得紫青，一把抓住元丰，拼命地想说话，却无论怎么努力也发不出声音来。

元丰解开了罗志龙的衬衫纽扣，想寻找那些水的来源。他的身体已经完全被水浸湿了，水还在不断地往外淌，就像是从他体内分泌出来的一样。

“这……这是什么怪病？不，难道……这就是诅咒？”

罗志龙的脸完全没有了血色。他停止了呼吸。一个大活人，居然就这样莫名其妙地死了！地板上的水，已经积了两厘米！

元丰结束了自己的回忆，在他的眼前，站着一个俊朗的青年和以前公司的开发部部长路深槐。

“我向你介绍一下，元总监……不，元先生。”路深槐指着润暗说道：“这位是伊润暗先生，他了解很多关于灵异现象的事情，对于你的诅咒，他也知道得一清二楚。”

直到现在，元丰还很难从几个小时前的恐怖场景中回过神来。这个诅咒降临得毫无预兆，连没有反抗的余地都没有！就在志龙死去时，他过去的得力助手张远志也死了。他们的死因是相同的——溺死！但是，一个人怎么可能在没有水的环境中，莫名其妙地溺死？

当时元丰完全懵了，直接逃离了罗志龙家，没有报警。他想起了灵异网站“冥府之门”，就和他们联系了，希望能得到一个合理的解释。

现在，元丰坐在“冥府之门”的办公室里，这里的人完全相信他的话，也进行了核实，溺死的两个人已经被发现了。

即使是有形的鬼魂，润暗也根本不可能对付得了，更何况是无形的威胁？这和唐英瑄受到的虚像诅咒一样，根本没有任何办法逃开！

“你知道诺索兰公司还有多少活下来的人?”润暗打算集中所有被诅咒者，再拟定对策。

“算上我，还有五个人。”元丰又对路深槐说：“路部长，嗯，我习惯了这么叫你，你有没有见过简文烁和隋云希呢？我必须找到简唯晶的亲生父亲公孙涯！因为……公孙愿姬的遗体，就在他那里!”

那个因为信仰鬼眼而疯狂的男人……不可能让自己的女儿得到安息！而他们必须好好安葬公孙愿姬，才能够终结这个诅咒！这就是元丰的想法。

当然，润暗知道，这是不可能的。这并不是源于公孙愿姬的诅咒，而是来自整个异度空间的恐怖威胁。

“爸爸他在哪里，我也不知道。”一个轻柔的声音从门口传来，三个人都看了过去。

元丰整个人蹦了起来，立刻蜷缩到墙角，眼睛瞪得大大的，喊道：“愿姬!”

他看到的，是唯晶，而他以为她就是化为厉鬼的愿姬。

“不是的，我不是愿姬。”唯晶正要解释，她身后的一个英俊青年也引起了元丰的注意。

“铁慕镜?”

铁慕镜看着这个昔日研究他们的男人，眼神马上冰冷了起来。

“你刚才说……愿姬的遗体……在唯晶的父亲那里?”不知道愿姬遗体的下落，一直是铁慕镜的遗憾，这个遗憾终于有希望弥补了。

一阵凛冽的风吹来，阿静又是一阵剧烈的咳嗽。她不想待在家里等消息，就打算去宗蒿霖家，反正也不远。她现在很害怕一个人待在家里。

润丽今天出去找琉璃了，家里的寂静让阿静非常恐慌。阿静没想到，自己原来如此恐惧。

在一个十字路口，一辆豪华的轿车忽然停在阿静面前。

“打算去哪里？要不要我载你一程，任静小姐？”

阿静睁大眼睛，不敢置信地看着摇下的车窗里那张清秀的面孔。

“怎么了？不认识我了？”

“我怎么可能忘记你呢。”许多回忆立刻涌上阿静的心头，“我们已经有三年没见了，伯绍。”

“这么说……闻紫魅真的死了？”虽然已经有了心理准备，元丰听到这个消息时还是很诧异，她可是半人半恶灵体质的鬼眼能力者啊！

“她的确死了，是约翰亲眼所见的。”路深槐正开车载这些人去简家，希望简文烁能有公孙涯的消息。找到公孙涯，不光是为愿姬的遗体，更重要的是鬼眼宗的线索。

润暗的打算是，要拿到那幅被施了恶咒的卷轴。必须得到它！不惜一切代价和手段！他一定要让阿静活下去，任森博没能做到的事情，他会继续下去！

简文烁这段时间苍老憔悴了很多。这一连串打击，不是常人能够承受的。亲生女儿和妻子接连死去，就连唯晶也无法幸免于诅咒。因为他和唯晶没有血缘关系，所以可以逃脱这个诅咒。但是，失去了所有亲人，即使自己能够活下去，又有什么意义呢？

这一切灾祸，都是诺索兰公司造成的。所以，当简文烁看到元丰出现在自己面前时，心里有说不出的憎恶。但是，他必须去帮助他们。因为，只有在唯晶的诅咒日期到来之前打破这个诅咒，才能救得了他的最后一个亲人。

阿静对着久别重逢的男子轻轻摇头说：“今后我们没必要再见面了。我会靠自己的力量生存下去。”

在她转身要离开的时候，男子打开车门喊道：“董事长都知道了！关于鬼眼，还有……你身上的诅咒。”

阿静站住不动了。

“而且，他现在已经到国内来了。”

阿静紧咬住嘴唇。

“他想和你见一面。现在他住在皇冠酒店的……”

“够了！”阿静的眼中充满悲凉和愤怒，她没有回头，冷冷地说：“那个人，和我没有关系。从小到大，我和他见面不超过三次。就连妈妈的葬礼，他都没有出现！他现在想见我？是可怜我吗？还是想减轻他的罪恶感？我没有义务去见他！而且我也不想再见到你！”

“听我说，任静小姐。”男子走到她面前，耐心地解释道：“无论如何，请你去见董事长一面。他会告诉你，当初他反对你父亲和你母亲的婚事的原因。董事长他，比任何人都要害怕你父亲那双紫色眼睛。”

“你到底想说什么？”

“大概在一个月前，董事长开始做噩梦，并且经常产生幻觉。在梦和幻觉里，他看到的都是一群长相奇怪的婴儿和一扇黑色的门。他一直害怕被你父亲的眼睛凝视……在他的眼里，你父亲……”

“带我去见他。”阿静妥协了。

“公孙涯在哪儿，我也不知道。”简文烁说道，“云希和公孙涯离婚后，就很少有联系，我只见过他两次。他后来也没有要求见唯晶，而且他早就不住在原先的地方了。不过，我会设法帮你们查出来。”

“简先生……”元丰心里很愧疚，他知道，对于简文烁来说，自己是不可原谅的罪人。“真的，很对不起……”

“你们先回去吧，有消息我会联系你们的。”

皇冠酒店十二层。

电梯门打开的时候，阿静犹豫了一下才跨出去。她的心里很不安，在来这里的路上，她反复问了自己很多遍，真的要见那个人吗？可是，她还是不由自主地跟着孙伯绍来了。

孙伯绍走在前面引路，到了一个房间的门前，打开了门。

“董事长，我带任静小姐过来了。”

这是一个豪华套房，中间有两组相对的真皮沙发，沙发上坐着一个看起来有五十岁的男人。

阿静知道，他实际上有六十多岁了，不过他保养得很好，几乎看不到有白发。

“你先出去吧，伯绍。”

孙伯绍点了点头，轻轻地走出去，把门关上。

阿静看向那个她应该熟悉，但又非常陌生的人。此时的老人和蔼慈祥，和她印象中那个不可亲近的样子完全不同。

“终于又见到你了，阿静。”老人笑吟吟地站起来，阿静却嫌恶地说：“别叫得那么亲近！还有，不要靠近我！”

她在老人对面的沙发上坐下。

“你果然还是无法原谅我。”老人叹了一口气，坐回沙发上。

阿静看到了他眼中的落寞和无奈，但是，她并不同情他。

“你和你妈妈真的太像了……我就像又看到了她。”老人感慨地说。

阿静讥讽地说：“直到妈妈死了，你都不肯原谅她和爸爸，不是吗？你后来为什么要调查我的事情？”

“阿静！毁掉我和你妈妈父女情的人不是我，而是你爸爸……那个不折不扣的恶魔！”老人急着替自己辩解，这让阿静更加无法接受。

“就因为爸爸那双鬼眼吗？不是的，杀害妈妈的是一个无法抗拒的诅咒，不是爸爸造成的！”阿静愤怒道。

“不是这么回事。你先听我说，阿静。在你妈妈没有出生以前，我就已经知道，将来会有一个恶魔出现在我面前，他会毁掉我的人生，也会毁掉你妈妈。”

“这……这是什么意思？”阿静呼吸急促地问道。

“那一天，我让你爸爸来家里为灵秀治疗的时候，我就后悔了。当我看到他的那双鬼眼，我就知道……那个恶魔，看见我了……隐藏在那扇黑色的门后面的恶魔……看见我了！”

阿静心里升起很大的恐惧。从她了解灵异现象的存在到现在，还从没这么恐惧过。父亲的眼睛……一直在自己体内的那扇门……自己被那扇门选中，是从一开始就注定了的吗？

“我一直对那双紫色眼睛很恐惧。”老人说道。

“外……外公……”阿静艰难地叫出了这个对她很陌生的称呼。

阿静出生的时候，她的父亲和母亲已经在国内了。阿静渐渐长大了，也一点点知道了，母亲义无反顾地抛弃一切和父亲在一起，但母亲以为，总有一天，他们的婚姻、他们的孩子会被她的家族接受。阿静也盼望着那一天的到来。

阿静五岁的时候，母亲带着她回过一次娘家。那个时候，母亲说，要让外祖父见一见自己的外孙女。但是，外祖父却冷冷地把母亲拒之门外，他对母亲说，除非她离开父亲，否则他永远不会让她回家。

从那时起，阿静就怨恨外祖父了。她觉得外祖父是一个没有温情、很冷血的人。之后的十几年里，母亲又带着她回了好几次娘家，每一次得到的答复都一样。外祖父无论如何也不愿意接受她们。

阿静几乎记不得外祖父长什么样了，倒是对伯绍的印象比较深。他是母亲家族的大总管，他的父亲是前任大总管，他很能干，深得外祖父的信任。那几次外祖父不让母亲进门，住宿和订回程机票，都是伯绍帮母亲安排的。

三年前，母亲去世后，也是伯绍代表家族的人出席葬礼，并在父亲失踪后，受外祖父之命帮她置办了那栋房子。

这时，阿静的外祖父用手挡住了自己的眼睛，在拨弄什么。随后，他露出了……一双紫色的眼睛！

阿静倒吸了一口凉气。

“你放心，这双眼睛并不是鬼眼，只是紫色的而已。我一直戴着隐形眼镜。”

阿静刚想开口问，外祖父接下来的话更令她震惊。

“我一直恐惧和我同样有紫色眼睛的人出现。因为我知道，那双眼睛的背后，是一个诅咒。那个诅咒把那双眼睛带到这个世界，想要看到我们……他们想要找到我们，然后把我们全部杀死……”

元丰在公路上开着车。今天他本来要和志龙、远志一起去拜访那个人的。这件事情，他连润暗都没有告诉，因为这是那个人的要求。他本来打算和志龙说这件事，可他还没有说，志龙就已经莫名其妙地死了。

昨天晚上，元丰接到一个男人的电话。那个人没有说明自己是谁，只是说，想告诉他们一些关于鬼眼的事情，第二天下午在皇冠酒店的1206号房面谈。

元丰之所以决定去，是因为那个人告诉他，这些事情是和鬼眼宗传说中的“七个恶鬼”有关的线索。

阿静看着外祖父那双紫色的眼睛，无论如何也难以相信，如果那不是鬼眼，怎么会如此诡异？

“这双眼睛，带给了我很大的痛苦和恐惧。”外祖父说到这里，忽然问道：“你妈妈和你说过吗？我从来都不照镜子的事情？”

“好像有提过这件事……”阿静想起母亲的确说过。

外祖父重新戴上隐形眼镜。

“我很害怕看到这双眼睛。我的父母的眼睛都不是这样的。我不明白为什么我会这样。不过，这只是一双普通的眼睛，我害怕的，似乎是隐藏在这双眼睛背后的一种强烈怨念。”

阿静觉得，外祖父此时看起来，一点儿也没有冷酷的样子，反而有些可怜。作为一个叱咤风云的大家族的当家人，却害怕自己的眼睛，而且这种恐惧一直延续到现在。

“阿静……我，我真的不想和你妈妈断绝关系。这是我一生中最痛苦的决定，但是，我战胜不了那种恐惧。如果我接受了你爸爸妈妈的婚事，我就得面对那个恶魔的眼睛。也许你父亲本身并没有任何罪孽，但是，那双眼睛不是属于人间的。我战胜不了那种恐惧，即使你妈妈在那一边，我也做不到！”外祖父的眼里已经满是泪水。

阿静相信外祖父说的都是真心话。但是，那又怎么样呢？就因为这个理由，母亲至死都很遗憾。母亲那么爱父亲，却始终得不到亲人的祝福。

“为什么……既然你那么爱妈妈，为什么在她死后，你都没有来参加葬礼？为什么！”阿静越来越激动，开始咳嗽起来。

“阿静，你不舒服吗？”外祖父关切地询问，但是阿静回敬他的，还是冷漠的目光。

只因为恐惧吗？父亲的鬼眼会降灾，阿静自然很清楚这一点。但是，外祖父为什么那么对待母亲？对自己的女儿如此冷酷无情。阿静无论如何也接受不了外祖父的这种做法。

外祖父重重叹了一口气，说道：“刚刚听到你母亲死去的消息时，我觉得像是一场噩梦。虽然很痛苦，也很想来送她最后一程，可是……我还是很害怕。我害怕见到你爸爸，只要面对他的紫色眼睛，我就有一种灵魂都要被抽走的感觉。所以，我……”

阿静隐约感到有点儿不对劲。

“伯绍对我说，你最近经常看到幻觉……”

外祖父不禁打了一个冷战。

“那不是幻觉。”

这一点，阿静也很清楚。她现在大致有了一个推断——鬼眼也是一个诅咒，而这个诅咒的关键，就是“七个恶鬼”。

“难道……那七个恶鬼是……”阿静已经有了一些猜测。

在约翰看到琉璃之后，所有灵异体质者都失去了鬼眼。而且，似乎那些鬼魂附体在人类身上、通过人类的眼睛来观察人间，都和那些怪婴有关系。但是，每个灵异体质者在获得鬼眼后听到的男人的声音，应该不是那些怪婴发出的。

那么，主导一切的，是一个男性的鬼魂！七个恶鬼，就是那些鬼魂要寻找的对象。而传说是起源于五代十国的，答案就呼之欲出了。

“你，也被诅咒了！”阿静怎么也没想到，他们祖孙三代，都被这个诅咒锁在了一起。

虽然不知道具体死亡日期，但是外祖父受到诅咒这一点，基本是确定无疑的了。外祖父是……转生的七个恶鬼之一！

鬼眼之所以消失，是因为没有了继续存在下去的理由。因为，七个恶鬼都已经被找到了。按照这个推理，琉璃应该是最后一个被找到的转生恶鬼。

父亲的眼睛看见了外祖父，约翰的眼睛看见了琉璃。在这之前，应该还有五个人，相继被那紫色的鬼眼看见了。七个转生恶鬼中的最后一个——琉璃被看到以后，这个诅咒就发动了。

外祖父做噩梦、看到幻觉只是第一步，接下来，还会发生许多更可怕的事情。

最近，琉璃的幻听越来越严重了，她开始考虑要不要回美国去。自从来到国内以后，那个古怪的梦境就开始了。

那个梦境清晰得像是真实经历过的事情一样。但是，琉璃可以确定，那个梦不可能是她经历过的。因为，在梦里，她是古代的人，而且是非常久远的古代。

琉璃感觉头越来越沉重了，脑子也越来越迷糊。

刚才有一个叫伊润丽的女孩子来找她，她根本不认识这个女孩子，但是，这个女孩子却言之凿凿地说她们之前见过面，还提到一个叫约翰的人。可是，琉璃无论怎么拼命回想，就是不记得自己认识一个叫约翰的人。

她躺在酒店的沙发上，用力按揉着自己的太阳穴。

就在这时……她明显感觉到，有一只冰凉的小手，正在抚摸她的脖子！

“啊!”琉璃惊恐地尖叫起来，她的视线变得清晰起来。可是，她看向四周，却什么也没有。

更大的恐惧涌上心头，琉璃立刻冲出房间，沿着走廊狂奔，跑到电梯口的时候，她和一个迎面而来的男人撞了个满怀。

她一下跌倒在铺着地毯的走廊上，抬起头来刚要说对不起，可话还没说出口，她就愣住了。

这个男人……清秀的面庞，睿智的双眼，还有那似笑非笑的表情……怎么看，都和她梦见的那个男人太像了……那个叫“少卿”的古代人……

“你没事吧?”男人把琉璃扶了起来，他也愣住了。他仔细端详着眼前这个十六七岁的女孩子，怎么和他梦中的少女如此相像?

两个人就这样相对凝视着。

“你是谁?”二人异口同声地问出了这句话。

“我叫孙伯绍。”

“我叫琉璃。”

对素不相识的人自然而然地说出名字，这本来是很怪异的事情，可是二人在互报姓名的时候，却一点儿也没有感到奇怪，仿佛这是理所当然的事情。

润丽并没有告诉阿静，琉璃就住在皇冠酒店。

阿静把自己的推论告诉外祖父，他沉思起来。

“我想知道，你为什么要见我?”阿静问道。

外祖父看着她那充满戒备的样子，心里泛起一阵酸楚，答道:“实际上，我一直派人在国内密切关注你的生活状况。去年，你的家莫名其妙地被大火烧毁，随后你不知所踪。我费了很多时间才调查到你的行踪。你在失踪的几个月前，就接触了伊润暗兄妹，而后来你们接触过的人，全都死了。”

只要花点儿时间，要查出那些被诅咒者和润暗等人的关系并不困难，诺索兰公司的事件也在调查中了解到了。虽然根本查不出有这么一家公司存在过，可是有太多人和它有牵扯。

"我叫了那家公司的技术总监到这里来。我想通过情报交换，来找到让你活下去的方法。"

外祖父说这些话的时候很诚恳，阿静不禁有些困惑。

"你不讨厌我吗？我可是……你所说的恶魔的女儿啊。"

外祖父摇了摇头，说道："我只知道，你是灵秀的女儿，是我的外孙女啊！"

元丰的车距离皇冠酒店不到一公里了，他正驶过跨江大桥。忽然，车尾被重重撞击了一下，他的头猛然砸到方向盘上。

后面的一辆卡车撞上了他的车子，司机似乎是喝醉了，卡车把元丰的车斜着顶住，往大桥的护栏上撞去！

元丰惊恐地看着前方，车头已经撞在护栏上了，他的车翻转起来！等他反应过来的时候，车头已经浸入了江水中。

元丰是个旱鸭子，而且他还困在车里。车子几乎是垂直地向江底沉去。他在极度痛苦的窒息中徒劳挣扎……

在元丰的意识离开自己躯体的一刹那，他忽然明白了罗志龙和张远志是怎么死的。

如果他们没有怪异地溺死的话，现在也会和自己坐在这辆车里，和自己一起前往皇冠酒店。

也就是说……他们提前了好几个小时，溺死在江中！

元丰死后的第三天，润暗和阿静发现另外四个诺索兰公司的职员也被这个时间诅咒从这个世界上抹去了。这四人和玲一样，只是基层员工，他们在时间诅咒发动时来到高宁市，才逃过那一劫。他们完全不了解诺索兰公司的内幕，就被莫名其妙地牵扯进了诅咒。

在元丰死去之后，溺死的三个人也从这个世界上抹去了。原本报纸上登的新闻消失得无影无踪，出事的大桥上也没有车撞过的痕迹。

不仅如此，润暗还发现了一件事情。以前曾经进入过诺索兰公司的高风辉等人的家属，也全都不存在了，只有和钟子离没有血缘关系的他的养父母逃脱了。润暗去见过钟子离的醉鬼母亲，她完全不记得曾经收养过一个儿子。

无论是灵媒、驱魔师、有鬼眼者，只要是血肉之躯的人类，都没有对抗鬼魂厉怪的能力。目前他们的处境，和恐怖电影里的受害者角色一样。

想到这一点，润暗胆战心惊，阿静也恐惧到了极点。她最近没有食欲，一点儿风吹草动就被吓得如临大敌，走路时战战兢兢，夜里不知道有多少次被噩梦惊醒。

再这样下去，不用等到诅咒之日来临，阿静恐怕就已经精神崩溃了。昔日那个睿智、冷静、自信的阿静，已经完全不见了。

这一点令润暗很痛心。他明知道阿静面临着多么可怕的未来，却无法为她做什么。

第02章

〔七个恶鬼〕

路深槐也陷入了深深的苦恼中。宗蒿霖失去弟弟之后，意志非常消沉，如今还要面临这个恐怖的时间诅咒。路深槐感到很内疚，因为，当初是他把蒿霖带进公司的。这一切都是他的错。愿姬的死，也是他造成的。

看着心爱的人一天天憔悴下去，无比痛苦，自己却无能为力，甚至自身难保，路深槐几乎要崩溃了。要不是有润暗、慕镜等人支持他，他无法想象自己还能活下去。

午夜零点，路深槐坐在床头抽烟。宗蒿霖无法入睡，她依偎在爱人的怀中，二人沉默不语。屋里没开灯，但窗外的月光斜照进来，二人都能清楚地看到对方的脸。

忽然，电话铃声把静谧打破了。路深槐看向床头的电话机，皱了皱眉。虽然家里的钟表都拿走了，无法知道确切时间，但应该是半夜了，谁会在这个时候打电话来？

路深槐接起电话，还没有开口，就听到一个女人尖利的叫喊声："救命——快救救我!!"

路深槐一惊，连忙追问道："怎么回事？你是谁？"

"别管我是谁……求你救我，我在宗月路靠近北英路这里……有四个男人在追我……周围都没有人，快来救我啊！"

“你……你应该报警啊。”路深槐不禁怀疑这个女人的精神不正常，碰到这种情况，打报警电话难道不是最基本的常识吗？她却打一个陌生的电话号码，然后求一个素不相识的人去救她？难道这个女人是从精神病院逃出来的？

那个女人仿佛没听到路深槐的话一样，依旧重复着同样的话：“救命，快救救我！他们要追上我了！”

这时，电话里确实传来了追逐的脚步声，还有几个男人猥琐下流的声音：“小妞，别跑啊，陪哥哥们玩玩嘛！”

路深槐立刻对宗蒿霖说：“快打110！有一个女人被一群流氓缠上了，地点是宗月路……”

电话里，女人还在狂叫：“快来救我……他们要追上我了……”

看来这个女人真的是头脑有问题，帮她报警也算是仁至义尽了，这个女人能不能逃出生天，就看她的造化了。诅咒的事情已经让路深槐的精神紧绷到了极点，实在没有心力再去见义勇为了。

“好了，小姐，我已经报警了，警察很快就会过去的。你自己小心。就这样了，再见！”

路深槐挂上电话后，把事情详细地和宗蒿霖说了。

“就这样没关系吗？”宗蒿霖是心很软的人，“万一那些歹徒……”

“我们现在没有那个精力去管别人了，而且刚搬来这个城市，路也不熟悉，等找到那里，那个女人早就出事了，还是让警察处理又快又妥当。好了，我们睡吧。”

然而，路深槐刚闭上眼睛，电话铃又响了起来。

路深槐皱着眉头又接起电话，果然又是那个女人。

“快救我啊……他们就要追上我了……啊，前面是死胡同！我逃不掉了……救我啊，你快来救我！”

路深槐不耐烦地说：“为什么打电话给我？我又不认识你！你可以打给你认识的人啊！而且我已经报警了，警察很快就会去的！”

然而那个女人就像根本听不懂人话一样，继续叫喊着："救我……快来救我……啊，他们离我只有十米了……"

听起来情况很危急，路深槐拧亮床头灯，披上外衣，取出一张地图，开始搜索宗月路的位置。

"你现在在哪里？告诉我具体位置……"

这时，他听到女人在尖叫，紧接着传来几个男人疯狂的笑声，然后是……撕扯衣服的声音，可以想象得出那是什么样的情形了。

路深槐开始意识到事情的严重性，电话里一直传来女人的惨叫和哭喊，以及男人们下流的话语。

他挂断电话，对宗蒿霖脸色凝重地说："我还是去看一下吧，你和我用手机保持联系。"

宗蒿霖很担忧，不知道歹徒有多少人，让深槐就这样去冒险，她实在是不放心。

"没事，鬼都见识过了，难道还怕人吗？"路深槐安慰着宗蒿霖，迅速穿好衣服出门了。

在地图上虽然能找到宗月路，可根本就找不到北英路。是地图不够新，还是那个女人说错了？

从路深槐的家去宗月路，开车最快也要半个小时，即使赶过去了，那个女人也是凶多吉少了。他之所以挂断电话，是因为担心一直保持通话状态会被歹徒发现，他们会通过受害人手机上的号码查出他家的地址，来伤害他和蒿霖。被诅咒威胁已经让他们上天无路、入地无门了，他不想再被人类威胁了。

路深槐的车开到宗月路时，街道上冷冷清清的，根本没看到那个女人。这条路本来就不长，周围有几条巷道，但的确没有什么北英路。

路深槐不知道该怎么办了，只能开车回家了。他一夜都没有睡好，心里一直在想着那个女人后来到底怎么样了。这件事情有些诡异，感觉很不自然。

第二天，他起床不久，就有两个民警来访。他立刻想到昨晚的事情，地址应该是他们根据电话号码查出来的。

一个民警问他，昨天是不是打了报警电话，路深槐回答“是”，那位民警表情严肃地说：“你知不知道报假警是要负法律责任的？昨天接到报警电话后，我们立刻出动警力到宗月路搜寻，可是根本没有找到你说的歹徒和受害者！还有，北英路是和宗月路相交的华英路十年前的旧称。十年前，那里确实发生过一起血案，四名歹徒在巷子里奸杀了一名女性，不过案子早就破了，凶手都伏法了。你居然拿十年前的案子来消遣我们？”

深槐感觉背后一阵阵发凉。昨晚打电话给他的女人，难道是……

“这里……就是愿姬的墓冢吗？”

铁慕镜带着唯晶来到一个简陋的墓前，那个小土堆里没有尸骨。

“我不希望你对愿姬过于恐惧，因为……她是你的妹妹啊。和你有着同样的基因，因为你而诞生在这个世界上的人。”

唯晶俯下身子，轻轻抚摸着土堆。

“这土……好像最近被翻动过……”

铁慕镜很惊讶，这是一座空坟啊！

“挖开看看吧。”唯晶开始有不好的预感。

铁慕镜和唯晶都没有注意到，润丽一直在后面偷偷地看着他们。

润丽在润暗的保护下，对自己遭受诅咒的事一无所知。她一直认为，只有阿静被诅咒了，哥哥只是想去拯救那些被诅咒者。因此她没有受到等待死亡的痛苦煎熬，可以像正常人一样生活，也可以去爱人。

楼梯诅咒那一次，在被那个鬼抓回扭曲空间的时候，她真的以为自己要死了。当慕镜抓住她的手，逃离那个异度空间时，原本在心中暧昧不明的感情，变得清晰起来。

“这绝对和时间诅咒有关系。”

路深槐和宗蒿霖去了润暗家，把昨晚的事情告诉他，大家的意见很一致。这是时间诅咒，但是，是针对谁的呢？或者，是同时针对这两个人的呢？

“我需要十年前死去的那个女人的详细资料。”路深槐说道。有阿静的电脑技术和润丽的情报搜集能力，要掌握资料很容易。这时，他才注意到，润丽不在。

“你妹妹去哪里了？”

“一大早就出门了，我也不知道她去了哪里。”润暗现在的心思完全放在怎么拯救阿静上，她已经很神经质了，整天蜷缩在床上，时常产生幻觉和幻听，总觉得有鬼魂来了。

当铁锹挖到半米深的时候，碰到了硬物。铁慕镜放下铁锹，开始用手挖起土来。

一阵恶臭扑鼻而来，随着土不断被挖开，一张几乎溃烂的脸出现在他面前。

“啊！这是……”唯晶捂住了嘴巴。

尸体身上穿着一件长衫，在长衫的中间，绣着……一只紫色的大眼睛！

这时，在那只眼睛的位置开始慢慢隆起。铁慕镜懵了。

隆起的部分越来越高，很快就撑破了衣服，露出了……一颗头颅！铁慕镜吓了一大跳，但再定睛看去，那个头颅已经消失得无影无踪，仿佛就是一场幻梦。

但是，那具尸体却是实实在在的，还在泥土中散发着阵阵恶臭……

这具尸体，正是公孙涯。

铁慕镜从头颅的幻象中，基本已经可以断定，杀害公孙涯的，正是愿姬的恶灵。一条好不容易获得的线索，就这样断了。

这天晚上的午夜零点，路深槐和宗蒿霖都难以入睡，他们不知道，那个电话会不会再打来。

电话铃声骤然响起，他们的心脏还是吓得几乎停跳了。

宗蒿霖犹豫了很久，用颤抖的手接起电话。

那个来自地狱的声音再次响起："救救我……求你救救我……他们在追我啊……"

那个女人凄惨悲切的呼喊，让路深槐和宗蒿霖起了一身鸡皮疙瘩。这是一个早在十年前就死掉的女人啊！

这是一个时间诅咒。玲在时间不断逆流的过程中，被迷惑而改变了头脑中的记忆；罗志龙和张远志提前几个小时溺死了；约翰被逆流的时间带回了已经逃过的死亡日期。高宁市的时间已经彻底混乱了。

"求求你……"宗蒿霖对那个女人哀求道，"求你别再打电话过来了，求你放过我们吧……"

那个女人不管宗蒿霖跟她说什么，始终只重复一句话："救救我！"

宗蒿霖狠狠地把电话挂了，又拔掉了电话线，可是，电话铃声又响了起来！

路深槐冲过去把整个电话机砸在地上，又举起一把椅子狠狠地砸了下去！

碰落到地上的话筒里继续传出那个女人凄厉的声音："救救我！"

而且，这声音越来越响。"救——救——我——"

震耳欲聋的声音从话筒里传出来，路深槐和宗蒿霖惊呆了。路深槐已经把整部电话都砸碎了，声音却还是不绝于耳。

外面传来了敲门声，是听到了惨叫的邻居们。他们在门外喊道："快开门啊！那是什么声音？发生什么事啦？"

"救——救——我——否——则——我——做——鬼——也——

不——饶——你——”

路深槐几乎要崩溃了，他终于爆发出一句怒吼：“你这个婊子！活该被人强奸！有种你就变成鬼来找我，老子不怕你！”

一向冷静的路深槐，终于也失去了理智。他根本没有意识到，这句话一出口，这个诅咒就正式启动了。

声音停止了。路深槐感觉自己的耳朵似乎被蒙住了，连门外邻居们的叫喊声都听得不真切了。

回想起刚才说的那句话，他后悔莫及。自己真的做了一件愚蠢至极的事情。

那个女鬼……真的会来找他吗？就因为自己说了那句话？

第二天，润暗又到了“冥府之门”的档案室，一排排架子上堆满了从网站创建之初就开始收集的所有灵异资料。

“有了……找到了！”明华睿取出一个文件袋，递给润暗说：“应该就是这个，宗月路的女鬼事件。十年前被奸杀的那个女人一直阴魂不散，还有照片呢！”

润暗从文件袋里取出照片，上面是一个白幽幽的身体轮廓浮现在一条巷道的墙壁上。

润暗问道：“这件事你还记得吗？你是‘冥府之门’一成立就来当记者的吧？”

明华睿有些不好意思地说：“大学毕业后，我找不到工作，就来了这里工作。宗月路女鬼事件我记得很清楚，当时是仇站长带着我一起去的，还有降灵师颜瑞欣、通灵者童莫炎。”

“童莫炎去年已经死了，仇站长和颜小姐他们莫名其妙地失踪，多半也是遇害了吧……”明华睿显得非常难过。

这些熟悉的名字，让润暗回想起拂晓之馆诅咒。“冥府之门”的七个成员，全部死在那座恐怖的鬼屋里，但是，只有童莫炎留下了尸体，其他人都消失了。

“不过，童莫炎死了，我却没有觉得悲伤，反倒有点儿高兴……”

这话让润暗感到很意外，他仔细地端详起明华睿来。她是“冥府之门”的资深记者，今年三十一岁，是个干练的职业女性，谈吐很得体，只是一遇到和灵异有关的事情就特别激动。

“伊先生，这件事情，我只告诉你一个人哦。”明华睿神秘兮兮地说，“调查宗月路女鬼事件的时候，我和摄影师沈昂要去找女鬼可能出没的地方，好拍下她的照片。本来我们毫无线索，可是，童莫炎的眼睛有一刹那忽然变成了紫色的，看向我身后，对我说：‘她就在你后面。’然后，沈昂就拍下了你现在看到的这张照片。那一瞬间，只有我注意到他的眼睛的变化。而且，我感觉到，我的灵魂好像也被他的紫色眼睛摄取了。我感觉……他好像……就是一个恶魔！一个恶魔啊！”童莫炎已经死了那么久，可是，明华睿说起他来还是很害怕。

“我还是很害怕……因为，警察找到童莫炎的尸体的时候，他的双眼都被挖去了！那双异常的眼睛……”

润暗看着手上的照片，明白过来了。

童莫炎拥有的应该是幻视鬼眼，可以看见透明的鬼魂吧。但是，为什么他的鬼眼会带给明华睿这么深的恐惧感呢？

铁慕镜回到了他租住的公寓。

他最近不断回忆起和愿姬共同经历过的事情，尤其是他当初对愿姬发过的誓言。如今的他，不正是破坏了和她的约定吗？

可是，只要面对唯晶，他就无法接受愿姬已经死去的事实。仿佛唯晶就是愿姬活在这个世界上的另一种形式。他不断自欺欺人，所以接受了唯晶的感情，尽管他自己也知道这很卑鄙。

他不知道自己还能够活多久，可是，即使面对死亡，他还是无法将对愿姬的思念和深情抹去。

走到家门口时，铁慕镜看到润丽一脸忧伤地靠在门边，头低低着，当她发现慕镜回来时，立刻抬起头来。

铁慕镜愣了一下，问道："润丽，你为什么不打电话给我？你在这里等了多久了？"

润丽的眼神满是怨怼，就这样直直盯着慕镜，一句话也不说。

当铁慕镜走近她时，润丽终于无法克制住汹涌澎湃的心情，忽然紧紧地抱住了他！

这一切发生得很突然，铁慕镜都没有反应过来。

"为什么……我不可以呢？为什么你对我视而不见呢？"

铁慕镜没有听懂润丽的话是什么意思。

润丽是一个心思细腻又敏感的女孩，虽然一直过着压抑紧张的生活，但她一直渴望着平凡而简单的幸福。

"慕镜……为什么不可以是我呢……"润丽的泪水已经湿透了慕镜的胸膛，"愿姬已经死了，不是吗？别告诉我你对我没有感情，如果没有的话，为什么你在楼梯诅咒的时候，会那么奋不顾身地救我呢？为什么你宁可冒着生命危险来救我？回答我……为什么不可以是我！"

铁慕镜终于明白了是怎么回事。最近润丽总是用很奇怪的目光注视自己，现在他才了解了她的心思。

"进去说吧，润丽。我们谈一谈。"

润丽鼓足了勇气，才向慕镜表达自己的心意。事实上，她也知道，很可能自己会后悔，因为，如果遭到拒绝，她就没有任何希望了。但是，她很想在慕镜被诅咒以前，知道这个问题的答案。

铁慕镜过去完全没有察觉到润丽对他的感情。作为克隆人，或许连感情也不是健全的。

铁慕镜的本体名叫铁闵朝，被克隆时的年龄是三十多岁。二十年前，美国的俄勒冈州发生过一起耸人听闻的惨案，一名年仅十岁的孩子，在他上学的学校里，把十多名师生扔进了一个红色的空间裂缝里，而那些人再也没有出现过。这个孩子出生在一个移民的华人家庭，这个事件引起了各方的高度重视，进行了许多调查。

调查后发现，铁闵朝用他天生的紫色邪恶眼睛，从很小的时候，就把许多人扔进了异度空间。而他这么做，只是由于一些微不足道的理由。有不少科学家至今还在研究他所连通的异度空间。

诺索兰公司通过各种渠道，终于获得了铁闵朝的基因，克隆出了铁慕镜。铁闵朝那恶魔一般的内心，是否克隆给了自己，慕镜自己也不知道。但是，他很害怕会是这种情况。克隆人是否会有真爱呢？

路深槐的本体比铁闵朝更恐怖。他的本体名叫路真子，是鬼眼宗现任宗主。

根据文献记载，鬼眼宗许多代的宗主具有阴阳鬼眼，所以，诺索兰公司就找到了这个宗派，设法拿到了宗主路真子的基因，制造出了克隆人路深槐。但是，路深槐并没有灵异体质，从而也基本可以确定，现任宗主只是一个普通人。

在路深槐被公司评估为失败品后，他一度想过自杀。他的生命是通过人工技术进行复制的产物，是人类滥用科技制造出来的，而现在，连这个仿冒品的价值也被否定了。

“你不是什么失败品，深槐。”愿姬那时安慰他说，“你是因为什么而生的并不重要，决定如何活下去的是你自己，你的生存价值不是由那些自私自利、只想利用你的人来决定的。”

慕镜也劝他说：“克隆人没什么不好，我们和一般人没有什么不同，只是出生的方式不一样而已。即使你被公司认定是失败的，我们也需要你！”

因为慕镜和愿姬需要自己，所以要活下去。这就是路深槐一直以来的精神支柱。现在，他又增加了一个支柱，那就是蒿霖。

路深槐一大早就带着蒿霖去找润暗，当他拿到那份宗月路女鬼的详细资料时，他感到自己的死期不远了。

他狂怒地把那些文件撕成碎片，咆哮道：“为什么——杀她的又不是我，我怎么可能救得了十年前就已经死了的人？难道这样也不放过我吗？”

“听我说，深槐。”润暗制止了他的发狂，说道：“你先听我说一些事情。我们目前是绝对无法对抗那些冤魂鬼怪的。所以，唯一的希望就是失去的鬼眼。我得到了一些线索。阿静的外祖父已经到国内来了，从他那里，或许可以了解到和‘七个恶鬼’有关的事情。”

路深槐像抓住了救命稻草一样，握住润暗的手，哽咽着说：“润暗，太谢谢你了……过去我真的很对不起你……请你告诉我，我到底应该怎么做？”

阿静告诉了润暗，外祖父很害怕她父亲的鬼眼，而他自己却拥有一双没有灵异能力的紫色眼睛。与此同时，伯绍和琉璃相遇时，都回忆起了彼此在梦境中见过。他们都是“七个恶鬼”中的一员。

七个恶鬼，是鬼眼宗的说法，他们将鬼眼者奉为魔神，那么，鬼眼忌惮和仇视的对象，自然也被视为“恶鬼”。

伯绍和琉璃的梦境都在古代，而鬼眼的起源也在古代。而阿静描述起她外祖父对她父亲的恐慌，与“冥府之门”的记者明华睿对童莫炎的恐慌极为相似，都是在看到鬼眼之后，将对方视为“恶魔”。

而且，伯绍说，他很小的时候也见过任森博，每当回想起那双紫色眼睛，他也会非常恐惧。而琉璃看到约翰的鬼眼后，鬼眼全部消失了。

把所有线索整合起来，就可以得出一个结论。

在五代十国时期，有七个人一起犯下了一桩罪行。那个罪行导致无数人冤死，产生了许多冤魂，因此产生了鬼眼。那些冤魂为了复仇，通过鬼眼来寻找仇人的转世，也就是“七个恶鬼”。每次获得鬼眼后听到的男人的声音，就是冤魂的主体。

在每一个时代，冤魂们都会选中一个人，作为人间和冥府的连接通道，而阿静就是在这个时代被选中了。

鬼眼消失，是因为那七个犯下罪行的人的转世都已经在这个时代被鬼眼找到了。琉璃是最后一个，因为约翰过去是盲人，所以虽然他和琉璃早就认识了，但没有看到过她的长相。直到她被约翰的不死鬼眼看见的一瞬间，七个恶鬼被找齐了，那扇门就关闭了。

也就是说，除了阿静的外祖父、伯绍、琉璃和明华睿外，还有三个转世的人。

“真疯狂啊，为了寻找七个人的转世，让鬼眼在人间存在了上千年……”路深槐忽然明白了什么，他看向润暗，惊声问道：“喂，润暗，你……你该不会是想……”

“没错。”润暗很高兴路深槐明白了他的意思。

“杀死那七个人中的一个，那个人就要再度转世。这样，鬼眼就会复苏，去寻找那个人的转世。”

多么疯狂的主意！路深槐过去虽然也为了自己的生存，产生过杀人的念头，但他没想到润暗也会有这样的想法。

“这只是你的猜测吧？”路深槐摇了摇头，“目前只找到四个这样的人。按照你的说法，要把另外三个也找到才行。这样才能证明，鬼眼的消失的确是因为找齐了七个人。单凭目前的推断，万一弄错了，可就无法弥补了！”

“不！不可以！”宗蒿霖反对道，“不能那么做，润暗，那只是你的推论！完全没有证据啊！”

“越是疯狂的事情，越是接近这个世界的真相。”润暗反问宗蒿霖，“等我找到证据的时候，我们还能有多少人活着？”

这个诅咒，留给所有人的时间都不多了。

不过，润暗没有料到的是……第五个“恶鬼”，和他近在咫尺！

今天是周日，所以小夏和小雅待在家里。内向的妹妹小雅发现哥哥最近有些奇怪，从哥哥那天说他看见了一个紫色眼睛的男人开始。

他似乎很害怕隔壁住着的那位叔叔，每次上学的时候，开门前都要小心地张望一下。

而且，小雅发现，哥哥越来越爱照镜子了。她记得有一天晚上醒来，发现哥哥没有睡在他的床上，客厅的灯却开着。

她悄悄起身打开门，惊奇地发现……哥哥独自一人坐在镜子前，呆呆地看着镜子。小雅没有惊动哥哥，一直偷偷地看着他。哥哥居然在镜子前照了半个多小时！

后来，哥哥无论做什么事情，都要在面前摆一面镜子。他可以什么事情都不做，就在镜子前坐上一两个小时。而且，也不像是欣赏自己的容貌，而是很焦虑的样子。

小雅终于鼓起勇气，打算问一问哥哥到底怎么了。

她站到坐在镜子前的哥哥身后，问道："哥哥，你到底……在照什么啊？"

她的哥哥非常惊恐地说："我……我害怕……我害怕我的眼睛会变成紫色的……我害怕我的脸会变丑……我害怕……"

"我很感激你的心意，但是，我的心里只有愿姬一个人。"

铁慕镜知道，这对润丽来说是最残酷的答案，但他必须说实话。

"可是，愿姬已经死了……唯晶她并不是愿姬……"润丽痛心地说，"慕镜，本体和克隆人不是同一个人，你不要骗自己了！"

润丽无论如何也不愿意放弃希望。当初在那个扭曲空间里，意涟让她看唯晶的照片时，身为女人的润丽也惊叹她的美丽。对着那样一个美女而不动心，的确是很难以想象的。但是，润丽还是无法接受自己得不到慕镜的心。

即使慕镜是克隆人，即使他是被诅咒者，对润丽来说都无所谓。

她只想得到慕镜的心。

“我……”铁慕镜转过头去，不看润丽的脸，说道：“现在我只考虑解除诅咒的事情，所以，我不打算考虑感情……”

“我不会让你死的！”润丽非常坚定地说，“我绝对不会让你死！”

铁慕镜却不为所动。“你回去吧。润丽，我们……是不可能的。愿姬就是我的全部，所以，唯晶对我而言也是唯一。即使面临诅咒，这一点也不会改变。我……一刻都没有忘记她。”

“但是，唯晶不是愿姬！”润丽的泪水涌出来了。她用尽自己最后的勇气说道：“即使有相同的基因，也不是同样的人！认为唯晶就是愿姬，不过是你的一厢情愿罢了。你仔细想想，她们真的完全相同吗？真的可以互相替代吗？”

铁慕镜也知道，他看待生命的标准，只是自己的一厢情愿，而且自己还不愿意承认。

“你是认真的吗？”路深槐仔细考虑之后，严肃地问润暗：“如果你下不了手，我可以代劳……”

“不，我可以亲自下手。”润暗面不改色地说。

阿静并没有参与这场谈话，她在卧床休息，最近她反复发烧，还一直咳嗽。

“阿静知道吗？”宗蒿霖还是无法同意这种做法，“你真的决定了？这可是杀人啊！”

“是的，杀人，那又怎么样？”润暗已经完全理解了任森博的心情，决定实现他的遗愿，帮阿静打破这个连环诅咒。

为了让他和阿静活下去，牺牲一两个人，他是无所谓的。只要想到会被不知道从哪里来的鬼魅突然夺走生命，而且死得那么痛苦，杀人的罪恶感就微不足道了。只有抛弃常理，才能找到生路。

宗蒿霖其实也很清楚这一点，她和已经死去的弟弟生活了两年，这种荒谬绝伦的事情，至今还像做梦一样难以置信，却是不容置疑的事实。她也感觉这个世界太疯狂了，慈悲心无法拯救他们。

“可是，即使恢复了鬼眼……”

“我会再去吃人肉，然后拥有阴阳鬼眼。”润暗把这么毛骨悚然的话用非常平淡的语气说了出来，“当初任森博就是用阴阳鬼眼来对抗时间诅咒的。只要可以活下去，什么事情我都愿意去做。”

“吃人肉是没用的。”路深槐忽然打断他的话，“否则公司当初早就给慕镜吃了。只有在噬魂鬼眼转化为裂灵鬼眼时，吃人肉才有用。不过，你是怎么知道这一点的？这是公司的研究成果，我不记得告诉过你啊。”

润暗想起来，这是当初阿静用催眠药水让路深槐告诉他们的，但事后又对他用了遗忘的药水，所以他完全不记得了。

宗蒿霖把地上散乱的纸纸捡起来，当她拿起装着资料的文件袋时，忽然心里一紧，又拿出了几张纸来！

“润暗，这里还有资料……宗月路女鬼五年前出没的记录……”她翻看着那些资料时，没有注意到润暗的脸变得煞白。

“怎么会……原来没有这份资料啊！”润暗一把抢过那几张纸，看到了新的照片。

润暗朝文件袋里看了看，里面已经是空的了。且不论新的资料的真假，为什么会突然冒出这些纸来呢？

就在他拿着那个文件袋时，忽然……感觉到袋子鼓了起来！

他把手伸进袋子，居然……又抽出了几张纸来！这是……四年前宗月路女鬼出现的记录！

润暗立刻明白了，这是那个女鬼正不断逼近现在！

他继续从文件袋里拿出新的资料来。一份去年的宗月路女鬼的报告出现了。报告的内容是，闹鬼现象已经不止在宗月路一带，全市的大街小巷里，有无数目击者见过那个受害女人的鬼影。

就在这时，客厅虚掩的大门忽然打开了。

一个垂着一头长发、穿着一身沾满鲜血的工作装的女人走了进来！在她的心脏部位，还插着一把刀子！

润暗登时睚眦俱裂，他一动也不能动，愣愣地站在那里。路深槐和宗蒿霖也惊呆了。

那个女人……不，那个女鬼扭动了几下脖子，嘴里含糊不清地说："为……什么……不来……救我……"

紧接着，她的身体向路深槐飘了过来！

当她冰冷的手掐住路深槐的脖子时，路深槐才如梦初醒。他掏出带着的消音手枪，对准女鬼的额头扣动了扳机。

子弹瞬间穿透女鬼的头颅，鲜血喷射而出，女鬼放开了路深槐，捂住额头上的伤口，飘出了客厅，随后，大门哐当一声关上了！

不过是几秒钟之内的事情，三个人用了五分钟才恢复过来。

路深槐看着身上的鲜血，大叫起来："是她的血！她的血溅在我的身上了！"

宗蒿霖吓得魂飞魄散，她神志恍惚，根本无法说出话来。

润暗想到了阿静。那个女鬼进来的时候，阿静就在另一个房间躺着，要是她看到了这样的情景，恐怕会吓得当场精神失常吧？他感到很庆幸，润丽不在家里。

那个女鬼来索取路深槐的性命了！

"我……我同意你的计划，润暗……"路深槐紧紧握着枪，对润暗说道，几乎吼了起来："那个明华睿，她在哪里？我答应你，立刻去杀死她！"

明华睿其实并不喜欢灵异现象。自从看到童莫炎那双紫色眼睛之后，她就反复做着同一个梦。

在梦中，她是一个古代皇妃，妩媚动人，集万千恩宠于一身，在后宫中拥有与皇后同等的地位。

那好像是五代十国时期，在一个南方的小国家。她被皇上宠幸，生下了龙子。在母以子贵的宫廷中，这是很大的资本。

那个梦不知道反复了多少遍。梦境实在太清晰真实了，这让她醒过来后，反而感觉现实更像是梦。

她虽然研究灵异，但对于前世今生之说，还是不太确信的。但是，做了那么多次梦之后，她开始怀疑……那个梦莫非就是她的前世？

昨天晚上，她又做了那个梦。这一次，梦境里出现了一个新人物。

那个人是一位太医，姓梁。在她生下龙子之后，皇上就让那位太医专门负责照顾皇子。她生下的皇子非常健康，皇上很看重这个孩子。

下班后，明华睿独自一人在大街上徘徊，不断思索着这个梦的前因后果，她没有注意到，有两个男人始终跟在她身后。

“这里人太多了，等人少一些再下手。”润暗看出路深槐很焦躁，不断劝他冷静。

“我不想再等了！”路深槐遭遇了刚才的恐怖经历，再加上他本来就漠视生命，现在已经无法再忍耐了，只想立刻下手：“既然有变色龙液体，就算在这里杀人也没有关系啊！”

“人太多的话，容易误伤他人，而如果离得太近开枪，你身上很容易沾上血，到时候身体就不能完全隐形了。听我的，只要有这个液体，事后谁也查不出来，而且要确保一枪就要她的命。明白吗？”

终于，明华睿走到了一个比较偏僻的路段。周围行人很少，而她正在思考问题，走得也很慢。

“好，深槐，动手！”润暗下达了杀戮的命令。

路深槐立即用枪口对准明华睿的后脑，扣动了扳机。

子弹瞬间射入了明华睿的头部……

方凯医生换好衣服，准备下班了。一名护士突然跑了进来，上气不接下气地说："方医生……刚才送来一名急诊患者，头部中枪，院长让你立刻去四楼的第三手术室！"

方凯是国丰医院的首席外科医生，最擅长脑外科手术。一听到如此紧急的情况，他连忙飞奔向手术室。

拿到患者的大脑影像图后，他不禁皱紧了眉头。情况非常棘手，子弹的位置很刁钻，手术中一个不小心就会造成患者死亡。即使侥幸救活，患者苏醒的可能性也极低。与他一同进行手术的是很有经验的外科医师，但他们也很紧张。

"家属呢?"方凯擦了擦额头的汗，"这个手术很危险，必须要家属签字才行。"

"已经联系上了，但还没有赶到医院。"一名医生说，"目前的情况很紧急，再不动手术，随时都有生命危险。"

方凯对这个手术很没有信心，而且时间紧迫，商讨手术方案的时间都没有。

润暗在路深槐开枪之后，内心非常混乱。明华睿确实死了吗？自己的眼睛依旧是黑色的，这让润暗极度不安。这说明她还徘徊在生死边缘。

润暗不想再去杀明华睿一次。他知道自己犯下了不可饶恕的罪行，但是，他所做的一切都是为了阿静。

不知道从什么时候开始，他发现自己在意阿静的一切感受，强烈地希望能够和她一起活下去。自从父母死后，除了自己和润丽之外，他没有在意过任何人的生死，一直都过着封闭的生活，从来没有去关心过别人，更不要说去爱一个人了。

可是，和阿静的相遇改变了这一切。他现在完全能理解，任森博为了妻女而不择手段的心情了。

阿静现在很没有精神，在床上躺了好几天，连说话的力气都没有了，几乎吃不下东西。

路深槐和宗蒿霖正紧张地看着电视机上的新闻报道。

这一恶性枪击事件引起了警方的高度重视，目前伤者正在国丰医院接受手术，情况非常危急。

“天啊……她居然还没有死？”路深槐对自己的枪法是很有信心的，可是那一枪居然没有贯穿明华睿的头部，子弹留在了大脑里。

宗蒿霖的心情非常复杂，那个女鬼的恐怖的身影还深深地烙印在她的脑海里。

关掉电视，宗蒿霖看着窗外渐渐黑下去的天色，对路深槐说：“走吧……我不想待在家里，去人多一点儿的地方好不好？我真的好害怕……”

她感到非常后悔……不该写那篇文章……不该去诺索兰公司……最重要的是……不该去普涟山！

宗蒿霖最悔恨的就是带着蒿群去了普涟山，然后和他吵架，害他被车撞死，还冤魂不散。而自己又因此进入诺索兰公司工作……

宗蒿霖套上一件外衣，刚打开门……

“为……什么……不来……救我！”

额头上还在冒着鲜血的女鬼，正冷冷地瞪着宗蒿霖，还没等她反应过来，女鬼就大张着嘴，径直飘了进来！

宗蒿霖“呀”地惊叫起来，转身朝里屋跑去，立刻把门重重关上！

路深槐见她如此慌乱，已经猜到了，忙问道：“她来了？”

宗蒿霖抵住大门，哭喊着说：“对……她来了，她来了！”

路深槐的脸一下僵了，他马上把枪拿出来，又给润暗打电话。

宗蒿霖虽然一直抵着门，但并没有感觉那个女鬼要强行撞门进来，稍微松了一口气的时候，身体猛地被撞了一下，那扇门被激烈地撞击起来！

“为什么不来救我！为什么不来救我！”女鬼凄厉的喊声，完全不是人能够发出的声音，充满了恶毒和诅咒！

“对……对不起……”宗蒿霖快要崩溃了，她拼命抵住门，号啕大哭着说：“是……是我们的错，求你放过我……我们知道错了……”

“为什么，为什么不来救我——”

这个声音从宗蒿霖的后背穿过，她感觉脊椎都要断了，而那扇门就要被撞开了！

路深槐和润暗联系过了，他推着一张书桌冲了过来，喊道：“蒿霖，不要放弃，坚持到润暗来为止！他的诅咒日期还没到，女鬼伤害不了他！我们要顶住啊！”

他们在门前堆了许多重物，用身体拼命顶住。

“为什么不来救我——”那个女鬼依旧发出令人毛骨悚然的号叫，每一声都仿佛要穿透他们的灵魂。

“害死你的人已经伏法了！”路深槐把一份报纸从门缝下面踢了出去，喊道：“你看清楚！报纸上写得清清楚楚，杀害你的人都死了！你就回到阴间去吧！”

但女鬼还是只重复着同样的话：“为什么不来救我——”

路深槐虽然极度恐惧，还是壮着胆子回答：“我，我怎么救啊……你是十年前死的，我怎么去救你啊！”

“为什么不来，你该死，你该死，我那么求你，你居然不来救我！”

路深槐知道这是徒劳的。这是时间诅咒，根本无法用理性去解开。

此时，方凯正在为明华睿做手术。他没有想到，来到这家医院才几个月，就要进行如此凶险的手术。

虽然他名义上是跳槽到这家医院来工作的，但不如说是逃到这里来的。如果不逃来这里，他感觉自己会有生命危险。虽然直到现在，他也不理解这种感觉的由来，可是，这种感觉实在太强烈了，让他寝食难安。

忽然，房门不再被撞击了。

路深槐抹了抹大汗淋漓的额头，看着几乎要虚脱的宗蒿霖。

结束了吗？

绝对不可能！

身后传来了……窗户被拉开的声音！

“为什么不来救我！”

润暗已经赶到了路深槐家的楼下。而就在他准备进入公寓大楼时，天上落下一个身影，重重地坠落在水泥地面上！

“怎么会……”润暗不敢相信地看着眼前的尸体。

那正是……死不瞑目的宗蒿霖！

当宗蒿霖被抛出窗户的一瞬间，路深槐仿佛被推入了万丈深渊。

“蒿霖——”他不顾一切地跑到窗前，朝下看去。蒿霖已经躺在冰冷的水泥地上了。

他们家在七楼，蒿霖生还的可能性微乎其微。

那个女鬼还漂浮在房间里。

“为什么……不来……救……我……”

“哇啊啊啊啊啊啊啊啊啊——”路深槐用手枪对准女鬼就是一阵猛射。每一枪都确实地打在了她的身上，血也不断流出，但是那个女鬼只是表情痛苦，却没有消散。

“去死吧！去死吧！你给我去死吧！”

路深槐愤怒地把子弹全部都打到女鬼身上，子弹全用完了。

女鬼的身体颤动着，关节发出怪异的声响，身体还扭曲着，眼睛瞪得很大，嘴里依旧在说着：“为什么……不来……救我……”

路深槐知道，一切都要结束了。

终于，女鬼的身体向他飘过来，猛地把他从窗户推了下去……

润暗眼睁睁地看着两个人相继坠落。

“不……不要……不要！”

润暗重重地跪坐在水泥地上，看着倒在血泊之中的路深槐和宗蒿霖，不禁掩面而泣。相处那么长时间，他对他们还是有了一些感情。

约翰死了，任森博死了，路深槐和宗蒿霖也死了。诺索兰公司制造的克隆人，如今只有慕镜一个人还活着了。

当润暗抬起头来时，他看到的却是更加难以想象的情景！

那两具尸体，在他面前消失得无影无踪了！

这个时间诅咒，不会让他们在这个世界上留下任何痕迹。约翰如此，元丰如此，路深槐也如此，就像从来不曾存在于这个世界上一样。

润暗忽然感觉到，他对于路深槐的记忆开始模糊起来了，很多事情他想不起来了。这一切就像是梦，一点儿都不真实。

等到这个诅咒把慕镜也杀死的时候，就要轮到阿静了。最后的最后，他会连阿静也忘记了。

第03章
〔遗忘的世界〕

阿静睁开了眼睛。

她摸了摸自己的额头，掀开被子，双眼清澈明亮。

刚才睡得迷迷糊糊时，她想到了一个假设，一个极其恐怖的假设。她决定去验证它。

“慕镜，我有一个假设。”润丽终于下定决心，说出了她的担忧。

“什么假设？”

“是关于愿姬的。结合之前掌握的所有线索，我考虑到了和愿姬有关的一个可能。不过，我现在还不打算说出来，要会先去验证一下。现在就看你的了，你是不是真的有勇气接受那个答案？那很有可能会完全打破你至今相信的一切。”

润丽说得非常郑重其事。铁慕镜不禁困惑起来。

“如果你真的对愿姬抱有永恒不变的爱的话，就不会害怕我对愿姬抱有的任何疑问吧？”润丽知道，这是她获得幸福的唯一机会，也是拯救慕镜的最后机会。

“我只需要你的答复。如果你愿意，就和我一起去看看。怎么样？”

铁慕镜坚信自己对愿姬的感情，但是，当润丽这么问的时候，他发现自己内心的某个地方确实产生了动摇。

愿姬已经死了。他一直都不想承认这一点，而是用各种方式来欺骗自己，证明愿姬依旧存在着。化为厉鬼的愿姬，她的本体唯晶，这一切都说明愿姬依旧在这个世界上存在着。

如果没有这些虚渺的痕迹，他对愿姬的爱又会变成什么样子呢？自己真的那么虚伪吗？

“好的，只要那是真实的答案。”铁慕镜也下定了决心，斩钉截铁地说：“我就一定会接受的！”

“好，我先去一个地方，等验证有了结果，我会打电话给你。慕镜，我想让你面对真实的自己。”润丽决定进行一场豪赌。

“我相信，那个时候，你就会明白，你真正爱的人是谁！”

润丽离开后，铁慕镜一个人呆呆地坐在房间里，思考着她说的话。

自己对于愿姬的感情，真的是爱吗？他作为克隆人被制造出来，过着与世隔绝的生活，在那个异度空间里快速成长，他真的明白什么是爱吗？愿姬对他而言，真的是如此不可替代吗？而他对润丽是什么样的感情呢？

铁慕镜回忆起去异空间救润丽时的感觉，为什么自己那么拼命呢？在终于把润丽救出来后，自己为什么会那么欣喜？

这时，门铃响了。他连忙跑到门口，问道：“是谁啊？”

“是我啊，慕镜。”

是唯晶的声音！在铁慕镜的思绪如此混乱之时，偏偏是唯晶来了。

见到那张和愿姬毫无二致的脸，铁慕镜又产生了错觉。润丽的话犹在耳边，可他还是觉得，眼前的人就是愿姬。

走进房门后，唯晶笑道：“慕镜，我是第一次到你家来呢。”

“是啊。”铁慕镜关上门，凝视着唯晶的脸，那种错觉不断加深。

愿姬……唯晶……两个身影完全重叠在了一起。

他终于无法遏制住内心的渴望和思念，紧紧地抱住了唯晶。

“我……我想确认，我所需要的，就是你吗？对我来说，你就是我所需要的人吗?”铁慕镜情不自禁地说出语无伦次的话来。

唯晶的手环抱着铁慕镜，抚摸着他的后背，答道:“是啊，我就是你需要的人。我和愿姬并没有任何不同。你可以把我看做是她。”

是的……她就是愿姬。铁慕镜继续欺骗着自己。可是，愿姬……真的就是自己需要的人吗?

阿静走到她所想确认的东西面前。润丽就在她的身后。

“没想到……我们居然有相同的想法。”阿静正要去接触打开那个东西，润丽抓住她的手，说道:“等一下，阿静……有件事情，今天我想问你一下。这个问题……憋在我心里很久了……”

阿静放下手，说道:“是不是……慕镜对你提过的，我曾经想利用你，让你成为鬼魂体的事情?”

润丽默默地点了点头。

“我不会那么做的。”

“咦?”润丽一下愣住了。

“很惊讶吗?”阿静早就料到润丽会是这个反应，她觉得应该把这些话说出来了。

“我绝对不会做出伤害别人来拯救自己的事情。从小母亲就教导我，要有作为人的尊严和骄傲。我的母亲非常善良，她认为，人在任何情况下都要有德行和尊严，纵然在生死关头，也不能放弃作为人的骄傲，绝不能沦落为野兽。”

阿静虽然很惧怕这个诅咒，但她更重视母亲留给她的珍贵遗产。身为贵族的母亲，珍视的是荣誉、勇气和自律。

“所以，我不会去杀害他人来解除诅咒。即使要死，我也想作为一个人而死去，这就是我的信念。”

阿静的话打动了润丽，她开始相信，阿静不会轻贱自己的生命。

阿静的心里也在想着：润暗啊，你做了多么愚蠢的事情。爸爸，你也是一样……

阿静早就知道，父亲为了母亲和她犯下了诸多罪行。以她的聪慧，要推理出这一切并不困难。她在来这里的路上看到了明华睿遭受枪击的新闻，润暗能推测出来的事情，阿静也同样推测出来了。

她下定决心，无论如何也要阻止润暗。她不想把自己的生命建立在血腥的杀戮上。

自从放弃了杀死欧雪雁的念头，阿静就从没有后悔过。她也绝不会再动这样的念头了。

“对不起，唯晶。”

铁慕镜放开了怀中紧抱着的唯晶，他终于认清了自己真正需要的是谁。

“你，并不是我需要的人。你不是愿姬，不，即使你就是愿姬，也一样。我对愿姬的爱，只是占有欲，是我狂热的单恋。我从来没有考虑过愿姬的感受，我只是感觉自己失去了愿姬很痛苦，却没有考虑过作为厉鬼的愿姬的痛苦。我现在，只希望愿姬能够安息……”

“不，不对！”唯晶紧紧抓住慕镜的双臂，她无论如何也无法接受这样的说法：“我是多么爱你啊，慕镜，难道……你就给我这样的答复吗？我不能接受！”

“唯晶，你不该委屈自己去装成愿姬，她和你是不同的……”

“不！不！不！”唯晶发疯一般地拉扯着铁慕镜的手，她的脚下一滑，左手的袖子一下撕开了……

“你没事吧？唯……唯晶？”

唯晶的左臂露了出来。上面有一道……清晰的齿痕！

铁慕镜立刻想起愿姬的左手被黑暗中的怪物咬伤的那个晚上……

阿静打开了眼前的门——唯晶卧室里的衣柜的门。

阿静和润丽看到了触目惊心的一幕。

一具干瘪的尸体蜷缩在衣柜角落里，已经死了很长时间了。但是，在打开衣柜后，尸体腐烂的臭味才散发出来。

约翰说过，有一天，唯晶换衣服的时候叫他等在门外，而她打开衣柜的时候，从镜子里看到了愿姬的鬼魂。后来，约翰冲进屋里，看见一脸惊恐的唯晶倒在衣柜前……

但是，事实是：那一天，镜子里的愿姬跑了出来，杀死了唯晶，把她的尸体藏在衣柜里，然后，利用她那张和唯晶一模一样的脸，一直在所有人面前冒充她！

“唯……愿姬……”

铁慕镜不敢相信自己的眼睛，那道清晰的齿痕，无疑证明了眼前的人的真实身份。这道伤痕，除了自己和愿姬以外没人知道，就连对路深槐，他都没有说过这件事。

紧接着涌上心头的，是很深的恐惧。铁慕镜没有忘记，他第一次看见愿姬的鬼魂时，她让地铁的整整一节车厢消失得无影无踪了。如今，那个恐怖的厉鬼就站在自己面前！

唯晶，不……愿姬慢慢站起身来，她一直低着头、驼着背，手在怪异地摆动着。

铁慕镜还清楚地记得当初向愿姬发过的誓言，也记得她说过，如果他违背了誓言，即使死了也不会放过自己。

“不……不……你别过来！”

他所谓的爱情不过是可笑的自欺。此刻，在自己面前的、他朝思暮想的爱人，就是一个丑陋狰狞的厉鬼！

与此同时，阿静蹲坐在真正的唯晶的尸体前，叹惜道：“润暗失去了预感被诅咒者的能力，你也失去了预感死亡日期的能力，不然，我们本来早就应该识破，我们面前的唯晶，其实一直是愿姬的鬼魂！”

润丽本来只是猜想有这种可能而已，但也感觉很异想天开，或者说只是她内心很希望事情是这样。但是，没想到这居然是真的。

一想到自己曾经和一个厉鬼如此接近，她不禁感到不寒而栗。这样的话，慕镜不是很危险吗？

润丽立刻冲了出去，她要马上去找慕镜！

“愿姬……你，你别过来！”

铁慕镜不禁汗毛直竖，一步一步地后退。自己被诅咒了，化为厉鬼的愿姬出现在自己面前，他还有活下去的可能吗？

愿姬继续一步步地逼近慕镜。

润丽的话是正确的。慕镜终于彻底明白了。

人鬼殊途。在愿姬死去的那一瞬间，她就已经不再属于这个世界了。他只是在追寻着愿姬的影子而已。愿姬的鬼魂，不会是原来的她了。

“愿姬……求求你了……安息吧。”铁慕镜压抑着恐惧，对眼前不断逼近的厉鬼说道：“你已经死了。请你别再折磨我了。”

可是，没有用。她还在走过来。

“离开……你离开啊，愿姬！”

他顺手拿起桌子上的一个花瓶，朝眼前的厉鬼扔了过去。花瓶在快要砸到她头顶的时候，却忽然停住不动，悬浮在半空中。

接着，花瓶掉在地上，摔得粉碎！

这时，铁慕镜才猛然意识到，他面对的是一个真正的厉鬼啊！

因为强烈的怨恨，在午夜零点死去，是不死的恶灵啊！就连具有不死鬼眼的约翰创造出来的僵尸，也被厉鬼轻松地撕成了碎片！

在花瓶碎了之后，厉鬼的喉咙里开始发出意义不明的叫声。

那叫声最初很低沉，但渐渐的，声音变得越来越响，像是一个喉咙烧伤的人发出的声音。

厉鬼慢慢抬起头来。

头发遮住了她的半边脸，昔日那绝色的美貌，此刻隐没在一片阴白之中，一双血红的眼睛充满无尽的怨毒和憎恨。

她什么也没有做，可是，铁慕镜却已经感到了深入骨髓的寒意。

厉鬼的身影开始变黑，化为了影子一样的活动物体。

铁慕镜双脚发软，连动都无法动一下。

过去，他的身体里也寄宿着鬼魂，但他并没有因此恐惧过。因为他知道，鬼眼的力量保持着生灵和死灵之间的平衡。

但是，他在地铁里见到愿姬的鬼魂时，平衡就被打破了。

从那一天起，铁慕镜就开始不断接近鬼魂。他一直感到背后有一股寒意，像是有一个白色身影盯着他。

所以，他欺骗了润丽，说阿静会利用她成为鬼魂。实际上，他只是把润丽作为一个分担灵体平衡的工具罢了。因为……他和润丽同时接触了愿姬的鬼魂。

所以，只要润丽可以成功地拥有鬼眼，他体内的失衡就可以得到恢复了。虽然知道那么做很卑鄙，但是，他还是那么做了。他也是为了这个目的，才进入异度空间去救润丽。

不过，他并没有想到，阿静后来用催眠药水，问出了铁慕镜那一天在海滩边对润丽说了些什么。

润丽拥有凶像瞳眼后，铁慕镜的内疚越来越深。他开始频繁和润丽接触，希望了解她的生活，确定她还过得好。但是，他做梦也没有想到，他渐渐爱上了润丽。

这一切……真的是天意。他想忘记掉这一切，因为他摆脱不了心里愿姬的影子。

可是……现在已经没有后悔的余地了。他对愿姬许下的诺言，没有收回的可能。就连作为克隆人出生，以不正常的速度长大的过去，也扭转不了。

人生，没有再来一次的机会。

铁慕镜的左脚，不由自主地抬了起来。

他一动也不能动。撕心裂肺的痛楚传来，他却连叫声也无法发出。

左脚瞬间被折断了，无缘无故地折断了。

血还没有流出来，铁慕镜的右脚又抬了起来……

五分钟后，房间里流了一地血。铁慕镜的头、四肢和躯干分布在房间的各个角落。

此时，铁慕镜还有知觉，他眼睁睁地看着自己的断肢残臂。只有一个头，却还可以看、可以听、可以思考。

眼前那个黑影抬起了手。一个东西在他眼前晃了起来。

那是……愿姬的怀表！

铁慕镜顿时有一种不祥的预感……此刻，怀表的指针迅速地以逆时针方向走动着。

紧接着，眼前的景象如同快速倒带一样，原本断开的四肢又接回到自己的身体上，而黑影又变回了厉鬼，变回了还没有被拆穿、伪装为唯晶的愿姬。

等铁慕镜反应过来时，周围已经恢复了原样。

房间里只有他一个人，润丽刚刚离开。

这时，门铃响了。对于此刻的铁慕镜来说，这是最恐怖的声音！

他勉强支撑着身体来到门前，壮着胆子问："谁呀？"

"是我啊，唯晶啊，快开门啊，慕镜！"

铁慕镜一下跌坐在地上，他的脸变得煞白，身体不停发抖。

"你……你先走吧……我，我今天有点儿累，想……想休息……"

时间倒流了。但慕镜保留着刚才的恐怖记忆。

可是，唯晶——不，应该说是愿姬——不肯离开："快开门啊，慕镜，我无论如何也要见你，求求你了，好不好？"

铁慕镜站起身，确认门锁好以后，又搬了一张桌子到门口，死死顶住，然后，他跑到窗口，考虑逃走的可能性。

这里是五楼，跳下去必死无疑。要是有着过去的裂灵鬼眼，一瞬间就可以到达底楼，可现在他根本做不到。

这是报应吗？是他在愿姬面前许下了做不到的誓言，并且欺骗了润丽的报应吗？

他没有机会再回应润丽的心意了。他瘫坐在地上，眼神无助地看着门口。

敲门声变得急促起来。

“开门……开门啊！慕镜，你房间里是不是还有别人？是不是还有别的女人？”

她开始不耐烦了。

铁慕镜只好大声辩解道：“不……没有！绝对没有！”

“真的没有吗？那你为什么不让我进去？”

铁慕镜又看房间内还有什么重物可以顶住门，就在这时，一个恐怖的声音传来。

“你忘记对我的誓言了吗？铁慕镜，你给我开门！快开门！”

不……不要！

“我是愿姬啊……你爱的愿姬！我说过，要是你背叛我，即使我死了，我也不会放过你的……给我……开门！”

这简直是地狱的魔音！

“不……不对！你不是愿姬！”铁慕镜推着冰箱顶住门，喊道：“愿姬……她是那么善良，她不会伤害我的！如果你真的是愿姬，你不会对我那么残忍的！”

门外突然变得一片寂静。

铁慕镜紧张起来，这寂静反而更加可怕。

接下来发生的事情……只用了几秒钟的时间。

铁慕镜的身体被撕裂为千万块碎片，散布到房间的每一寸地方！

一快怀表打开了。表上的指针再度逆时针转动起来……

润丽焦躁地再一次抬起头，看着电梯的数字不断上升。

“快啊！快啊！”

区区五层楼，却是生与死的距离。

电梯门一打开，润丽就猛地冲出去，朝慕镜家飞奔而去。

“慕镜……慕镜……慕镜！”

明明知道厉鬼有多么恐怖，明明知道慕镜几乎没有生还的希望，可润丽还是无法放弃他。

终于，润丽来到慕镜家的门口。

唯晶……不，愿姬正站在门前。她的手上拿着一只怀表。

“住手！愿姬！不要再伤害慕镜了！”润丽虽然拼命鼓起勇气，但还是距离愿姬好几米远才敢喊出这句话。

愿姬猛地回过头来。

一双血红的眼睛立即映入眼帘。润丽顿时吓得倒退了好几步，但想到慕镜的安危，她强行压制住内心想要逃跑的念头，一字一顿地说：“求你了……愿姬，为什么还要继续折磨慕镜呢？为什么不能给他自由呢？你和他一起长大，有那么深的情感和羁绊，为什么在你死去以后，就不愿意放过他呢？”

愿姬依旧一动不动。但是，门后的铁慕镜听到了这句话。

时间再一次倒流了。几分钟前，当铁慕镜睁开眼睛时，自己的身体依旧完好无损。可是，刚才自己的身体裂为无数块碎片的恐怖记忆，已经深刻烙印在了脑海中。

还要再来一次吗？这简直是地狱一般的煎熬！

可是，就在愿姬即将再一次对他进行死亡折磨时，他听到了润丽的声音。

身为一个男人，怎么可以让心爱的女人为了自己面对那么大的恐怖？

铁慕镜终于按捺不住了。他搬开门前的障碍物，咬了咬牙，猛地将门打开，然后一拳挥向愿姬！

这一拳却如同打在空气中，不过，愿姬的身影一下变得非常模糊，犹如海市蜃楼一般。不久，那个身影完全消失了。

与此同时，润暗又一次给家里打电话，但还是没人接。

“阿静……阿静不会出事了吧？”

他这时已经到达自己所住公寓的楼下，还是恨自己跑得太慢了。

路深槐和宗蒿霖都死了，下一个被诅咒的人是谁？

虽然阿静进入诺索兰公司的时间远在铁慕镜之后，但是和她同时进入的高风辉、钟子离等人在这个世界上的痕迹已经消失了。那么，阿静是随时都会遭受诅咒的！

慕镜和润丽一起离开了公寓。

“你没事吧？润丽？从刚才就一直在流汗……”润丽几乎走不动路了，几乎要靠慕镜的搀扶才能勉强前进。

天色暗了下来，不过，到了人多的大街上，他们稍微安心了一些。

直接面对厉鬼，润丽即使没有受到伤害，她的意志也撑不住了。

铁慕镜回想着那个存在于诺索兰内部的空间，开始明白那是一个怎样的存在了。

那是一个不存在时间的混沌世界。

“润丽……”慕镜问道，“要不要我背你？你看起来很累。”

润丽想要拒绝，但是她的身体太疲惫了，她没办法逞强了，只好轻轻点了点头。

慕镜背着润丽，她感受着这个男人传来的体温，稍稍有些慰藉。

“润丽……”铁慕镜终于说出了自己真正的心意，“其实……我利用了你。当初我说任静要利用你，是我说了谎。我救你，也是出于私心。可是，现在不同了。我真的很需要你。”

“我知道啊……我什么都明白的。慕镜，我都明白……”润丽的手紧紧地缠绕着慕镜的脖子，他是她在这个世界上最渴望的依靠。

此刻的慕镜和润丽，都感觉没有任何遗憾了。

“我们接下来该怎么办？”

爱情虽然是美好的，但残酷的现实还是摆在眼前。

润丽终究还是要面对这个问题。慕镜的生命，终究还是会被那个混沌空间带走。高宁市被那个空间不断入侵，没有任何人可以逃走。

阿静也是一样的。

“我们去见阿静。她应该能想出办法来。”

铁慕镜拦下一辆出租车，和润丽一起坐进去。刚才他已经和阿静通过电话了，她正在回家的路上。

坐上出租车之后，铁慕镜紧张地注意着前后左右的动静，就连司机他也是注意了很久，才敢上车的。

一路上很顺利，愿姬没有再出现。但这反而让慕镜和润丽更提心吊胆。

出租车稳稳地停在润暗家公寓的楼下，二人这才稍微松了口气。看着眼前的公寓，慕镜的左手和润丽的右手紧紧握在一起。

只是几层楼而已，但对于他们来说，却犹如魔境一般。电梯当然是不能坐的，但是楼梯他们也不敢走，因为有简意涟住的公寓的前车之鉴。当初为什么不选择住在一楼呢？润丽很懊悔。

站在楼梯前，二人默默地考虑了很久，还是迈不开步。

“要不打电话给润暗，让他下来接我们？”慕镜提议道。

润丽摇头道：“不……我不想连累哥哥遭遇危险。慕镜，又是楼梯啊，上一次，我们就是在可怕的楼梯诅咒下，好不容易才逃出生天的。”

是啊，那一次他们险些就死了。但是，仔细想来，他们能够得以逃脱，恐怕不是运气好，而是死亡日期还没有到吧。

“走吧……润丽。”

没有别的选择了。如果愿姬真的要出现，那也是命。

“我还是先联系一下阿静吧，看看有什么办法。”润丽拿出手机，给家里打电话。

然而……没有人接电话！

润丽开始恐惧起来，哥哥和阿静都不在家吗？还是……这里根本就是……

楼道里静得连一根针掉在地上的声音也听得清。慕镜和润丽就这样僵直地站在原地，一步也不敢挪动。

愿姬随时会从任何一个角落跑出来，把慕镜带到另外一个世界去。

“我们……走吧……慕镜……走，走……”

润丽忽然说不出话来了。

因为……他们原本应该在一楼楼梯口，这时……旁边却凭空多出了向下的台阶！

在那个台阶上，站着一个润丽非常熟悉的人。那是……简意涟！

“润丽小姐，你怎么还发呆呢？快逃啊！”

润丽的记忆一下被拉回了当初在楼梯诅咒中的遭遇。

那一天，在简意涟所住的公寓的十五楼，发生了可怕的事情。也是在那时，润丽获得了凶像鬼眼。恐怖的鬼魂一步步地逼上上面的楼层。

难道……她看了看身后的楼层标志牌。

十五层！

慕镜一把拉起润丽，喊道：“快走！”

是愿姬……这是愿姬的时间诅咒！

他们回到了楼梯诅咒的那一天！

可是，慕镜和润丽的眼睛，还是黑的。

三个人向下狂奔，不久，身后传来了鬼魂追逐的声音。

当初简意涟像是陷入幻觉一般站在楼梯上一动不动。这一次，索性把她也一起救了，如果救得了她，那也等于解除了诅咒。

虽然慕镜也知道不可能那么简单。而且，没有冥裂鬼刃，就算不断往下跑也没有用啊！

果然，快跑到一楼的时候，简意涟的眼神忽然变得呆滞起来，她不再跑了。早有准备的慕镜把她一把背起来，继续向下跑。

过去能改变吗？他和润丽，这一次会死在这里吗？

跑到一楼时，他们发现还有继续向下的台阶。慕镜只得背着简意涟，和润丽继续向下跑。

鬼魂在后面追逐的声音越来越响，似乎也在飞快地向下奔跑。

“愿姬……别再这样玩弄我了……求求你，停止吧！”

绝望涌上了铁慕镜的心头，到底该怎么做，这个诅咒才能停止呢？

跑到一个楼层的时候，铁慕镜的眼睛忽然直了。

楼层的标志牌居然是……十五楼！

同时，他感觉背上空了。

简意涟又出现在下面的台阶上，说道：“润丽小姐，你怎么还发呆呢？快逃啊！”

时间在不断地轮回。慕镜和润丽迷失在这个混沌世界里。

无尽的楼梯。虽然明知道一切都是徒劳无功，但是慕镜也只能和润丽一次次重复着一段又一段的轮回。而他们的体力在不断消耗着。

再这样下去，他们死在这里，不过是时间的问题。

身后的鬼魂追逐的脚步一刻也不曾停歇，双方的距离在不断缩短。本来相距一个楼层，而现在只相隔十级台阶了！

而且，这个距离还在不断缩小！

慕镜和润丽都不敢回过头去看。而简意涟已经死了至少有十次了。

最恐怖的事情终于发生了。

慕镜本来一直紧抓着润丽的手，就在此刻，手居然松开了！

他猛地回头一看，身后的楼梯……却空空如也。

和过去所发生的事情一模一样？润丽被那个鬼魂带回到了十五层，然后自己上去找她，而那个鬼魂假扮成润丽，差一点儿把自己害死。那段记忆，铁慕镜至今还历历在目。

那一次他之所以可以逃生，主要是因为他拥有冥裂鬼刃，可以破开异度空间的屏障，并且在两个空间的连接即将完全断开时逃出。而现在的自己，只是一个血肉之躯的人类。

他彻底绝望了。

“还给我……”铁慕镜悲怆地喊道，“愿姬，你把润丽还给我！”

迷失在这个混沌的空间中，铁慕镜感到像是又回到了诺索兰公司。

他不断发出绝望的呐喊，可是，没有任何回答。

难道……只能再到十五楼去吗？

铁慕镜昂起头来。面临这种绝境，他对自己能够生还已经不抱希望了。可是，润丽不应该死在这里。她是那么善良的一个女孩，应当得到幸福的。

铁慕镜开始向楼上走去。一切都和过去一模一样。

当时，他是在文邦明家的卧室里找到润丽的。他刚走进那间卧室，那个鬼魂就绕到他身后，捂住了他的眼睛。

回想到这里，他猛地打了一寒噤，脚步也变慢了。

终于，十五层到了。

铁慕镜凭着记忆，来到了文邦明家的门口。

大门被他的冥裂鬼刃给砍开了，里面躺着一具尸体。铁慕镜记得那个人叫马向昼，鬼魂跑到他的身体里，又把文邦明拉进他的身体里。

现在看到这个场面，铁慕镜还是感到一阵恶心。

“愿姬……我来了……求求你，放过润丽吧！求求你！”

铁慕镜在门口徘徊着，他实在没有勇气再进去了。

待在这种环境里，还可以保持清醒的神志，已经是一个奇迹了。

终于，他不得不走了进去。他无法接受润丽死去，绝不能让愿姬杀死她。

铁慕镜慢慢地向卧室挪去。他知道，在进入卧室的瞬间，鬼魂就会从背后捂住他的眼睛。

就在他思考着该怎么应付时，他忽然听到门外传来许多人走动的声音，他连忙打开一扇门躲了进去，稍微开了条小缝。

令他惊讶的是……从大门走进来了三个人，竟然是……元丰、张远志和罗志龙！

元丰看了看地上马向昼的尸体，叹了口气说：“唉，误闯入这个空间的人恐怕是死光了吧。把尸体带回去，做试验吧。志龙，把这里的房间都查看一下，所有尸体都要进行解剖和研究。”

为什么已经死了的他们会出现在这里？铁慕镜一头雾水。

“真是无法理解啊……”罗志龙看着马向昼被破开的头颅和文邦明伸出来的脚，对张远志说：“这个人的身体是怎么进到里面去的？或许可以开发新技术呢……”

这时，张远志就要走到铁慕镜现在躲藏的房间来了，情急之下，铁慕镜拿出了阿静给他的变色龙液体的小瓶子，在身上迅速滴了三滴。

比起元丰三人的出现，他更关心的是，润丽现在究竟在哪里？还在那个卧室里吗？

接下来，铁慕镜看着他们把文邦明家里所有尸体都运了出去，又进来一班穿着生化防护服的工作人员，都是昔日诺索兰公司的员工。

铁慕镜尾随着他们。他大致可以确定，润丽不在这里。诺索兰公司的人如果发现不了，就意味着这里已经没有人或者鬼了。

像铁慕镜现在这样用化学药物隐藏身体的情况，他们反而没有考虑到。其实，只要有红外线扫描仪，就可以轻易发现他的存在了。

当然，铁慕镜并不知道，这个公司之所以拥有这么多灵异资料，都是任森博通过各种渠道提供给他们的。

他跟着那班工作人员，沿着楼梯向上走。到了第十八层的时候，他们进入了这个楼层。

此刻，润暗和阿静正在家里焦急地等待着慕镜和润丽。但是，他们一直没有来。

“恐怕是出事了……”阿静的心头掠过不祥的预感，她对润暗说：“你回忆一下，当年你预感到你和润丽的死亡，先后顺序是？”

“她是在我之后死的。”润暗咬了咬嘴唇说道，“所以我还活着的话，就没问题了……”

“不一定……”阿静摇了摇头，“我们面临的是时间诅咒，时间的先后顺序已经没有意义了。不过，慕镜和润丽待在一起的话，他们周围的时间流动应该一致。你预感到润丽会死的时候，前后有没有出现过慕镜的影像？他是很俊美的男子，你应该会有比较深的印象吧？”

润暗立即想到，当初在自己的预感，在时间和地域的范围，都远远超过现在的自己。但是，毕竟过了那么多年，纵然他想破了头，还是想不起来了。

就在这时，传来了钥匙开门的声音。

润丽推门走了进来。

铁慕镜呆住了。

怎么会……这个楼层，是他过去待过的遥州市诺索兰公司分部实验大楼啊！他和深槐、愿姬就是在这里长大的！

遥州市的实验大楼居然连通着高宁市的一所公寓？不对！这所公寓并不在高宁市，而是在异度空间啊！那么，这个公寓也是混沌空间的一部分吗？

但是，从时间线上推断，这个时候诺索兰公司已经在地球上彻底消失了啊……

铁慕镜感觉脑子里一片混乱。

这是一个时间紊乱的空间，过去、现在和未来根本没有意义。任何时间点都可能交汇在一起。

那些工作人员走出门后，元丰拿出一个遥控器，对着门按下一个按钮，随即这个门变得透明起来，然后消失了。

铁慕镜这才明白，为什么自己过去从没有发现这个门。

那么，他现在会见到过去的自己、深槐和愿姬吗？愿姬为什么要把他带到这里来？

他沿着走廊慢慢地走着。这个楼层的空间，远远超过外部看到的。也许是因为时间扭曲的关系，连空间也扭曲了吧？它的实际面积有三个足球场合在一起那么大，而在这个楼层居住的，只有他们三个人。

是去找深槐？愿姬？还是过去的自己呢？

他不知不觉地……来到了昔日自己所住的房间前的一个走廊拐角处。

就在这时，那扇门一下打开，又一下关上了。他看见了昔日的自己，还是少年时的自己！

他连忙跑了过去。这时，门再一次打开了。

紫蓝色的光芒一闪，血红的长刃刺穿了铁慕镜的心脏！

一脸戒备的昔日的自己，正举着冥裂鬼刃，虎视眈眈地看着自己，嘴里喊着："怪物！你这怪物！"鬼眼是可以识破变色龙液体的伪装的。

这时，铁慕镜才猛然醒悟，他小时候杀死的那个胸口长着鬼面的男人，其实就是他自己！

他记得，当时那个阴白的女鬼面孔，是黏附在那个男人的左胸处，仔细回忆的话，其实不是长在上面，而是那个人头的头发缠绕着男人的身体。

而那个人头，就是愿姬！此刻，她的头颅正黏在自己的胸口上！

铁慕镜的身体开始腐朽了，皮肤如同干枯的树皮一般剥落。随后，他的身体化为了尘沙。

"润丽……润丽……对不起……"

在少年铁慕镜的面前，青年铁慕镜变成了骨架，随后又化为了尘土。一阵风刮来，这些尘土都飘散了……

少女愿姬正站在走廊的另一头，她拿着怀表，看着那些尘土被吸入怀表的表盘里，化为这混沌空间的一部分……

这个混沌空间所创造的一切，诺索兰公司、三个克隆人、宗蒿霖、元丰等人，在高宁市彻底被抹去了。

那张一直放在润暗家的《死离人形》DVD，也在瞬间化为乌有。

阿静看到润丽走进来，立刻问道："润丽，慕镜呢？慕镜在哪里？"

润暗和润丽都莫名其妙地看着她。

"慕镜是谁？"二人异口同声地问道。

在那个混沌空间里，不管存在过什么，都无法在真实的时空中留下痕迹。无论是记忆还是影像，都会化为空无。

润丽因为和这个诅咒无关，自动被这个空间排斥回了正常的时空中去。而当时进入过那个混沌空间、却因为体内有着那扇空间之门的阿静，因为在两个空间的夹缝中，因祸得福，得以脱离了这一次诅咒。

“啊，是啊，慕镜是谁啊？”阿静忽然感觉大脑一片空白，和“慕镜”有关的信息，如同被橡皮擦去一样，完全从她的头脑中抹掉了。

从此之后，这三个人永远都不会想起和诺索兰公司有关的任何事情了。

第04章

〔校园吃人魔〕

高宁市迎来了初春。冬季的雪消融了，忙碌的一年又开始了。

乔品月骑着自行车，不时看看腕上的手表，沿着干净的马路前往她即将任教的月鹰高中。今天是她报道的第一天，所以心里很紧张。这份工作是她在这所高中担任副校长的叔叔帮她介绍的，所以她很珍惜，也感到非常有压力。

因为很心急，在拐过一条马路时，她没有注意到路上有一块石头，撞了上去，自行车一下失去平衡，整个人重重摔在地上，包也掉在了地上。

还好她摔得不重，身上没有受伤。乔品月拍了拍身上的尘土，刚要站起来的时候，一只手伸到她面前。

乔品月抬头一看，是个穿着校服的少女，长得很漂亮，只是表情很淡漠，她说道："起来吧。"

"好……好的。谢谢你。"

乔品月拉着那个女学生的手站起来，她也就回过头走了。乔品月在她后面说了一句："谢谢你了！"

那个女学生没有回头。

扶起自行车后，乔品月捡起包，继续朝学校骑去。

半小时后，她怀着忐忑不安的心情，走进了月鹰高中高二(3)班的教室。去年刚从师范大学毕业的她，对于自己能否胜任班主任的工作有些担忧。她很清楚，现在的学生不好管，而现在又是高三之前的关键时期，她还可能要把他们带到毕业。

进入教室后，她粗粗地扫了一眼教室。学生们本来都在喧闹，见老师进来，立即鸦雀无声，个个都端坐着。

看着一张张年轻的面孔，乔品月渐渐安下心神，开始自我介绍起来："同学们好，我是这个学期接替张老师担任你们班主任的语文老师。我的名字是乔品月，希望我们能够好好相处，那么……"

她此时已经打开了学生名册，打算先熟悉一下班上的同学。

这时，她忽然发现，台下坐着那个扶起自己的女学生！

乔品月先是有些吃惊，不过她很快镇定下来，开始念名册上的名字，并且猜测哪一个名字是那个女学生的。

"张智心！"

"到！"

"唐若云！"

"到！"

"金弦惠！"

念到这个名字时，那个女学生说了一声："到！"

点名结束后，乔品月又问道："班长是谁？"

坐在金弦惠身边的一名女生举起了手，乔品月示意她站起来。

"你好，乔老师，我是班长张智心。"

这个女生的声音清亮有力，看起来很阳光。这倒是和金弦惠形成了鲜明对比，她的表情还是和刚才一样淡漠，看不出任何情感，可能挺内向吧。

"好，请你介绍一下自己，然后，想要自我介绍的人，都可以一一站起来说，我希望能和大家像朋友一样相互了解。"乔品月打算用这种方式来缓和气氛，和学生们打成一片。

班长的性格确实很开朗，毫不讳言地说起班级的许多事情。在她说话时，乔品月看到底下不少人在窃窃私语，不知道他们在讨论什么？

是在谈自己？还是在谈班长？又或者是无关的事情？

接下来的课堂气氛还算活跃，不少人主动介绍自己。大约过了半节课，乔品月开始向学生们说明这个学期的教学计划和高考的事情。

讲课的时候，乔品月总是有意无意地看向金弦惠。刚才她没有站起来自我介绍，虽然上课时在认真地记笔记，但是她的神情实在太冷淡了，有点儿奇怪。不过，从她帮助自己来看，应该还是很热心的人吧？乔品月这样想着。

下课了，同学们纷纷走出教室，金弦惠还是坐在位置上不动，她从书包里取出一本书来看。因为她把书直接放在桌子上就看了起来，乔品月没看到那是什么书。于是乔品月走了过去，笑容可掬地对她打招呼："金弦惠同学，你好，今天早上真是谢谢你了。"

金弦惠抬起头来，狐疑地看了乔品月一眼，说道："对不起，老师，我不明白你的意思。"

乔品月一惊，难道她这么快已经忘记了那件事了吗？

"今天早上不是你扶起我的吗？那时候我不小心摔到地上……"

金弦惠眨了一下眼睛，摇了摇头，说道："那不是我。"

"咦？"乔品月疑惑起来，这到底是怎么回事？她绝对就是扶起自己的那个学生啊！

"老师……你说的，应该是金弦娜吧。她和我是双胞胎姐妹，所以很容易认错了。"

双胞胎？乔品月还没有反应过来，感觉金弦惠可能在开玩笑。因为她的口气太奇怪了，如果真的有一个双胞胎姐妹，那为什么她的表情也是如此冷漠的？

金弦惠低下头来继续看书，一副旁若无人的样子，毫无继续和乔品月交谈的意思。

乔品月看她如此冷淡，也只好走开了。她边走边想，是不是早上那个女学生真的不是金弦惠呢？那么她的那个双胞胎姐妹应该也在这所高中上学啊。

乔品月在走廊上遇到了张智心，连忙上前问道："张智心……我有个问题想问问你。"

"好啊，乔老师，你问吧。"

"坐在你旁边的金弦惠同学，她是不是有个双胞胎姐妹？"

"啊……是有的。不过，乔老师，你最好别在她面前提起这件事情。那是她的妹妹，也在这个高中读书，在4班。"

"她们姐妹的关系不好吗？"

"唉……岂止是不好啊。乔老师，其实在班里，几乎没人肯接近小惠。她和她妹妹的关系实在是很差，而且两个人都是很内向的。至于她和她妹妹关系差的原因，涉及她们的隐私，我不想说。"

乔品月没有继续追问。这么说来，金弦惠的话并不是开玩笑。姐妹如果都很内向的话，确实不容易交流。

这时，金弦惠刚好朝这边走了过来，手里拿着一本书，经过二人身边的时候，不但不打招呼，甚至连眼睛都没有看一下。这种被人完全无视的感觉，乔品月感到很不舒服。

"她……是不是很寂寞啊……"乔品月忽然想到，刚才那个人会不会是那个妹妹呢？虽然也拿着一本书，也不能就断定是金弦惠。她刚才这样径直走过去，恐怕也没有注意到自己吧。

乔品月想，今后要多和金弦惠多交流，设法让她打开心扉。但是，她做梦也没想到，这是一连串噩梦的开始……

张智心和乔品月分开后，朝楼下走去。在经过一条走廊的时候，她无意中看向窗外。在相邻的教学大楼，和这边正对的窗户里，她看到了金弦惠的身影。不……那可能是金弦娜。

两座教学楼相隔不到二十米，而且张智心的视力很好，所以看得很清楚。这时，对方的目光也看了过来。不知道怎么的，张智心忽然有一种奇怪的心悸感觉。

张智心停下脚步，开始仔细地打量对面大楼的那个女生。她想试试看，能不能分辨出对方是谁。

对面教学楼的那扇窗户里，现在只有那个女生一个人。她的手抬起来，似乎拿着什么东西。再仔细一看，她的嘴巴一张一合的，似乎是咬了什么东西，然后在慢慢咀嚼。

她在吃什么东西吗？张智心把头伸出窗外，想仔细看个究竟。这时，那种心悸的感觉，越来越重了。

她到底是姐姐还是妹妹？

张智心也接触过金弦娜几次，她的性格和姐姐是一样的，而且声音也一样，在学校里她们都穿着校服，所以，她已经认错过很多次了。这时，她忽然觉得，对面的女生咀嚼的速度变得快了，不知道是不是自己的错觉。

过了一会儿，对面的女生朝前走去，很快看不见了。

张智心摇了摇头，最终还是没认出来。即使过后问她们也没用，她们多半是沉默不语。

仔细回想一下，刚才那个女生手上拿着吃的东西，似乎是红色的。不过，她旁边的墙壁颜色也接近红色，可能是自己的错觉吧。

乔品月午休时来到学校的图书馆，她是一个很爱看书的人。在书架上挑选了几本书后，她找了一个位置坐下。很快，有一个人坐在了她的对面，正是金弦惠。

她刚要打招呼，但是又不确定对方是姐姐还是妹妹，于是说道："请问……"

对方抬起头来看了她一眼，茫然地问："有什么事情吗？"

"啊……请问你是……"

对方像是才明白过来，说道："你好像有点儿面熟……啊，对了，你是今天早上……"

"对对对！那你是金弦娜同学吧？我是你姐姐的班主任。"

提到"姐姐"，金弦娜立即露出了嫌恶的表情，回答道："这样啊……我知道了。”她很快就把目光移回书本上。

“你们有没有见到陆鸥？”

高二(4)班的班主任沈卓良忧心忡忡地迈进教室，这时教室里只有五六个人。

“没，没看见。”每个人都这么回答。

那个名叫陆鸥的女同学，因为成绩一直比较差，所以在开学前，她母亲就给沈卓良打了电话，说希望在开学后利用午休时间到老师那儿补习数学。但是，今天中午她却没有来。

沈卓良是一个很负责任的老师，所以他立刻来找这位女生。这时，一个女生又说："沈老师，好像今天上午上完数学课后，就没有再见到陆鸥了。"

“你们说什么？”沈卓良皱了皱眉头，抓了几下头发，又问道："嗯，金弦娜现在在哪里？有人知道吗？她和陆鸥是同桌，她也许知道？"

“她啊……应该在图书馆吧。”

沈卓良立刻向图书馆赶去。在他的印象中，陆鸥是个非常守规矩的学生，她的学习成绩虽然很差，但从不会做违反校纪校规的事情，实在很难想象她会旷课。她是出什么事情了吗？

沈卓良对每一个学生的各方面情况都非常关心，每个学期至少家访十几次，有时就算晚下班也要帮学生补习，学生如果生病了，他还会去探病，是一位很尽心尽责的好老师。

图书馆距离这里还隔着一座教学楼。沈卓良走出这栋大楼，就看见金弦娜正走过来。

“啊，金弦娜，你来得正好，我想问问……”

谁知道她却直接从沈卓良身边走了过去，一点儿反应也没有。他立刻明白过来了，这个女生应该是姐姐。

为防万一，他还是追过去问了一句："不好意思，我可能认错了，你是金弦娜的姐姐吗？”

这个女生停下了脚步，但根本没有看沈卓良，只说了一句：“我和她没有关系。”

这实在让沈卓良有些恼怒，她这样一副爱理不理的样子，和金弦娜看起来根本没什么两样。但现在事态紧急，他也没有时间和她计较，只好去图书馆。

乔品月拿书挡住脸，悄悄地观察着金弦娜。她和她姐姐实在是长得太相像了，发型、身材、举手投足，甚至连看书的姿势，都和姐姐一模一样。

金弦娜其实长得很美，只是可惜表情太过呆板。这对双胞胎如果性格开朗的话，一定会成为这所学校的校花吧？但是她们为什么如此和集体格格不入，而且姐妹间的隔阂还那么深呢？

这时，一个青年站在金弦娜身边，看起来应该也是老师。他叫了金弦娜一声，她抬起头来问道：“什么事？”

那个青年看起来很焦急，问她：“你知道陆鸥在哪里吗？我正在找她，她是不是数学课之后就没有再来上课？”

“我不知道她在哪里。”金弦娜非常简短地说完，目光又移到书上。

“你们不是同桌吗？她没有和你说过什么吗？”

“我不知道。”

依旧是简短的回答，金弦娜此时的态度，又让乔品月想起金弦惠来。她不禁在心里疑惑，这两个人……真的不是同一个人吗？

“我现在重新工作了。”在润暗家里，阿静告诉了润暗这个消息。

上一周，润丽找到了一个报社新闻记者的工作，现在阿静也说要去工作，而自己还是待在家里写小说，润暗不禁感觉有些寂寞。

“那……那是什么工作？”润暗认为阿静出去工作也是明智之举，

毕竟总待在家里无所事事，也容易胡思乱想。现在他们失去了预知能力，多和社会接触，更容易得到一些和灵异相关的消息。

“是画插图的工作。我以前就是帮左梓月小姐画插图的。”

“你以前说过的呢，我都忘记了。”

“左小姐和我联系了，她说希望我能够继续为她的作品画插图。我也答应下来了，明天我就去上班。”

左梓月是一个有名的抒情散文作家，润暗过去在一些作家的活动里和她有过一面之缘。在他的印象中，她是一个端庄优雅的淑女，她的作品文笔很细腻。只是他实在没想到，帮她画插图的人，居然就是阿静。

“对了，还有一件事情。”

“嗯？”润暗看阿静的神色很郑重，感觉不是小事，忙问道：“什么事情？”

“外公他……想在周末请我们去吃饭，润丽也一起去。”

润暗先是吃了一惊，但随即想到，这也是情理之中的事情。

阿静的外公孙正延，是孙氏企业的董事长。这是一个大型跨国企业，承接许多大型工业项目。阿静的母亲是孙董事长的独生女，他既然决定接纳阿静，那么身为阿静男友的自己，恐怕也会被他视为将来家族的接班人吧？

不过，目前最大的问题，是要解除他和阿静、润丽的死亡诅咒，而孙董事长也知道了怎么才能实现这一点。于情于理，他都应该去和阿静的外公见一面。他对阿静是真心的，他深爱着阿静。只是现在面临着这个恐怖诅咒，所以他才没有和阿静谈婚论嫁。

其实，他很希望有一天能和阿静步入婚姻，成为一直守护她的人。但是，如今他失去了预见死亡的灵异体质，他对于自己的未来充满无力感和绝望感。但是，对阿静的爱又让他振作，不肯轻易失去希望。

“你在想什么？润暗？”

阿静的声音打断了润暗激烈的内心活动，他还没有反应过来。

“你……很为难吗?”阿静还以为他是不想去见外公。

“不,没有。”润暗连忙摆了摆手,“我一定会去的。”

其实,润暗心里多少还是有些担心,阿静的外公会如何看待自己呢?阿静是孙氏企业唯一的继承人,她的外公真的会允许她嫁给一个恐怖小说家吗?

润暗晃了晃头,现在哪里是考虑这个事情的时候?除了解除死亡诅咒,其他的事都要先搁到一旁,无法考虑了。

这时,门铃响了。润暗还以为是润丽提前下班回来了,连忙去开门。但是,门外站着的是一个女孩。

“你……找谁?”

女孩抬起头,见是润暗,立即说道:“恶魔……你是恶魔……”

润暗大惑不解,只听女孩继续说道:“我警告你……绝对不要伤害我哥哥,否则我不会原谅你的……你等着瞧吧!”

接着,她就头也不回地跑掉了。润暗感到很是莫名其妙。

这时,润暗才想起来,这个女孩是住在隔壁的,她叫小雅。

阿静走过来问道:“是谁?”

润暗摇了摇头,一脸尴尬地说:“这……”

他忽然感觉有些不对劲……今天小学都应该开学了,为什么这个女孩没有去上学?她为什么要说自己是“恶魔”?

沈卓良内心非常不安地上着下午的数学课。

他现在是在3班上课。讲课的时候,当他看到金弦惠,就会想起失踪的陆鸥。她还是没回来上课,真不知道是怎么回事。

他已经给陆鸥家打过电话,确定她并没有回家,她母亲正在赶来学校的路上。

在讲解到一道题目时,他让金弦惠上来解答。

她走到讲台上来,沈卓良把粉笔递给她,她却视而不见,自己拿起另一支粉笔,开始在黑板上解题。

沈卓良仔细地看着她的解答，思路非常清晰，字也写得很好，他教书那么多年，很少看到粉笔字写得这么好的学生。

但是，她总是给自己一种很不舒服的感觉，无论姐妹都是如此。他很少对自己的学生区别对待，但是，这姐妹俩实在让他很不舒服。

在家访中，他了解到，姐妹俩的父母在她们很小的时候就离婚了。姐姐跟着父亲，妹妹跟着母亲。她们的父母都各自重新组建了家庭。

可是，现在姐妹俩在同一所高中读书，关系却变得如此恶劣，让他很难理解。即使生活在不同的家庭里，姐妹情也是无法割断的啊，二人为何如此仇视对方呢？

此时，在另一座教学楼的第三层，一个清洁工正在打扫楼道。

他把扫出来的垃圾倒进垃圾桶的时候，忽然发现，垃圾堆里露出了……肉色的一角！

清洁工紧张起来，翻开垃圾一看……

“啊——”尖叫声响彻整个教学楼。

垃圾堆里，有一颗血淋淋的人头！

月鹰高中被警车围得水泄不通。

自从去年发生了大学生在大知山集体异常死亡事件后，警方一直顶着很大的压力，但至今尚未破案。

就在那件案子还毫无头绪时，再度发生新的校园血案，刑侦队队长黎鸿命极为头痛。在一所高中的垃圾箱里发现了一颗人头，是性质极为恶劣的案件。

死者的身份很快就确定了，她是这所学校高二(4)班的学生，叫陆鸥。警方正在校园里全力搜索尸体的其他部分。

陆鸥的父母见到女儿的头颅以后，哭得以头抢地，根本就无法和他们谈话。

黎鸿命找了一间空教室，向沈卓良详细询问陆鸥的情况。

尸体的脖子部位，并没有切割的痕迹，而是活生生拗下来的。这令人感到恐怖的怪力，很难想象是普通人作案。而且，在垃圾箱周围找不到任何血迹，这一点也令人极为费解。

“我……我不知道该怎么说才好……”沈卓良的情绪很激动，他的学生以如此恐怖的方式死去，他到现在都很难接受。这意味着，学校里潜入了一个恐怖的杀人狂，一想到这一点，就让人不寒而栗。

“沈老师。”黎鸿命很理解他的心情，看他的情绪有些平复后，赶紧问道：“你有没有什么线索？陆鸥平日有没有和谁结仇？或者……”

“这……我实在是不知道啊，今天是开学第一天，没想到就发生了这种事情……她的性格有些懦弱，不像会和人结仇的样子，再说……她就算和人结仇，也不至于到了要把她身首分离才能泄愤的地步吧？”

黎鸿命点了点头，继续追问道：“根据其他学生的证词，她是在今天上完数学课之后失踪的，你在那之后有没有再看到她？”

“我本来和她约好了的，让她中午到我的办公室，帮她补习数学，可是，没想到现在居然……变成了这个样子……”

沈卓良把中午寻找陆鸥的过程详细说了一遍。黎鸿命认真听着记着，又问道：“陆鸥的同桌金弦娜，她会不会知道一些什么？听你的描述，她的态度有些不正常。”

沈卓良一愣，随即摇了摇头说：“她的性格一向是这样的，不过，也许她真的知道些什么，只是故意不告诉我。黎队长，你要去问她吗？”

“我们当然不能放过任何线索，让她过来吧。”

黎鸿命看了看窗外，许多警察正在校园里搜寻尸体。但是似乎还是没有进展。

学校已经停课了，学生都留在教室里，配合警方的调查。而这件事情已经走漏了风声，校门口聚集了不少新闻记者，保卫科全体出动去拦阻记者们，校门口此时有些混乱。

第一天来学校就发生了这样的事情，乔品月心里蒙上了一层阴影。

而且，死的那名学生就在4班，4班的教室就在3班隔壁。一想到距离自己那么近的地方，有一名学生被残忍地杀害，她就难以抑制内心的恐惧。

去年的大知山大学生集体异常死亡案件，因为有许多灵异现象的不解之谜，导致现在高宁市市民对于杀人案非常恐慌。乔品月有些后悔来这里来当老师了。她本来觉得，在叔叔所在的学校工作，会比较方便和安心，可现在，宁静的校园却变得危机四伏。

“你是叫金弦娜吧？”

黎鸿命先眼前这个神情淡漠的女生发问，她只是点了点头。

“你坐下吧。不要太紧张，只是例行询问你一下。”

虽然黎鸿命这么说，但他一点儿没感觉到金弦娜有任何紧张，她甚至比身为警察的自己还要冷静。

他开始问起陆鸥的事情：“你是陆鸥的同桌吧？她的死，你有没有什么头绪？”

“没有。”金弦娜回答时，表情毫无变化，看不出说谎的迹象。

黎鸿命接着又问：“那陆鸥失踪前，没有什么异常举动，或者和你说过什么话吗？”

“没有。”依旧是机械的回答。

金弦娜冷若冰霜的态度，让黎鸿命感觉很不舒服，他思索了一下，又问道：“嗯，请你仔细回想一下，陆鸥真的没有任何和以前不一样的地方吗？哪怕是很小的细节都可以。”

“我没有发现。”她连想都没想，就很生硬地给出了答复。

黎鸿命觉得有些不对劲。她是陆鸥的同桌，同桌死了，就算感情再怎么淡漠，也不至于如此无动于衷吧？

以他当警察多年的直觉，他感觉这个叫金弦娜的女生隐瞒了一些什么事情。可是，他一时又抓不到破绽。

“警官，请问我可以走了吗？”金弦娜见黎鸿命不再发问，干脆主动提出来了。

眼看线索要断了，黎鸿命实在不甘心。但是金弦娜一问三不知，自己又没有证据可以证明她的确知道些什么，他只好无奈地说："你可以走了。如果你想起什么事情，请立刻和警方联系，和你们班主任沈老师说一声就行。"

她没有回答，立刻离开了。

黎鸿命托着下巴想了又想，怎么都觉得金弦娜的表现很反常，决定先调查她，说不定可以找到突破口，他还要找其他师生来了解她的不在场证明。

警察在校园里搜索了三个小时，还是一无所获。最后记者们纷纷冲进校园，搞得黎鸿命很被动，一时难以控制局面。

不过，多亏媒体的报道，案发不到四小时，润暗就看到了这个血案的新闻。

"阿静，你怎么想?"润暗看着同样在沉思的阿静。

她毫不犹豫地说："当然要仔细调查一下了。我很有把握，这绝对不是人为的谋杀案!"

润丽也是进入学校采访的记者之一。她知道，如果去询问警方，一定只会得到"无可奉告"的回答，所以，最好先去找老师和学生进行询问。

所以，润丽和摄影记者离开了人群，进入了教学楼。还好场面比较混乱，让她有机会混了进来。

她在走廊上看到一个像是老师的人，连忙跑过去问道："您好，我是《高宁晚报》的记者，想问一下凶杀案的情况……"

"对，对不起，我不清楚……"这个老师正是乔品月。她知道，面对记者，如果发言不慎，会给学校带来不良影响，必须谨言慎行。

润丽哪里肯轻易放过她，赶紧追问道："请问，您是老师吗?"

"啊，是的。不过我是今天才刚来的，很多事情都不知道。"

"请放心，我们不会乱写的，您只要把知道的情况告诉我就行了，毕竟公众也有了解真相的权利。"

"可是，我真的不太清楚。"

在润丽的反复纠缠下，乔品月始终守口如瓶。但是，润丽太能磨人了，最后乔品月为求脱身，只好说道："死去的学生我并不认识，我只知道她是高二(4)班的学生，详细情况，你去问4班的班主任吧。"

润丽点了点头，又问道："那高二(4)班的班主任，现在在哪里?"

从乔品月处得知沈卓良的办公室所在后，润丽兴奋地上楼。此时，他记者也已经进入教学楼。

来到数学教研组的办公室门口，润丽轻轻推开门。门边就是沈卓良的办公桌。

此时，沈卓良面前站着金弦娜，他非常严肃地问她："你真的什么都不知道吗?陆鸥连续两堂课都没来，你一点儿也没有为她担心吗?"

"没有。"金弦娜依旧面无表情地回答，沈卓良有些恼火了。他逼问道："你搞清楚状况啊！这是谋杀案，陆鸥死得那么惨，你怎么一副事不关己的样子?她毕竟一直和你是同桌啊!"

润丽仔细观察着这两个人，用心听着他们的对话。

就在这时，她忽然惊讶地发现……在沈卓良紧紧逼问时，金弦娜的表情发生了变化。

原本那如同面具一般毫无表情变化的脸，忽然变成了狰狞的恶毒表情!

那表情实在是太过骇人，润丽吓了一大跳。

那表情……那表情……简直如同厉鬼一般!

今夜的月光仿佛蒙上了一层血色。

张智心已经写断了好几根铅笔芯，她现在根本就无法集中精神。

只要一想到明天还要去学校，去和金弦惠见面，她就难以压抑心中的恐惧。

虽然她在心里反复说服自己，也许那只是一个巧合，可是……真的只是巧合吗？

陆鸥的尸体被发现的地点，正是她看到那姐妹俩中的某一个当时所待的地方！

她知道这个想法很荒谬，可是……

就在这时，电话铃声响了起来！

她吓了一跳，惊恐地看向电话机，稍稍稳了稳心神，才拿起听筒。

“喂……请问找谁？”

“你，看见了，对吧？”一个充满怨毒的声音从电话里传来！

张智心顿时整个人跳了起来！

这个声音是……金弦惠的？不，那姐妹俩的声音根本无法分辨，也可能是金弦娜的。张智心的朋友很多，所以知道她家电话号码的人太多了，金弦娜也可能知道的。

“你……你是谁？”

“告诉我，你看见了，对不对？”

张智心的心在狂跳，她立即否认道：“不，我没看见，我什么也没看见！”

“你果然看见了。”

张智心忽然意识到，对方根本没说她看见了什么，而自己就急着否定，等于是不打自招了！

“我现在就来找你。不许逃走！你给我等在家里！”

张智心还抱着一线希望，那就是对方是在和她开玩笑，她战战兢兢地问：“你是……金弦惠吗？求求你，别吓我，行不行？”

可是，电话已经挂了。

张智心放下电话，她看了看窗外的夜色，心里七上八下的，额头上沁出了汗珠。

虽然她觉得，就算那姐妹俩中的一个人来了，现在父母都在家，没什么可害怕的。可不知怎么的，她就是无法安心。

难道，杀死陆鸥的真是姐妹俩中的某一个？虽然姐妹俩的性格都有些问题，也不至于到了会杀人的地步吧？

但是，如果不是这样，电话里说的“你看见了吧”，还能指的是什么呢？

张智心已经无法安心复习功课了。索性就坐着，专门等那个人来。就算她来了，能对自己怎么样？

过了半个小时，电话铃声再一次响起。

张智心立即拿起话筒，她还来不及说话，电话里就传来一个恶狠狠的声音：“我现在在你们家楼下。你快下来。”

张智心虽然是好脾气，现在也有些恼火了，她也懒得回答，直接把电话挂了。这时，她母亲走进房间里来问：“智心，是谁打的电话？”

“是一个打错的电话。”

母亲离开后，张智心拉开窗帘，朝楼下看去。现在天色已经很暗了，所以她看不清楚楼下的情况。

她一屁股坐下来，把窗帘拉上，拿了一盘英语磁带，放进录音机里播放，想转移注意力。

听了好几分钟，她刚开始有些专心学习了，电话铃声又响了！

张智心刚要接电话，铃声却不响了。这时客厅传来父亲的声音：“喂，请问找谁？”

她立即紧张起来，连忙跑进客厅。

“啊？要智心下楼去？你是谁啊？什么？喂，你到底是谁啊，说话什么口气啊！喂，喂？”

张智心慌张起来了。

父亲觉得很莫名其妙，说：“智心，电话挂了，是个女的，好像是你同学，说要你立刻下楼去。她的口气怪怪的，我问她是谁，却又说她自己上来。”

她要上来？张智心立刻摆手道：“爸爸，过会儿她如果上楼了，绝对不要给她开门！这个人是我同学，她，她不太正常……”

这时，她似乎听到门外传来了脚步声。

她真的上来了？张智心越来越紧张了。

脚步声越来越清晰。显然已经到了这一楼层。

“叮咚——”门铃声响了。

她真的来了！

父亲摘下看报的眼镜，说道：“我去开门看看，你这个同学到底有什么事情。”他就朝门口走去。

一种本能的危险预感向张智心袭来，她顾不上父亲，立刻冲回自己的房间，把门猛地关上，并上了锁！

与此同时，她听见了父亲开门的声音。

“你好，我是智心的爸爸，你……你……”

“哇啊啊啊啊啊——”父亲和母亲忽然非常凄厉地惨叫起来！

她的父亲当过兵，平时遇事都是很淡定的，现在却发出那么恐怖的尖叫，他到底看见了什么可怕的情景？

她听见客厅里响起许多东西摔碎的声音。紧接着，大门重重地关上了！

她进来了……她进来了！

“快，快报警，快报警！”

这是母亲的声音。张智心很想出去看看，但恐惧让她身体僵硬得动不起来。

房门外忽然传来了……像是把什么东西撕裂开的声音！

她听到母亲喘着粗气，似乎还在大哭。

那撕裂什么东西的声音再度传来。

门外变得一片寂静。

张智心一下跌坐在地上，她的头低垂下来。

门缝下面，居然……开始流进来大量的鲜血！

“爸……妈……不，不可能……”

她还来不及悲伤，脚步声就向她的房间走来了。

张智心吓得魂飞魄散，她连滚带爬地躲进床底，尽可能把床单拉下来，挡住身体。

刚做完这一切，她听到了那个可怕的声音。

“你在里面吗?”

这是那对双胞胎共有的声音！不会错的！

门一下被重重地砸开了！

张智心颤抖着取出手机，抖着手按下了“110”。可是，她又害怕说话会被发现，还在犹豫要不要拨号。刚刚发生的一切那么不真实，她觉得自己仿佛置身噩梦。

房间里的人还没有发现她躲在床底下，正在慢慢踱步。张智心思忖着该如何脱身，她连大气都不敢出。

忽然，张智心感觉周围变得很亮堂。她抬起头，一张熟悉的面孔几乎贴着她的脸，狞笑着说:“找到你了。”

原来在她身上的床，现在居然摆脱了重力，诡异地悬浮在天花板上！

月光渐渐被血色完全覆盖了……

第二天，乔品月早早就醒了。

她把闹钟定在六点，但现在只有五点半。外面还是一片黑暗，她还处在半梦半醒之间，眼前一片迷蒙。

不知怎么的，那对双胞胎的面孔烙印在她的脑海中，二人的身影不断重叠在一起。她也不知道为什么自己会如此在意那对双胞胎。

仔细想来，她根本没有看到那对姐妹同时出现过。她们，是不是同一个人呢？会不会是和其他同学联合起来搞的一个恶作剧呢？

她随即打消了这个念头，觉得应该不会有人这么无聊。她又想到，姐妹俩的互相憎恶，会不会就是因为过分的相似呢？一个和自己几乎完全相同的人，更容易对其产生强烈的竞争感吧？有时候，甚至会产生对方是另外一个自己的错觉？

她发现，自己的潜意识中，对那对双胞胎姐妹有些恐惧。究竟是为什么呢？

校园里发生了血案，本来是要停课的。不过，校方最终还是决定照常上课，以免引起更大的恐慌。如果停课了，会助长谣言，损害学校的声誉。

学校为了让学生放心，聘请了许多保安在校内各处加强巡逻，并要求学生们尽量集体行动，不要落单。现在进入学校，必须有学生证或者教师证，否则一律不得入内。

尽管如此，乔品月走进教室时，发现学生的数量减少了三分之一。她的教学生涯刚开始，就遭遇这样的情形，让她的信心大受挫折。

这时，她才注意到，金弦惠旁边的椅子是空的。连班长都不来了？

沈卓良也正在隔壁的教室讲课。他班上也有不少学生没来。毕竟发生了那么骇人听闻的惨剧，不少父母都不敢送孩子来上学了。

他看见下面的学生在交头接耳，几乎没有一个人在认真听他讲课。估计都是在谈论陆鸥的死。

现在，大家最关心的，除了真凶的身份以外，就是……陆鸥的身体究竟到哪里去了？

要带着一具身体，逃过保安人员的眼睛离开学校，是无法想象的。可是，警方搜遍了整个校园，也确实没有找到任何蛛丝马迹，他们甚至连下水道都检查过了。最后，警方只能得出“陆欧头部以下的尸体不在校园里”的结论。

今天做完早操后，学生们回到教室，校长就在广播里再次强调，请学生们在这段特殊时期要多加小心。

沈卓良在这个学校待了那么久，所有的教职工都认识。这样的案子，他很难相信是学生所为。虽然警方考虑有外部人员犯案的可能性，但找不到任何目击证言支持这一推断，何况门卫也保证绝没有可疑人员进出学校。

沈卓良感到心力交瘁。自己的学生这么悲惨地被杀害，他多少觉得，自己作为班主任，作为老师，有失职的地方。他决心亲自找出杀害陆鸥的凶手。

他一直都对金弦娜抱有怀疑，虽然她一贯冷漠，但面对同桌的惨死却还如此冷静，实在太不寻常了。她应该不是凶手，但她可能掌握了什么线索。

沈卓良决定，先去找3班的新班主任乔品月谈一谈这件事情。金弦娜的姐姐在她的班级里。

这时，乔品月在黑板上写下一首李商隐的诗，点了金弦惠的名，让她上来写下后半首诗。

她很想更多地了解这对双胞胎。她总觉得，在她们冰冷的面孔后面，一定有什么故事。

金弦惠走到黑板前，拿起粉笔写起来。就在她抬起手时，衣袖滑落了，露出手臂上一条条发红的伤痕！

乔品月顿时心里一惊。难道，是有人在虐待她吗？那些伤痕看起来还很新！

下课以后，金弦惠还是老样子，坐在位子上看书。这一次又换了一本书，应该是在学校图书馆借的。

坐在金弦惠身后几排的两个男生，一个叫武宗华，一个叫唐震飞，他们正在低声议论着那对姐妹。

“这是怎么回事啊？张智心不会也出什么事了吧？”武宗华纳闷地说，“她没来真意外啊。你想啊，金弦娜是金弦惠的妹妹，现在同样是她同桌的张智心也没来学校，难道……那对姐妹是灾星吗？”

“其实啊……”唐震飞压低了声音说，“我告诉你一件事情吧，但是你可别告诉别人是我说的啊。我认识一个过去和金弦惠同校的人。他说，金弦惠在初中时，就已经被视为瘟神了。”

“瘟神？什么意思？”

唐震飞看了看前排的金弦惠，确定她在认真看书，把声音更压低了说：“我也是听说的。金弦惠初中时，和她同班的学生，超过十个人失踪，三个人死了！而且，那三个人也和陆鸥一样，死得非常惨！”

武宗华顿时吓了一跳，忙问：“你说真的？怎么会？”

“这是几年前的事情了。死了的三个人，生前都是金弦惠的好朋友，据说一个是两眼凸出死在厕所里，一个是莫名其妙坠楼了，还有一个……是全身骨头都碎了！”

如此耸人听闻的话，武宗华难以置信。不过，死得最为恐怖诡异的，还是陆鸥。武宗华注意到一件事情。

“你刚才说，死了的三个人是金弦惠的好朋友？”

“是啊。怎么了？”唐震飞最初有些不解，但他很快就反应了过来，说道：“哦，我明白你的意思了。看她现在这个样子，很难相信她有朋友是不是？我猜，她大概是因为被人看成瘟神了，性格才会变成现在这样的吧。”

唐震飞的这个逻辑说得通。但是，按照这样推断的话，会不会金弦娜也是一个瘟神呢？二人的性格那么像，而这次死去的陆鸥，是金弦娜的同桌。

“今晚放学以后，我们去张智心家里看看吧。”武宗华提出这个建议，他和唐震飞都去过张智心家，他们都有些替她担心，打她手机也没人接，多少有些感觉不对劲。

第05章
〔老师的噩梦〕

乔品月离开教室的时候，碰见了沈卓良。

“乔老师。”沈卓良一脸严肃地对她说，“我有些事情，想和你谈谈。可以吗?”

乔品月看着他郑重的表情，点了点头。

“午休的时候你有时间吗?”

“有的。在食堂谈吗?”

“对。”

中午，乔品月怀着忐忑的心情来到食堂，拿着饭盒坐到沈卓良旁边。他先是寒暄道：“乔老师，你刚来，还习惯这里吗?”

“还好吧。就是昨天的事情……”

沈卓良深深地叹了一口气，他的眼神有些迷离地看着前方，咽了一口口水，说道：“我希望，你稍微注意一下你们班上的金弦惠，注意她的动向。因为你是新来的，所以你不知道，那对双胞胎的事情，其实是这个学校里公开的秘密。她们，是‘瘟神’。”

乔品月听到这个词，一时觉得很难接受，说道：“沈老师，用‘瘟神’来形容学生，这不太合适吧？她们只是性格过于内向，不能这么说她们啊。”

“我理解你现在的想法。但是我可以告诉你，她们真的很不寻常。

她们的父母，在她们不到三岁时就离婚了，然后各自带着一个孩子组建了新家庭，后来几乎就没有来往。这对姐妹考入这所高中以前，几乎没有见过面！我见过她们各自的父母，我感觉她们不太正常，她们非常仇视对方，简直可以用誓不两立来形容。从来没有人看见她们在一起说过话，就连同时出现的时候都很少。”

听到这里，乔品月那个荒诞的念头又冒了起来。

“沈老师，这到底是……”

“之所以称她们为‘瘟神’，是因为……”说到这里，沈卓良环顾四周，把声音压低，说道：“有许多老师亲眼见过，她们身边发生了许多怪事。我刚开始教 4 班的时候，也看到过异常的事情。”

“异常的事情?”

“是的。不光是我，还有许多其他老师见过。那对双胞胎都是我的学生，我教两个班的数学课，所以和她们接触很多。我认识她们大概两个月时，我为了培养学生的爱心，买了一只兔子，放在教室里，让同学们喂养它……”

“这主意不错啊……”

“嗯，其他老师也很支持我。那只兔子就一直放在讲台旁的笼子里，许多女孩子都对它很喜爱。可是，过了两个月后，有一天，它不见了。我找了很多地方，都没有发现，我差不多死心了。可是，我路过操场的一个角落时，发现了那对双胞胎中的某一个，正蹲坐在那里，不知道在做什么。”

说到这里，他的声音颤抖起来。

“你知道……我当时看到了多么可怕的情景吗?”

乔品月不禁紧张起来。

“我看到……她居然在生吞活剥那只兔子！生吞活剥啊！我看到她的时候，那只兔子的身体大部分都塞进了她的嘴里，只有一小截露在外面！她的嘴角还有它的内脏和鲜血！”

乔品月听到这里，几乎不敢相信自己的耳朵。一个女生，居然生吃一只兔子？

“那是金弦娜吗？”

“我不确定。当时我完全呆住了，她一看到我，就迅速离开了。我很快追上去，可是没有追上她。事后我问金弦娜，她断然否认了，说那是她姐姐做的。但是我去问金弦惠时，她也是同样的回答。虽然从常理推断，是金弦娜的可能性也不是没有，但是，她和她姐姐都没有教室的钥匙啊！我每天都是把兔子放在教室里，锁好门才会离开的。我直到现在也无法确定，到底是她们中的谁做出了这么残忍的事……可是，这只是一个开始。”

“什么的开始？”

“有许多老师来和我说那对双胞胎的事情。每一次他们来找我，都是一副惶恐的神情。”

乔品月听得心惊胆战，她是个性格很阳光的人，所以这么匪夷所思的事情，令她难以置信。但是，沈卓良接下来所说的话，让她更震惊了。

“又过了一个月，学校要举行音乐节的开幕式。这是大型文艺活动，我们班也参与了，当时我们班级的节目决定由一个叫宋宁宁的女生来唱歌，让金弦娜来负责钢琴伴奏，因为很多人都说她的钢琴弹得很好。可我却对她怀有很大的顾虑，活吞兔子事件，我并没有告诉那对双胞胎以外的任何人，她们应该也没有和谁说过这件事情。所以，并没有引起什么风波。可是……”

沈卓良说到这里，表情很沉痛。

“我很后悔，当时决定让她来负责钢琴伴奏。金弦娜答应了，也很配合排练演出。她的钢琴确实弹得很好，和宋宁宁配合得也不错。但是，可怕的事情发生了。”

“就在音乐节开幕前一周，她们两个每天都要留下来排练。我当时让文艺委员监督她们的排练，而文艺委员告诉我，她感觉最近的排练很不对劲。前面排练时，宋宁宁唱得高亢激昂，但是，最近几天，她的精神却越来越差，唱的时候神情也很不对。”

乔品月问道：“这和金弦娜的伴奏有关系吗？”

“不是的。我后来去问了宋宁宁，她说她很害怕。因为每次留在教室里排练，她都会看到金弦娜的姐姐金弦惠在窗户外死死地盯着她。最初，她以为金弦惠是来看妹妹的，但时间长了，她就感觉不对了。金弦惠看她的眼神越来越奇怪，越来越凶恶，甚至像是要杀死她一样。每天的排练有两三个小时，一直被金弦惠死死盯住，让她感觉心慌意乱。可是，她又不能赶走金弦惠，毕竟金弦娜是为自己伴奏的。

“在音乐节的前一天，我留下来看她们二人最后的排练。我也注意到教室的后窗，金弦惠确实在那儿看着。她的目光并不是在看她的妹妹，而是在看宋宁宁。她的表情确实很不正常，我很难形容那种感觉，她的眼睛睁得很大，五官像错位了一样，眉头紧紧锁着。而且，每当宋宁宁唱到高音部分，金弦惠的表情也更扭曲，到了歌曲结尾的部分，金弦惠的样子就像是地狱修罗一般！”

乔品月虽然想象不出那是什么样子，可是，她渐渐相信，那对双胞胎确实很不正常。

“我当时想，难道她是憎恨在妹妹伴奏下唱得那么好的宋宁宁吗？我本来是打算过去阻拦她的……但是，你相信吗？我不敢。她那恐怖扭曲的面容，就像是要把眼前盯着的这个人杀掉一般，根本不像是一个人类能有的。即使说当时的金弦惠是死神，或者恶魔，我也能接受。我甚至感觉，和她只隔着一扇窗户对望，就有一种不是在人间的感觉……她，实在太可怕，太可怕了！”

乔品月听得心惊肉跳，真的有那么夸张吗？

“我现在的语言，根本无法形容金弦惠恐怖一面的万分之一。她当时的那张脸，不像是人类的，倒像是一副面具。她的眼睛睁大到不可思议的程度，脸部的皮肤不断紧皱并集中起来，而且，面部的血色都集中到了唇部，感觉非常妖异。她的五官不断聚拢，简直快要全挤在一起了。而她的眼睛里的黑色，也变得灰蒙蒙的，甚至感觉若有若无的，似乎还布满了血丝，并且眼球像是随时都会凸出眼眶！如果乍一看到这张脸，谁都会被吓得魂飞魄散的。我当时的神经紧绷得快到崩溃的边缘了。”

“那……接下来，怎么样了？”乔品月紧张地追问道。

“第二天，宋宁宁在音乐节上唱歌的时候，最初还很正常，可是唱到后来，她忽然在台上疯狂地大叫起来，接着不停用手抓挠自己的脸，用头去撞地面。她就被送到精神病院接受治疗，直到现在，她还没有恢复。”

乔品月感觉越来越冷了。要不是沈卓良一脸认真严肃的样子，她真会怀疑他在讲述一个荒诞故事。

如果这一切是真的，那么宋宁宁是因为被金弦惠那张恐怖的面孔长久凝视着，导致精神错乱了吗？

“那件事情以后，我请了一个月假去看心理医生。那张恐怖的脸，一直在我的脑海里挥之不去，我甚至不敢再回学校来。最后，想到要对工作负责，我不得不回来了。但是，我极度忌惮那对双胞胎。我甚至怀疑她们根本不是人类，人类不可能有那样的表情！”

乔品月摇了摇头，反驳道：“沈老师，那只是你的主观想法，她们当然是人了，难道你要把她们当做妖怪吗？我认为事情并没有你想象的那么严重。我不会把自己的学生看成妖怪的！”

“那是因为你不知道那对双胞胎的恐怖，才会这么说。我已经决定了，下个学期不会带毕业班，申请去教高一新生。如果你还没意识到她们的可怕，要不要我继续说下去？不只发生了刚才那些事。”

乔品月点了点头。

“那是上个学期的事情了。那时，教3班和4班生物的张圣美老师怀孕了。她一有空就会和我们这些同事谈起家里的事情，说虽然她丈夫劝她别再工作，辞职在家待产，但她很喜欢教师这个职业，何况也是怀孕初期，肚子没有大得行动不方便，小心一些就没问题。有一次，我问她，比较喜欢4班哪个学生？”

“让我意外的是，她说是金弦娜。她说那个孩子很喜欢读书，成绩很好，字也写得很好，就是不太爱说话，但是，却和她很谈得来。我那个时候很惊讶，本想提醒她小心，可是又不知道该怎么说才好。一周之后，张老师忽然对我说：‘沈老师，今天我和你们班的金弦娜谈了很久，是在图书馆遇到她的。我们还谈到了孩子。我当时说，如果能够生一对像她和她姐姐那样可爱的双胞胎就好了。可是，很奇怪，她看起来很不高兴。’”

沈卓良说到这里，用手重重捶了一下桌子，引来周围惊异的目光。

“我那时正在改作业，所以没怎么在意。在那之后，张老师每一次都会和我谈起金弦娜的事情。她和金弦娜谈论问题的焦点，都集中在那个未出生的孩子身上。而我渐渐注意到，张老师的神色和表情开始变得不一样了。平时她眉眼间都是喜色，可是，她那时却开始变得忧郁起来。”

乔品月不解地问：“这是为什么？”

“就是因为金弦娜。张老师和她谈论她对这个孩子的憧憬时，金弦娜居然说：‘孩子，还是死了的好。’”

乔品月顿时愕然了。

“本来，任何人听到这句话，都应该是非常愤怒的。可是，张老师的反应却很奇怪。她并没有愤怒，却开始忧郁了。接下来，她的忧郁越来越严重，大家都很关心地问她出了什么事情。可是，她却没有告诉我们。几天后，她就辞职了。后来，她早产了，生下了一个死胎。”

沈卓良接着说道：“我当时就感觉这一定和金弦娜有关。可是，当我去问她的时候，她居然回答我说，说那句话的人一定是她姐姐，不是她。她回答得那么平静，一点儿也不像是在撒谎。我简直快发疯了，根本不知道这对双胞胎到底是什么东西？认识她们的老师都有同感，她们身上有一种阴森的感觉，充满神秘。乔老师，陆鸥的死，说明事态发展到了最恶劣的地步，我不能再袖手旁观了，一定要查出这对双胞胎的秘密，所以，我希望你能和我合作……”

乔品月给他的回答很出乎他的意料。

“不行，我不能帮你。”

乔品月仔细分析了沈卓良的话，她认为，把那对双胞胎看作“瘟神”，只是他本人主观的想法。她们性格和行为确实和常人很不同，甚至做过许多可怕的事情。但是，陆鸥的案子性质完全不同，她不是兔子，这是血淋淋的谋杀。怎么能把自己的学生和谋杀联系在一起？

这对双胞胎是她的学生，她不能够因为自己的好恶，就把她们当做杀人嫌疑犯来看待，甚至监视、试探她们。她想很真诚地对待她们，让她们能够打开心扉，融入集体。

“抱歉，沈老师，我要走了。”乔品月说道，“即使你们所有人都把她们看成‘瘟神’，我也不会那样看待她们的。昨天，在我来学校的路上摔倒时，是金弦娜扶起了我。她们是我的学生，除非有证据证明她们和陆鸥的死有关，否则我不会带着没有根据的成见看待她们。”

沈卓良重重叹了一口气，说道：“随便你吧。时间长了，你就会知道了，我说的是对的。”

月鹰高中的三号教学楼第二层。

即将下到一层的金弦惠拿着书，准备去还给图书馆，在楼梯拐角处，碰到了她的妹妹金弦娜。

姐妹俩相见，双方都面无表情。

乔品月正好走上楼来，看到了她们。就在她们即将擦肩而过的时候，她叫住了两个人：“金弦惠，金弦娜，老师正好有事情要请你们帮忙，可以吗？”

二人停住脚步，都看着乔品月。

“是这样的，学校帮班级订的《你也能写出优秀作文》已经送到传达室了，你们帮我去拿吧？3 班和 4 班的都来了。你们拿各自班级的吧。”

她的本意是想让这对双胞胎能共处一会儿。但是，她做梦也没想到接下来发生的情况。

二人脸上都露出嫌恶的表情，金弦娜先说道：“不行。我不要和她走在一起。绝对不要！”

金弦惠也是同样的反应。

乔品月还是笑容可掬地说：“就当帮老师一个忙嘛，怎么样？这份刊物是要在语文课上作为辅导教材用的，你们……”

“绝对不要——”金弦娜忽然抱住头，歇斯底里地大喊，金弦惠也过去狠狠揪住金弦娜的头发，像是要把她的头发扯下来一样。

尖叫声让乔品月吓了一大跳，她立刻说道：“好好好，我不勉强你们了，你们不用在一起走，好不好，求你别叫了！”

即便如此，金弦娜的尖叫又持续了半分钟才停了下来，这时已经聚集了许多学生围观，对乔品月指指点点的。昨天学校才发生血案，大家还以为又出事了。

金弦娜飞快地朝楼下跑去。金弦惠也用怨怼的眼神看着乔品月。

乔品月实在太尴尬了，对金弦惠说：“你……你到我办公室来一下，我有话要和你说。”

进到办公室后，乔品月先问道：“你……是姐姐还是妹妹？”

“我是姐姐，乔老师。”

乔品月立刻抓起她的胳膊，撩开衣袖，果然看到了那些伤痕。

“这些伤是怎么回事？”

金弦惠沉默了半晌，答道：“是……妈妈。”

“是你的继母吗？”

“是的。”

“她为什么打你？”

“不知道。她好像非常恨我。”

乔品月愤怒起来。她决定，一定要去双胞胎的两个家庭家访。她又问道：“为什么你和你妹妹的关系那么差？你们毕竟是姐妹啊，你们流着同样的血啊。”

“我不要和她在一起。”

“为什么？”

“我不要……我不要……我绝对不要和她在一起，绝对不要！”

这时金弦惠的表情，就好像在面对着一个怪物，甚至是面临着世界的毁灭，只是提到妹妹，她都会无法忍受。

“找不到陆鸥的尸体？”润暗从润丽那里得到了情报，他觉得这不是普通的谋杀，是诅咒的可能性越来越高了。

“是的，哥哥。我们接下来该如何行动呢？”润丽看了看润暗，又看了看正在沉思的阿静。

现在是黄昏时分，三个人讨论着这起谋杀案，看起来确实很棘手。但是他们无从下手，因为不知道下一个被诅咒者。

“目前情报太少了，润丽。”阿静说道，“你继续关注这个案子的最新动态，尽可能接触和死者认识的学生，询问他们学校里是不是有什么怪谈或者闹鬼的现象。这次要辛苦你了。”

接下来，润暗向阿静问起了她目前的研究。

阿静目前正在研究当初闻紫魅帮她拿到的那颗童莫炎的眼球。童莫炎在明华睿面前张开了幻视鬼眼，锁定她为七个恶鬼的转生之一。虽然这是润暗的猜测，但阿静也认为可能性很高。

明华睿经过脑部手术，已经取出了子弹，目前已经清醒了，只是还在住院。

阿静决定先验证润暗的假设，并找到剩下的三个恶鬼。令她在意的，是昨天隔壁的那个女孩——李睦雅——把润暗称为“恶魔”。

虽然这也可以认为是孩子的戏言，但是会夸张到为了说这么一句话，逃学到家里，那么郑重其事地警告润暗吗？而且阿静感觉，那对兄妹有些奇怪。

她对童莫炎的鬼眼进行研究，是为了查出鬼眼是不是的确为了寻找转生的恶鬼。外祖父也受她所托，派人去南方，按照五代十国时期的民间传说，寻找相关线索和证据。不过，目前一切都还隐藏在重重迷雾中，令人难以揭开真相。

武宗华和唐震飞来到张智心家的楼下。他们在放学后就马上赶过来了。

进入公寓的时候，管理员和他们打了招呼，因为他们以前来过好几次，已经认识他们了。

“你说……应该不会有什么事情吧？震飞？”武宗华下午又给张智心打了好几个电话，可她还是不接。

“唉，谁知道呢。上去看看就知道了。”

走到电梯前，电梯门正好打开，里面的人出来后，二人就进去了，按了张智心家所在的楼层。

电梯门缓缓地关闭。就在即将完全合拢时，一只手忽然伸了进来！

接着，电梯门又打开了，一个人走了进来。

这个人的到来，把武宗华和唐震飞都吓了一跳。他们都认识这个人，但却还是必须问一句：“你是谁？”

电梯缓缓地上升。这个人还是像往常一样，没有任何表情。

“你，是金弦惠吧？”唐震飞试探着问道，“是来看张智心的吗？”

她还是一言不发。

“那……你是金弦娜？”这次是武宗华发问。

电梯还在继续上升。

这时，她忽然说了一句让二人毛骨悚然的话。

“你们……想知道陆鸥的身体在哪里吗？”

这阴森的口气，在这狭小的封闭空间里，让人不得不感到胆寒。

武宗华壮了壮胆子，说道：“你在说什么呀，警察都找不到，难道你找到了？”

“我给你们看看，好不好？”

两个男生一下感觉空气变得冰冷了。

他们很清楚，这对双胞胎，无论是姐姐还是妹妹，都不可能有什么幽默细胞，她们是不可能拿这种事情开玩笑的。如果她说出来了，那就意味着她是绝对认真的。

她把头低下来了，对着地面发出“呕——呕——”的干呕声来。

紧接着，他们看到，一根白森森的骨头，从她嘴里吐了出来，掉在地上。随即，她不断地吐出骨头来，最后，几乎是倾倒一般地呕吐！

不到半分钟，她的脚下已经堆积起了半人高的骨头！那些骨头上，还有血淋淋的肉！

二人顿时吓得屁滚尿流，跌坐在地上，而她还在继续呕吐。

这时，她的腮帮子忽然鼓了起来，变得像气球一样，她拼命地张大嘴巴，只见口腔里有一个黑黝黝的东西。她的嘴角开始不断扩大，一个圆圆的东西终于从她嘴里吐了出来，滚到武宗华的脚下！

那是……一颗人头！

虽然那个人头满是血污，可武宗华和唐震飞还是一眼就认了出来，那是张智心的头！

她抹了抹嘴角的血。她的眼睛变得像地狱修罗一般，浑身散发出死亡的气息。她对已经吓得魂不附体的两个男生说道：“让我把你们也吃掉吧……”

乔品月回到家的时候，眼神很惆怅。父母还以为她身体不舒服，对她嘘寒问暖的，但她很没精神地敷衍了几句，就回自己房间去了。

陆鸥确实死得很惨，但是为什么要认定和双胞胎有关呢？乔品月想起金弦惠手臂上的伤，觉得她们的性格扭曲，很可能是因为再婚家庭里复杂的情感关系。

为什么沈老师不去关心了解她们，反而把她们视为非人类看待呢？乔品月越想越感觉荒唐。她们都是人生父母养的孩子，又不是凭空出现的天外来客，只是比一般人心理上多受了伤害，就要被区别对待吗？

她觉得，自己作为一名教师，有义务去帮助她们。

第二天，张智心一家人、武宗华和唐震飞失踪的消息传开了，在学校里引起了轩然大波。陆鸥刚死不久又发生了这样的事情，无疑是雪上加霜，虽然失踪的三名学生都不是在校园里出的事。

黎鸿命直觉到这三人的失踪和陆鸥的死一定有紧密的关系。尤其是张智心，她和她的父母一齐失踪了，太诡异了。而张智心家楼下的管理员证实，昨天武宗华和唐震飞去过那里。张智心的邻居说，前天晚上曾经听到张智心家里传来尖叫，后来就没声音了，他们以为只是夫妻吵架。估计他们就是在那天晚上出事了。

接下来的一周时间里，乔品月开始实施自己的计划。她在 3 班和 4 班都成立了古诗文学习小组，并让金弦惠和金弦娜分别担任小组的组长，这样，即使她们不愿意，也必须和周围的人交流相处。

高中语文课本里，文言文占的比例挺高，这对双胞胎姐妹必须安排组员的练习，安排需要背诵、学习的段落等。有了明确的责任，就不能漫不经心地只顾自己了。乔品月觉得，这样和同学交流互动下去，她们一定能渐渐融入班级，到时候再考虑让姐妹俩的关系缓和。

乔品月觉得，教师不能只是教授学生知识，也要培养和呵护学生的心理健康，素质教育可不是空口号。她很欣喜地觉得，自己是做了一件好事。

可是，那一天，她体会到了真正的噩梦。

在乔品月成立古诗文学习小组的一周后。

“快停止！乔老师！”

当时是课间，她正在办公室里批改作业，沈卓良突然冲了进来，对她大吼道：“你疯了吗？你把我的警告忘到九霄云外了吗？你想害死你的学生吗?!”

办公室里其他老师们都看着沈卓良，不明白他为什么发这么大的火。乔品月也大惑不解地问：“怎么了，沈老师，我做错什么了？”

“我听说，你让那对双胞胎当古诗文学习小组的组长？让她们和其他同学多互动？她们……”他压低了声音，愤怒地说：“她们是瘟神啊！你知道这样会有什么后果吗？你难道以为，我对你说过的话是在造谣吗？如果你不相信，我可以带你去找其他老师求证！”

乔品月这才明白是怎么回事，她觉得沈卓良太大惊小怪了。

“沈老师，就是你这种不负责任的想法，才让她们越来越孤立的！你把她们说得好像洪水猛兽一样，让其他同学唯恐避之不及，可是她们实际上做了什么事呢？这是你的偏见和歧视！”

沈卓良还打算继续反驳，门忽然又开了，3 班的学习委员周良惊慌失措地说：“不、不好了……乔老师……你、你快回教室去看看吧！”

乔品月见周良如此慌张，料想一定发生了大事，连忙跟着他跑向教室。

一冲进教室，乔品月就呆住了。

金弦惠正被晏修平死死掐住脖子，晏修平身后有五六个同学拼命去拉住他，居然都无法拉开！

“我，我要杀了你……不杀掉你，我就会死，我就会死！你们姐妹俩，我都要杀掉！”

乔品月一个箭步冲上去，抓住晏修平的手，大叫道：“晏修平！你疯了吗？你会掐死她的！”

“对，我疯了！我非要杀掉她不可！我……”

这时金弦惠开始翻起了白眼，再这样下去也许她真的会被掐死。乔品月情急之下，狠狠打了晏修平一个耳光，大喊道：“你给我清醒一点儿！”

这时，晏修平才稍稍松了手，身后的同学连忙把他拉到一边去了。晏修平用力挣扎着，疯狂地叫喊道：“你们放开我……这对双胞胎不是人，我要把她们都杀掉！都杀掉！”

半小时后，教务处里。

“还好当事人表示不会追究，否则你会吃官司的！”副校长，也就是乔品月的叔叔正色地对晏修平说：“你疯了吗？你知不知道这样会出人命的？对你的处分，学样会开会讨论，你很可能会被开除学籍！”

晏修平却像没听到一样，只是一直盯着乔品月，咬牙切齿地说：“那对双胞胎……有一个不是人，对，就是这样的……不是人……”他忽然紧紧抱住头，大叫起来，跑出了教务处！

晏修平清楚记得，昨天放学的时候，他在楼道里遇到了那对双胞胎中的一个，但他不知道那是哪一个。可是……那绝对不是人！

他沿着楼梯飞快往下跑，就在快到底楼的时候，他却……又看到了那对双胞胎中的一个！

“你是谁？金弦惠？金弦娜？你到底是谁?!”

晏修平不等对方回答，就狠狠挥拳打了过去。然而，这一拳打到对方脸上，却直接贯穿了头部！

晏修平的手上沾满了鲜血和脑浆，他吓得连忙把手抽回来。眼前是一个头部中间出现了一个大洞的人！而她……居然还在往前走！

晏修平狂叫起来，他的脚都软了。

就在这时，一只手抓住他，拉着他立刻朝上面跑去！

他紧绷的神经又受了刺激，定睛一看，又吓得魂飞魄散，因为他根本看不见拉着他的手的人！

“别叫！我是来救你的。不想死的话，快和我一起逃！”

本来应该有很多人的教学楼，此刻忽然变得异常冷清，到处都看不到人。

晏修平被那个看不见的人拉着，向另外一段楼梯跑去。他虽然不知道对方是谁，但应该和那个怪物不一样。

他忽然感觉自己的头顶被滴上了什么东西，心里又是一惊，忙问道：“这是什么?”

“嘘……这是隐形液体，现在别人已经看不见你的身体了。”

变色龙液体要骗过人类的肉眼是轻而易举的，它比变色龙更容易和环境融合，和透明人无异。但是，能否瞒住鬼魂，还没有试验过。

他们到达另外一段楼梯时，晏修平看见……那个怪物还在那里！她的脸部已经复原了。

周围一个人都没有。她正径直向他们走过来，看来是瞒不过她的。

晏修平吓得不断后退，他想起陆鸥悲惨的死状，巨大的恐惧和绝望几乎压倒了他。

但是，他惊讶地发现，左边的墙壁上凭空出现了一个长方形，足够一个人通过。那个看不见的人，拉着自己就往墙壁上撞过去！

他本以为这一撞会撞个鼻青脸肿，可是他的身体居然毫无阻碍地穿过了墙壁！映入眼帘的是一个不大的房间，看起来是客厅，在一张沙发上，坐着一个很美丽的年轻女子。

“我回来了，阿静。你最新研制的亚空间药水派上用场了。”

亚空间药水，能起到类似于裂灵鬼眼的空间移动能力，在任何物体上涂抹这种药水，画出一个框，这个框就会成为连通亚空间的大门。这是一种完全超越了物理和化学常识的药水，阿静能研制出这样的药水，润暗也大概明白这些药水的原料是什么了。

阴阳鬼眼可以打开人间和冥府之间不可逾越的大门，更在裂灵鬼眼的能力之上。任森博过去应该到过非人间的异度空间，在那里得到了制作那些药水的原料。变色龙液体、催眠药水、遗忘药水等等，都是用不属于这个人间的原料研制出来的！

阿静也逐渐明白了这一点。当初父亲除了把笔记留给她，也把他的秘密实验室地址告诉了她。在那里，她取得了大量的实验材料，那些都是异度空间的物质，根本无法用科学分析理解，也只有父亲全知全能的鬼眼才能把它们研发成超凡的药剂。

研制这种亚空间药水时，阿静使用了父亲留下的一种黑色粉末，目前还在试验阶段，就拿了一点儿给润暗，没想到今天就救了他和晏修平的命。

晏修平看见自己的身旁出现了一个朦胧的影子，虽然这个影子的颜色和周围的东西完全相同，但明显产生了一个轮廓。随后，影子渐渐变化成了一个男子的形象。

“你……你是什么妖怪?”晏修平刚说完，忽然注意到，他根本看不到自己的下半身了!

“啊——这，这是什么?”

润暗取出装有变色龙液体的解除液的小瓶子，说道:“别慌张，这是药水把你的身体变得和周围环境完全一样，无法用肉眼分辨出形体了，只要滴一下这种解除液，你就可以复原了。”

晏修平惊恐地看着润暗和阿静，无法相信刚才的一切经历。他的手还残留着那个怪物的血和脑浆，又怎么敢相信眼前这两个来路不明的人?

“润暗，你身边有人在?”阿静还以为润暗是一个人回来的，但是看见他在对着空气说话，又听到另一个人的声音。

“嗯，是月鹰高中的一个学生，他差点儿被杀死，要不是你的亚空间药水，我们也回不来了。”

晏修平听到他们的对话，感觉他们似乎是正常的人，警惕心渐渐放下了。

润暗对晏修平说:“你听好了，现在我要给你滴解除液，也许你不相信我们，但是，如果没有这种解除液，你一生都会维持现在这个样子，这绝对不是危言耸听。”

晏修平又被吓了一跳，他赶紧点头说:“好吧，你滴吧。”

刚滴上解除液，他就很高兴地看到，隐没的身体又出现了。这时，他才放松了下来，感到劫后余生的庆幸。

“你先坐下吧。”润暗把他按在沙发上，说道:“这里是我家，我知道你现在有很多疑问，我会慢慢向你解释的。但是，你先回答我的一个问题。关于那对双胞胎，你知道些什么?”

晏修平虽然还没有完全恢复过来，但已经把润暗当做救星了。他紧张地说:“请你救我!救救我啊!她不是人，她是个怪物!是幽灵!你们要杀掉她，不然，我一定会死的!”

晏修平早就注意到那对双胞胎的不正常了，明明是亲姐妹，却从不在一起。

“我真的不知道……那个怪物究竟是金弦惠还是金弦娜……但她肯定是要杀我的……我，我该怎么办？”

“也许，两个都不是人类吧？”润暗提出了这个观点。这也不是没有可能的，姐妹俩都如此古怪，如此相像。

阿静却不这么认为，她说道：“不，肯定只有一个。这就和一个蜂巢内不可能有两个峰后是同样的道理。她们这么势不两立，如果都不是人类的话，必然会相争，不会共存那么长时间。”

也就是说，她们中有一个是正常人，而另一个则是恐怖的鬼魂。

“我有两种猜测。第一，鬼魂杀害了那双胞胎中的一个人，然后伪装成那个人。第二，她们中的一个人已经死了，却还以亡灵的形式继续存在着。不过……”

如果能确定鬼魂是谁，那就很简单了，只要想办法将其杀死！即使对方是鬼魂，但是既然要对抗诅咒，就要有以死相搏的觉悟。可是，对方却是两个同样的形象。杀死一个无辜者，阿静是绝对做不出来的。她继承了母亲高洁的品行，不会像她父亲那样，为达目的不择手段。

“对了……”润暗忽然想到了一个方法，“照灵镜啊！如果有照灵镜不就好办了吗？阿静，闻紫魅给过你吧？只要有了它，就可以分辨出来谁是人、谁是鬼了啊！”

“不行。”阿静摇了摇头，“闻紫魅已经死了，她制作的照灵镜就失去了灵力，只是普通的镜子了。还是需要进一步搜集资料才行。”

金弦惠回到了家。这是一座很阔气的别墅，她的父亲是一个暴发户，和她母亲离婚后，很快又再娶了。

一楼是一个很大的客厅，摆着一架三角钢琴。和妹妹一样，金弦惠弹钢琴也弹得很好。

“你回来了啊。”继母阴阳怪气的声音传来，金弦惠皱起了眉头。

继母走下楼来，瞪着金弦惠，说：“到我房间里来。快一点儿！”

金弦惠顺从地点点头，放下书包，走到了二楼。

她空洞的目光注视着眼前的走廊。她打开了一扇门。

一进门，继母就狠狠揪住她的头发，把她按到地板上，又操起一根竹棒，狠狠抽打在她的背上！

“你这个妖女！拖油瓶！都因为你那张长得和你妈妈一样的脸，你爸爸还在天天想着她！”继母歇斯底里地怒骂着。

“有种你就去告诉他，我才不怕！我巴不得他知道呢，我要让他知道，我也不是好惹的！”

金弦惠毫不抵抗，任由继母的竹棒不断落到身上。

与此同时，金弦娜的家里。

在她的卧室里，地上是一堆凌乱的衣服。

一个赤裸的中年男人压在金弦娜身上，脸上是凶恶的表情，恶狠狠地对她说：“我警告你……绝对不要告诉你母亲！哼，也不是第一次了，别装纯情！”说完，他开始撕扯金弦娜的衣服。

金弦娜没有反抗，任由继父继续他的暴行。

她在很久以前就被继父强暴了，而且每当母亲不在家，继父都会兽性大发。她一次又一次地被施暴，似乎永远没有尽头。

金弦惠睁开了眼睛。

继母打累了，坐到床上休息。她喘着气说：“你这个妖女……为什么不跟你妹妹一样，都判给你那个死老妈呢？就因为你，你父亲到现在都不肯跟我要孩子……你瞪我干什么？你别以为我怕你！”

金弦惠从头到尾没有说过一句话。她默默地站起来，向房门走去。

“你……你的眼神是什么意思！”

继母忽然发了狂，拿起桌上一把放在果盆里的水果刀，冲上前按住金弦惠，用刀顶住她的脖子，狂叫道：“你给我哭啊！给我求饶！我要你不敢再用这种眼神看我！你这双眼睛……你妈妈就长着这么漂亮的眼睛是不是……我真想毁掉它们!”

这时，金弦娜的继父又对她施暴以后，满足地提上裤子，对床上用被子遮掩着身体的她说:“记住，不许告诉你妈妈，否则我就掐死你!”

金弦娜还是沉默不语。

金弦惠面对着水果刀，脸上的表情丝毫没有变化。她这时才开口说:“你要杀我就杀吧。反正我也无所谓了。这像地狱一样的生活，对我来说早就没有意义了。”

“你……”继母气得说不出话来，她此刻真恨不得用刀杀死她，但是，理智终究占了上风，她恨恨地放下刀子，呵斥道:“滚回你的房间去!”

夜，是那么漫长。

第06章

〔谁是鬼姊妹〕

夜，寂静的校园。

润暗和阿静放轻脚步，朝高二(3)班的教室走去，然后用亚空间药水进入了教室。

晏修平现在暂时待在润暗家里，润丽负责照看他。阿静已经把所有药水的使用方法都教给了她，这样可以最大程度保障她和晏修平的性命。

“这，就是金弦惠的座位了……润暗，确定没错吧?”阿静走到一张桌子前问道。

“根据晏修平画的座位表，应该没错。”

阿静点点头，拿出了一个小玻璃瓶，里面装着蓝色的液体。她把液体洒在桌面上，不久，桌上浮现出许多指纹。

这是一种可以让指纹、掌纹清晰显示出来的药水。阿静示意润暗用相机拍下指纹。

接下来，他们来到高二(4)班的教室，在金弦娜的书桌上如法炮制。

他们的打算是，取得二人的指纹后，入侵户籍管理系统，去比对她们原来的指纹。如果不匹配，那个人就是鬼。

刚拍完金弦娜桌子上的指纹，二人忽然听到背后传来了有人走路的声音。

他们猛地回头一看，那是……一张与那对姐妹一模一样的面孔。

教室的门还是锁着的。可是她却出现在这里。

润暗下意识地就把阿静挡在自己身后，他只恨自己失去了鬼眼，否则一旦祭出冥裂鬼刃，就可以和她一拼了。

双方就这样对峙着，在黑暗和寂静中。

“你……你别想伤害阿静……”润暗虽然极度惧怕眼前的鬼魂，但是，阿静的生命是比他自己的生命更为重要。

可是，那个鬼却一言不发。无论润暗怎么观察对方的表情，也难以看出端倪。

鬼的右手忽然伸向背后，润暗顿时警惕起来，下意识地后退。她从身后拿出一只断开的手臂，放到嘴里啃了起来！

润暗连眼睛都要瞪出来了，如此美丽的面孔，却在吃着人的手臂！

“润……润暗！你的手！”

润暗低头一看，他怀疑自己是不是在做噩梦！自己的右手，只剩下……一段空荡荡的衣袖！而衣袖已经被鲜血染红了！

那么，那个鬼正在吃的……难道是……

“不……不要啊……”

那个鬼已经把他的手臂的一半吞进了嘴里！

阿静在心里默默祈祷着……千万不要被鬼发现啊！

阿静在自己的鞋底涂抹了亚空间药水。因为她早就预料到会有这种情况，所以已经要做好了防范措施。她在家里做好了亚空间的另一头，现在用脚悄悄地在自己身体周围画着一个圆圈，只要把圆圈画完，就可以打开亚空间。

但是，阿静的脚不停颤抖，眼看着就要把圆画完了，眼前的鬼魂忽然消失不见了！

阿静终于把圆圈画完了，但是……亚空间入口并没有打开！

这种情况，过去也出现过一次。铁慕镜在用裂灵鬼眼把进入诺索兰公司的阿静等人转移出来的时候，亚空间受到干扰，结果钟子离和南韧天被留在了恐怖片《蝶变》的虚幻空间中。

“润暗，你没事吧?”阿静扶着他坐下，血还在从他的断臂处不断涌出，再不止血会有危险!

“润暗，把衣服脱掉！快!”

在阿静帮助下，润暗脱掉了身上的衣服，阿静拿出治疗药水，滴在他的断臂处。血很快止住了，伤口开始愈合。

“手臂没办法复原了……对不起，润暗。我不该和你来这里的……”阿静不禁落下泪来。

“没事的，这算什么。能活下来就好了。”润暗并不怎么在意，面对鬼魂，只是失去一条手臂，已经是不幸中的万幸了。

阿静忽然看到……桌子底下……有一双脚！那个鬼还在……还在这个教室里!

阿静知道，不能继续待在这里了。反正照片都拍到了，现在必须立刻回去。

她扶起几乎虚脱的润暗，向教室门口走去。那里有之前的亚空间入口。

可是，一样东西凭空掉在了她脚下。

那，那是……已经成为白骨的……润暗的右臂!

“不……不……”阿静一个趔趄，整个人跌倒在地。她看到，一只手从教室后面的一张桌子下伸了出来，随即，一张嘴角满是鲜血的脸露了出来。

那个鬼，还要……继续吃吗?

阿静鼓起所有的勇气，问道：“你……你到底是谁?是金弦娜，还是金弦惠?”

对方没有回答。

阿静从没有感觉死亡距离自己这么近。

“求求你……别杀我们……”她从润暗手上拿过照相机，丢了过去，说道：“我把这个给你，我们什么都不知道。求求你，放过我们……”

那个鬼的表情忽然变得更凶恶，嘴巴越张越大，发出如同野兽一般的吼声。她的嘴张大到难以置信的程度，几乎占据了整张脸。

那张嘴巴里，是一个深不见底的黑洞。

就在阿静已经绝望时，忽然传来一声枪响，一个身着警服的男人冲进教室，拿枪对准了鬼魂，后面又进来了一队警察。

这个带头冲进来的男子，正是刑侦队队长黎鸿命。

“不许动！你已经被包围了！”

那个面露凶光的鬼魂，却号叫着向黎鸿命冲了过去！黎鸿命立刻对她的脚射出一枪，却根本没用！

眼看她就要冲到黎鸿命的面前了，她的脚步却忽然停下了。

这时，润暗和阿静清清楚楚地看到，在她的两只脚边，各有两个长相畸形恐怖的婴儿，他们的头奇形怪状，五官扭曲得难以分辨。

阿静猛然忆起，这正是她以前在梦境里看到过的……把父亲拖入那扇黑门背后的怪婴！

眼前的这些怪婴都有紫色的眼睛！那是鬼眼的特征！

那个凶残的女鬼，如同雾气一般，一下就消失在众人面前。

黎鸿命惊魂未定，他不敢相信自己的眼睛，他立刻看向润暗和阿静，却发现二人也隐遁得无影无踪。

这时，他又开始感觉到了……和那个时候一样的诡异气息！

“黎队……”他身边的那些警察也在怀疑自己的眼睛，“刚才那是什么啊？我们产生幻觉了吗？按照你的命令，我们日夜监视这所学校，刚才发现这个教室有人闯进去了。可是……”

黎鸿命还沉浸在回忆里，回想着过去他负责侦办的一起命案。那本是一个普通案件，是一名画家心脏停搏而死亡。

润暗和阿静总算大难不死、逃过一劫，疲惫地回到了家里。

阿静在最后关头把润暗只剩骨头的手臂拿了回来，虽然目前不可能接起来，但她还是抱着一线希望。

润丽看到润暗失去了他的右手，不禁大哭起来。她怎么也无法接受，哥哥今后是一个残疾人了。

不过阿静还是抱着乐观的态度。她正在研发的药剂还有很多，今后研制出让润暗的右手重新长出来的药剂，也不是不可能的。

第二天早上，乔品月刚到学校，就发现大家都在议论纷纷。她一打听才知道，昨天晚上，金弦惠和金弦娜，都已经被警方作为杀害陆鸥的犯罪嫌疑人逮捕了。

“昨天晚上，警察在学校里发现那对双胞胎姐妹中的一个，行迹很可疑。果然是她们……”沈卓良详细地把事件始末告诉了乔品月。

乔品月难以接受这个事实，是那两个孩子中的一个，犯下了那么可怕的罪行吗？这太荒谬了！

乔品月无精打采地走进教室，开始上课。

陆鸥死了，张智心、武宗华、唐震飞、晏修平失踪了。不，他们也可能是遇害了。她没想到，才刚成为教师，就经历了那么多可怕的事件。

与此同时，黎鸿命向局长提出要去外地进行案件的调查。

“本案错综复杂，背后肯定有难以置信的内幕。我想到了一些事情，必须去调查。但是，我现在还不能说出来，因为您肯定会觉得非常荒唐。可是，我不这么做，就无法让真相水落石出！”

局长看起来也很苦恼。这个案件很受关注，再不破案，警方的压力就太大了。他批准了黎鸿命的请求。

那姐妹俩至今还是一言不发。她们对于自己被控的罪行，除了否认，什么更多的话也不说。不在场证明的调查非常困难，两个人的家长都宣称当时她们都在自己的房间里，但他们并没有一直看着她们。现在案件的调查陷入僵局，非常棘手。

黎鸿命坐上了长途班车。他已经和对方联系好了，如果一切顺利，今天傍晚就能回到高宁市。

三小时以后，黎鸿命到达了目的地。

这是一座非常气派的别墅，别墅的主人叫张义明，是一个有名的艺术收藏家。因为黎鸿命已经查明，那个画家死后，按照他的遗嘱，他的作品全部拍卖了，把拍卖所得捐给了希望工程，而张义明正是拍下了那幅画的人。那个已经去世的画家，就是鬼才画家宁洛。

几年前，黎鸿命在这个城市当警察。有一天，他接到报警电话，赶到了市郊的一栋房子里。

居住在这栋房子里的，是一位名叫宁洛的画家。这个画家只画一些极为恐怖的鬼怪的画，品极为写实逼真，所以他的作品难以被人接受。他因为心脏停搏，死在自己的画室里。那个案子是以自然死亡结案的。

本来，那只是黎鸿命的工作中一个微不足道的小案子，但是，从那之后，黎鸿命几乎每一天都活在恐惧之中。

当黎鸿命看到宁洛那双紫色的、妖异的眼睛时，产生了极大的恐惧，而且从此无法摆脱那种恐惧。仿佛在那双眼睛里，隐藏着极为深邃和黑暗的存在。

宁洛死后，留下一份遗嘱，他所有的画作要全部进行拍卖捐献，只有一幅画除外。那是一幅画着一个女鬼的画，就挂在宁洛家里。

宁洛的画作都是类似那样的恐怖画面，但是，黎鸿命印象最深的一幅画，却是一幅没有恐怖内容的画作。现在他才明白，或许那幅画并非不恐怖，而是隐藏了真相——宁洛本人才能理解的恐怖真相。

黎鸿命想再次看一看那幅画。如果昨天晚上，他不是看到了那个极度诡异的、超现实的一幕，他今天不会到这里来。可是现在他不得不相信，自己的推断并不是没有可能的。那是一个连他自己都感到战栗的恐怖结论。

“黎警官，你好。”大腹便便的张义明出现在黎鸿命面前，打断了他的回忆：“我现在带你去看那幅画。”

阿静为了能够让润暗的右臂复原，把那截骨头放入了一种特制药水中浸泡。

她已经实验了很多种药水的混合用法，都无法让润暗的右手再度长出来。所以，只能先暂时保存好骨头了。

中午的时候，阿静来到客厅，却诧异地发现……

晏修平不见了！

黎鸿命瞪大了眼睛，看着眼前的，还拿出了一张照片比对。

他过去就听过传闻，说宁洛的眼睛能看见非人间的东西，并且把它们如实地画了出来。他当然可以视为无稽之谈，但是，如果接受这个说法，这一切就说得通了。

这时，他的手机响了起来。

“喂，怎么样了？”

“黎队，你真是料事如神啊，我们去调查过了，就像你说的那样！”

“好……”黎鸿命咽了一口唾沫，尽量平静地说：“密切监视那对双胞胎，我现在就赶回高宁市！对了，还要查出那个恐怖小说家伊润暗的住址，以协助调查的名义把他带回局里。他应该就是昨天晚上出现在教室的两个人之一，我刚刚才想起来！”

黎鸿命告别了张义明，飞奔出别墅。

他已经知道……昨天晚上那个凶恶的鬼魂是谁了。

只是，他还是不明白，为什么会出现那些畸形的婴儿？而那些婴儿都拥有和宁洛一样的紫色眼睛！

晏修平失踪了。阿静并不感到意外。既然对方是鬼魂，要抓走晏修平根本不是问题。只是，她还是无法确认，究竟那对姐妹中的哪一个是鬼魂，哪一个是人类。

就在这时，有两名警察来访。他们是来找润暗的，说是要请润暗去协助调查。

阿静感觉事情很棘手，那对双胞胎，现在就在警方那里啊！

学校已经放学了，乔品月留下了四名学生，帮他们补习文言文。她很认真负责地对他们说：“文言文在高考里占分不少，不能在这个部分丢分。大家先来默写……”

忽然，她看到一个学生……居然没有了头！

“啃……啃……”一个诡异的声音传了过来。

下午五点的时候，黎鸿命回到了市区。他本来直接想回单位，但是转念一想，又直奔月鹰高中。现在最危险的地方，应该是那里。

“快让我和伊润暗通电话！”黎鸿命一边驱车赶往月鹰高中，一边给局里打电话。

“黎队，你现在不回局里吗？”

“少废话！快！”

当他们把电话交给润暗后，他还不知道怎么应付，却听到电话里的黎鸿命说：“伊润暗先生，我是负责这个案子的刑侦队队长黎鸿命，请你告诉我，这究竟是怎么回事？那个鬼魂……还有那些紫色眼睛的婴儿，你是不是知道一些内幕？这是人命关天的大事，请你务必告诉我！”

润暗沉默了一会儿，答道：“就算我告诉你，你也未必会相信的。”

“我相信，不管你说什么，我都相信！而且，我也要告诉你一件事，关于那对双胞胎的事情！其实，那对双胞胎是……”

润暗听完了黎鸿命说的话之后，全身止不住地颤抖起来。

原来，他和阿静从一开始就搞错了吗？

宁洛拥有鬼眼，所以，他把自己看见的事情画了下来。也许是机缘巧合，他所画下的那个情景，成为了揭开这个案件谜底的关键。

“我明白了。你现在在哪里？”

“我正赶往月鹰高中，快要到了。”

“别轻举妄动！这件事情警察解决不了的。我们才能应付。听我说，黎队长，对方是远远超过你想象的恶灵，枪弹根本对付不了的！就算让特种部队进入那所高中，也不可能……”

“我知道。但我身为警察，绝不能坐视不管。你把电话给小江！我会安排警方的行动！”

乔品月躲在教室的讲台下面。她身上溅满了鲜血。

她的脑子里一片混乱。这到底是怎么回事？那对姐妹不是已经被警方关押起来了吗？那刚才她看到的是什么？

阿静接到了润暗的电话。

“阿静，你立刻准备所有能派上用场的药水，把‘那个东西’也带上，立刻到月鹰高中去！警察已经包围了那所高中，到了那里，你只要说出你的身份，警察会放你进去的。还有，那个鬼的真实身份，其实是……”

黎鸿命赶到了月鹰高中门口。这时，已经有警察进入了学校，他们的情况可想而知。

现在学校里一片混乱，根本不知道还有多少师生留在里面。而进入校内的二十多个警察，全都联系不上了。

黎鸿命现在很确信，杀害了陆鸥、造成那么多人失踪的真凶，绝对不是人类。即使站在校园外，他都感到很恐惧。

他指挥着周围的警察说：“没有我的指示，不要再进入校园。”

就在这时，他注意到警戒线外，有一个女子被拦住了。他连忙快步走过去，问道：“你是伊先生说的任静小姐吗？”

“是的，我就是任静。”女子很快回答，“我必须到里面去，否则死亡的人数会继续增加的。”

“我明白了，等一会儿伊先生也会过来的。你需要武器吗？”

阿静摇了摇头：“不用了。不过，我希望你和我一起进去。”

黎鸿命一愣，不解地问：“为什么要我进去？”

“因为，我有一个猜想。”

黎鸿命和阿静进入了校园。月鹰高中一共有五栋教学楼，之前在一号教学楼传出过枪声。进入教学楼后，眼前的情景实在是惨不忍睹。

许多老师和学生的尸体横卧在地，浓重的血腥味在空气中弥漫着。

黎鸿命警惕地观察着四周，他知道，现在这里有鬼魂出没，随时都会没命。

身为警察，他当然有以身殉职的觉悟，但是，面对着超越人类常识的鬼魅，他实在无法压抑住心里的恐惧。

任静始终沉默不语，一脸凝重地观察着四周，黎鸿命就没有开口打扰她。

阿静在判断那个恶灵现在到底在哪里。那个恶灵突然杀掉那么多人，恐怕和昨天出现的紫瞳怪婴有关系。

乔品月刚才听到外面传来枪声，紧接着是人的惨叫声……她都快要崩溃了。

这到底是怎么回事？这所学校难道是被诅咒了吗？

忽然，讲台上方探下一张脸。她差点儿尖叫起来，看清这张脸后才松了一口气。是沈卓良。

“你没事吧？乔老师？”沈卓良边说话边注意着四周，对她低声说：“快跟我走。现在那个怪物不在这栋教学楼里，你和我一起离开，警察就在学校外面。”

“你确定吗？”

“是的，我确定，我躲起来的时候，看到她到旁边的教学楼去了。”

乔品月这才放下心来，跟着沈卓良出了教室。看到走廊上的尸体，乔品月别过头去。

“到底……死了多少人？”她被浓重的血腥味刺激得感到恶心。

虽然已经放学了，但校园里还留有很多老师和学生。

天已经快要全黑了，这让校园显得更为恐怖。

沈卓良小心翼翼地跨过那些尸体，对乔品月说：“我也不知道。我简直感觉自己像在做噩梦。”

阿静和黎鸿命走到了一号教学楼的二楼。

这里的尸体大多数是警察。他们的尸体几乎没有完好的，不是缺胳膊就是断腿，更惨的是连头都没了。

一路上，她和黎鸿命不知道吐了多少回。

“等等……”忽然阿静感到胸口放着的那个东西有了反应。

“趴下！”随着阿静一声令下，黎鸿命立刻伏倒在地。但是，他的动作还是慢了一些，肩膀被咬了一口，咬下了一块肉！

可是，环顾四周，却什么都没有看见。他的肩膀处不断流出血来，还好阿静有治疗药水，洒了一些在他的肩膀上，很快就愈合了。

“她现在就在这个楼层！”

阿静不知道使用那个东西有没有用，但是目前的状况下肯定是无法用的。

这时，一辆警车正载着润暗前往月鹰高中。

润暗的手里紧紧地捏着一个小瓶子，里面装有一种银白色粉末。

“能再快一些吗？”润暗焦急地问道。

“已经没办法再快了。”

润暗低头看着那个小瓶子，虽然阿静警告他不能使用这个东西，可是，他管不了那么多了。

阿静有危险，而润暗绝不能坐视不管，他绝对不能让她出事。

“等我……阿静……你绝对不能死啊！”

“现在最危险的人，是乔品月。”

阿静和黎鸿命一边在一号教学楼里寻找那个恶灵的踪迹，一边也在找乔品月。

“不过，我还是不明白……”黎鸿命看周围都没有恶灵的踪迹，想乘机问问阿静：“为什么要我也跟来呢？我明明……”

“如果我的估计没有错的话，你……大概也是‘七个恶鬼’之一。”

如果是这样的话，那一切就都说得通了。因为是七个恶鬼，所以那些紫眼怪婴不能让他死在其他鬼魂手中。

沈卓良和乔品月终于走到了操场上。操场上也横七竖八地躺了几具尸体。

漆黑的夜空下，寂静的校园里，二人都不禁打了个寒战。

“我们……快走吧……”

沈卓良和乔品月几乎同时说出这句话来。

但是，当他们走到校门口时，却彻底呆住了……

怎么可能？比梦境更不可思议的场景就这样出现在他们面前！

原本应该是校门口的地方，居然变成了……一片黑色！

他们惊慌地看着四周，校门被一片广阔无边的黑幕包围着，校外的街道和楼房都看不见了。

沈卓良和乔品月呆呆地看着这一片黑色，不知道该怎么办了。

他们不敢走近黑幕里。那黑色之中似乎有什么东西在影影绰绰地跳动闪烁，仿佛有千百个亡灵在等待着他们。

但是，回到学校去，他们也下不了这个决心。

就在这时，更恐怖的事情发生了。

那些在操场上躺着的尸体，忽然一个接着一个……站了起来！

从失血量和受伤程度来看，乔品月可以百分之百地确定他们是尸体，但是……他们居然都站起来了！

那些尸体摇晃着身体，朝乔品月和沈卓良走了过来！

就在那些尸体距离二人不到十米时，乔品月控制不住地尖叫起来。

这声惨叫，简直比扩音喇叭放出的声音还要响许多，黎鸿命和阿静当然不可能听不到。

走到窗户朝外面一看，眼尖的阿静立刻看到了沈卓良和乔品月。但是，她现在还在二楼，鞭长莫及，使用亚空间药水也来不及了！

一具尸体就要走到乔品月面前了！

忽然，一截白森森的骨头从那具尸体的头部贯穿了过去，猛地把那尸体的头彻底拉了下来！

那具尸体倒下了。站在尸体后面的，是一个右臂只剩骨头的青年！

“总算赶上了……你们没事吧？快到一号教学楼的二楼去！那里有两个人接应你们！”

阿静这时看清了那个人是谁。

“润暗！”

她看到润暗的白骨手臂，顿时什么都明白了。他用了那种粉末！

“润暗——”她扯着嗓子对操场上的润暗喊道，“你怎么可以用腐朽粉？我不是跟你说过，它还没有在人体身上实验过吗？喂，你在听我说话吗？”

润暗当然知道这很危险。但是，如果不这么做，就救不了阿静。

他那截白骨手臂充满腐蚀的气息，其他尸体还没有靠近他，就变为了碎肉。

这时，乔品月和沈卓良已经跑到二楼，一看见黎鸿命和阿静，顿时像抓到了救命稻草，连忙跑了过来。

“黎警官，快救救我们啊！”沈卓良扯着黎鸿命的胳膊，哭着说：“我不想死在这里啊！”

阿静打量着乔品月，问道：“你是……”

“我叫乔品月，你也是警察？”

这时，阿静又感觉到胸口的那个东西产生了反应。

那个恶灵……又在附近了！

阿静注意到润暗正要跑进这栋教学楼，立刻对他喊道：“别进来！润暗！”

她的话音未落，就听到了乔品月的尖叫声。

她赶紧回头一看，在走廊的尽头，站着浑身血淋淋的恶灵！

阿静立即从胸口抽出了那个东西。那是一个卷轴。

“黎警官，拜托你，帮我拖住她一段时间，别让她逃了。”阿静的额头不断渗出汗水，她知道，自己的性命很可能会断送在这里。但是，这是一个绝佳的机会，她绝对不能放过。

润暗已经跑过来了，他看到了卷轴和那个恶灵。

黎鸿命皱了皱眉，说：“我明白了。”

“拜托了，三分钟就可以了。”阿静说完，蹲下身子，把卷轴在地上铺开。

卷轴的正中央，画着一个大大的……紫色眼睛！

这是鬼眼宗宗主遗留下来的卷轴，阿静的外祖父派伯绍在南方一座城市的古玩市场里找到的。

阿静猜想，使用这个卷轴也许能打开那扇门，她应该能做到。

恶灵正一步步逼来。她浑身上下，除了红色，还是红色。

黎鸿命知道前面有多危险，但是，他必须前进。

“去死吧！你这个怪物！”黎鸿命拔出手枪，对准恶灵的脑袋扣动了扳机！

子弹呼啸着穿透了恶灵的额头！然而，她丝毫没有退缩，还在继续走过来。

黎鸿命更紧张了，他的脚不自觉地向后退。

阿静急忙说道：“别怕！你的性命受威胁的时候，那些怪婴会出现的！别后退！”

阿静把右手按在卷轴的紫色图案上，嘴里轻轻地念着：“出来吧……幽冥的使者，死报灵……出来吧，死报灵……”

这个咒语是鬼眼宗流传下来的，也是伯绍搜集到的。他真的是个很可靠的帮手，也难怪外公多年来都那么信任他。

但是，卷轴还是没有什么反应。

恶灵距离黎鸿命越来越近了。

润暗等不及了，他挥起自己的白骨手臂，想上去对付恶灵，但阿静叫住他，说道：“不行，润暗，没用的，你对付不了她的！”

这时，她才注意到，乔品月不见了！她还来不及思考，眼前的恶灵已经不见了！

她立即把视线移到窗外，只见乔品月正在操场上狂奔，却看不见那个恶灵！

“她把我的计划完全破坏了……”

但是阿静不能停下来，她还是要继续往卷轴中输入咒力。

“出来吧……死报灵！”

阿静回想起润暗在电话里告诉她的话：“宁洛生前曾经接触过那对双胞胎。那时她们的父母还没有离婚，他帮他们一家人画了一幅肖像画。但是，原本应该只有两个孩子的，宁洛却画出了三个长得一模一样的孩子！”

其实，金弦惠和金弦娜的父母，当初生下的是三胞胎，其中一个孩子刚生下不久就死了。

无法和另外两个与自己长得一样的姐妹一起生存下去的怨念，催生出了这个恶灵……

是那个恶灵向乔品月伸出了援助的手。

一个出生不久就死去的婴儿，连名字都没有。怨念让这个恶灵徘徊在人间，一直待在她的两个姐妹身边。父母离婚后也依旧如此。

恶灵对两个姐妹有极为深重的怨恨，当金弦惠和金弦娜分别受到继母和继父的虐待和凌辱时，她就在一边看着。

起初，这对双胞胎是会反抗的。可是，每当她们反抗继父继母的暴行时，那个恶灵就会出现在她们面前，而且也只有她们才看得见。所以，每当她们看到恶灵时，都会认为她就是自己的另一个姐妹。

她们受到凌辱和虐待也不能反抗，因为只有停止反抗，这个恶灵才会在她们眼前消失，否则她们就会被恶灵吃掉。所以，这对双胞胎互相恐惧着对方，又互相憎恨着对方。

小学、初中、高中，恶灵一直跟随着她们。刚开始只是怨恨地看着她们，但是，后来就开始杀害她们身边的人。

当人们看到那个恶灵的时候，就会把她当做双胞胎中的一个。无论她做了什么，都会被当成双胞胎的所为。如果有人去质问姐姐或者妹妹，她们就会互相指证对方。没有人知道，真正的恶灵其实在二人之外。

仔细回想起来，到底什么时候看到的是恶灵，什么时候看到的是真正的双胞胎呢？

那一天，乔品月让姐妹二人去传达室取期刊，她们之所以反应那么大，就是因为她们对对方的恐惧和憎恶。

姐妹二人一直都把对方视为非人类。而这份恐惧无法告诉任何人。因为，绝不会有人相信的。

无论和什么人亲近，对方就会被恶灵吃掉。所以，只能压抑自己，不和任何人深交，就不会再有牺牲者了。

姐妹俩一直以这么悲苦地活着，被这个恶灵禁锢着，过着生不如死。现在，这一切终于走到了尽头。

乔品月有生以来，第一次拼尽全力跑得那么快，她跑进了二号教学楼。

刚才看到那个恶灵的时候，她明白了，这就是沈卓良和她提过的那个如同地狱恶鬼一般的人。拥有和人相同的面貌，却无法让乔品月对那个恶灵产生“人”的感觉。

现在，她的脑子里除了“逃”，就没有其他词汇了。

逃到二号教学楼的顶楼后，她沿着黑暗的走廊进入了一间空教室，然后把教室的前后门都锁上了。

乔品月把椅子一张张搬出来，把课桌移到两边，在中间空出一块地方来。

阴森和恐怖的黑幕笼罩着校园，乔品月心里除了恐惧还是恐惧。她跪在地上，抽泣起来。

不知道哭了多久，忽然，她听到玻璃碎裂的声音。

她抬起头看去，只见教室后门上的玻璃碎了，那个被鲜血染成红色的头伸了进来。

是那张恐怖的脸！她正死死地盯着乔品月！

乔品月吓得浑身瘫软，只能眼睁睁地看着窗户外又伸进来一只手，那手要去开下面的锁！

乔品月不敢再犹豫了，她鼓起勇气抓起一把椅子，对准那只血红的手，狠狠地扔了过去！

她砸得不准，椅子只在接近那只手的地方撞了一下。

乔品月又抓起一把椅子扔了过去！

这一次总算扔中了恶灵的手，然而，她的动作并没有停下。

乔品月继续抓起椅子，这一次，她的目标是恶灵的头！

她几乎用尽了全身力气，把椅子高高举起，朝那颗头扔过去！

椅子眼看就要砸中恶灵的时候，却忽然在半空中停住了。接着，一下摔在了地上！

门被打开了。

乔品月吓得蜷缩着向教室的角落蹭过去。恶灵的身体背对着门口，让她无法逃走。

“不……不，别，别杀我……求求你……”乔品月号啕大哭起来。

可是恶灵完全没有停顿，一步一步地接近这个善良的老师。

这间教室，此刻在乔品月眼里，就像一个巨大的黑色棺材。强烈的求生欲望让她不停朝恶灵扔出椅子，可是，椅子都无法碰到恶灵。

就在恶灵就要碰到乔品月的时候，教室的后门忽然进来了四个人。

乔品月一看，正是润暗、黎鸿命、阿静和沈卓良。

“快救救我！”

恶灵转过头去。

这时，润暗注意到，恶灵的手上似乎提着什么东西，但是太暗了，看不清楚是什么。

恶灵举起了她的手。这下他们都看清了，她提着的……是沈卓良的人头！

大为骇然的润暗、阿静和黎鸿命这才向沈卓良看去，却只看见……一个没有了头的身体。

那个身体在原地摇晃了几下，扑倒在地上。

这和昨天润暗的遭遇是一样的，只不过润暗是被夺去了右手，而沈卓良则直接被拿掉了脑袋！

阿静的恐惧达到了顶点。过去她虽然见识过各种各样的鬼魂，但是，这个恶灵实在太恐怖了。即使厉鬼也没有这么可怕啊！

要不是现在校园已经被黑幕笼罩，阿静一定会和润暗一起逃走！这个恶灵不是她和润暗招惹得起的！和她正面对抗，有几条命都不够！

现在，唯一的希望就是这个卷轴了。如果死报灵再不出现的话，她和润暗今天一定会死在这里！

润暗此时挡在阿静面前，用白骨手臂，轻松地抓起一张书桌，朝恶灵狠狠地扔过去！同时借着书桌的掩护，向恶灵冲过去！

谁知道，书桌却砸在了地上，险些砸到乔品月身上。可是，那个恶灵却不见踪影了！

润暗还来不及思考，他就看到……那个恶灵就站在阿静身后！

"阿……"他还来不及提示阿静，恶灵已经张开大口，对准阿静的头咬了下去！

"不要！"

已经来不及了。

恶灵一口咬住了阿静的头，当润暗冲上去的时候，阿静手上的卷轴掉在了地上。

事情发生得太突然了，黎鸿命都没有反应过来。

润暗看到阿静的半个头被恶灵大张的嘴巴咬住，绝望从他的心中升起，随即是几乎要把他的灵魂燃烧殆尽的愤怒！

他举起白骨手臂，对准恶灵狠狠地打过去！

可是，就在白骨手臂即将碰到恶灵的脸时，却变成了银白色的粉末，全部洒在了地上！

润暗毫不犹豫，一只手挽住阿静的身体，右脚对准恶灵的身体就踢了过去！

可是，他却没有踢中实物的感觉！

不过，恶灵居然松开了口！她的身体一下飞起来，被死死地钉在墙壁上！

润暗定睛一看，恶灵的四肢都被畸形怪婴按住了，让她无法动弹。

润暗再看向阿静，她的脸居然没有受伤！

“怎么会？”虽然润暗很高兴，但他不敢相信，阿静完全没事？

“还好，赶上了……”阿静松了一口气。

只要和那扇黑色的门有了联结，阿静就无法被伤害了。

“润暗，你抬头看！”

润暗闻声一抬头，惊讶地发现，天花板上出现了一扇黑色的门！

那扇门开始移动，从天花板移到了墙壁上，最后到了恶灵的身后！

黑色的门打开了。

恶灵不甘心地疯狂嘶叫着，她的身体被拽入了无尽的黑暗中。

黑色的门开始变成黑色的漩涡，又变为了一个小小的黑点，最终消失了。

阿静惊骇地看着眼前的情景，和父亲的笔记中描述的一模一样。

这就是所谓的死报灵吗？那些婴儿就是死报灵？

这时，笼罩着月鹰高中的黑幕也彻底消散了。

润暗一把抱住阿静，他抱得很紧，阿静的脸贴着润暗的胸膛，差点儿喘不过气来。

“润暗……别这样……”

“我真的以为……你死了，太好了，你还活着太好了……”

黎鸿命和乔品月呆呆地看着这一切。刚才发生的事情，完全不可能发生在现实世界中啊！

但是，他们还活着。这就足够了。

这场恐怖的灾难，成为了比大知山事件更为轰动的新闻。

过了一个月，月鹰高中恢复了正常的教学秩序。乔品月辞职了，到外地去教书。她答应阿静，她不会把看到的事情告诉任何人。

那对双胞胎也回到了学校里。但是，对她们来说，苦难的日子还是没有结束。现在她们被大家视为真正的瘟神，更被孤立了。

最为痛苦的人，是金弦娜。她发现自己怀上了继父的孽种。

但是，她不能够告诉任何人，甚至包括金弦惠。她找了一家没有执照的私人诊所，去做人流手术。

打了麻醉药以后，她在手术台上昏昏沉沉地睡去。

不知道过了多久，她醒了过来，感到腹部传来难以忍受的剧痛。

她坐起身子，看到自己还在手术台上。而自己的肚子被剖开了，只看到一片血肉模糊。

“不……不……”

接着，金弦娜看到了更为恐怖的一幕。

一个小小的脑袋，从她的肚子里钻了出来。

那是一张……和金弦娜酷似的面孔……

第07章

〔面具怪谈〕

方滨秋看着眼前的这个铁箱子。这个箱子有两米多长，差不多一米宽。箱子很旧，上面没有任何花纹。

这个箱子是在一个月前的那一天之后，突兀地在家里出现的。箱子上那道厚重的锁，已经被她弄坏了。

不要打开它！每一天，滨秋都会梦见死去的母亲告诉她："不要打开'它'!"

"它"……指的就是这口箱子吗?

一个月前的那一天，夜色很暗，接近午夜时，月齐大学男生寝室102室里已经熄灯了，但男生们还在进行卧谈会。

温疾烈对下铺的孙普说道："你听说过吗？为什么四号楼会被废弃？原来那里是教学楼啊。"

许多大学都有着怪谈传说，孙普自然也有耳闻。

"听几个女生说过，好像以前有个脸部烧伤的女生在那里自杀了，一直阴魂不散吧。提这个干什么？这种鬼故事太老套了。"

话虽这么说，但是男生寝室隔着一栋教学楼就是废弃的四号楼了，孙普不禁向窗外望了一眼。

另一个男生打着呵欠说："说起来，学校好像还蛮重视的，严禁学生入内，搞不好那里真的有鬼哦!"

熄灯的宿舍的确是谈鬼说怪的最佳场所，气氛要多好有多好，明知道对方是在吓自己，可孙普还是不禁感到一阵寒意，把被子掖得更紧了一些。

温疾烈说道："怎么样，我们要不要去那里看看？"

"现在？"孙普讶异地说，"可是这个时候去是不是有点儿……"

"怎么，你怕了？"

"哪有啊，我才不会怕呢！"

孙普揉了揉眼睛，清醒了一下后，开始穿衣服，温疾烈本来也只是激他一激而已，没想到他真的同意了，倒也有些意外。不过既然孙普认真起来了，自己也不能说不去啊，只好也跟着穿起衣服来。

下床后，二人翻过窗户，来到外面，因为没有月光，所以他们打着手电。

他们快要走到四号楼的时候，迎面走来了两个女生。

"你们……"

那两个女生是他们班上的宋瑜和康秀佳。她们居然也打着手电，看样子也是要到四号楼去。因为最近很多人都在议论这件事，不免让她们都心生好奇。没想到那么巧，此刻大家都来这里了。

"你们还真敢来啊。"四个人一同前往的时候，温疾烈说道："最近几年的灵异新闻那么多，你们都不怕吗？"

"那不过是炒作吧，快走吧。"

此时，谁都没有发现，方滨秋就跟在他们后面……

一个月以后。

孙普拧开水龙头，往脸盆里放水。他呆呆地看着水流出来，一个月前那恐怖的一幕到现在还在他的脑海里反复出现。

他心不在焉地端起脸盆走回房间，没有注意到脚边的椅子，被绊倒了，整个人一下摔出去，一脸盆的水都洒到了墙上。

他跌跌撞撞地站起身来，失魂落魄地看着满地的水，心情更加糟糕了。

他拿来拖把和抹布，好不容易把水弄干净了，但墙壁上还是留下了水渍印，看起来挺不舒服的。

这一个月来，孙普一直都做噩梦。从那以后，他不敢再靠近四号楼了，甚至连去其他教学楼上课都感到很恐惧。

今天他一个人在家，父母很晚才会回来。孙普在厨房里随便拿了一些东西，将就着吃起来。

他吃饭的时候，正对着那面被水打湿的墙壁。

一开始，他还没觉出什么，但看得久了，忽然感觉有些不对劲。

墙壁上留下来的水渍，似乎形成了一个古怪的形状。

孙普摇了摇头，尽量不想那么多。吃完东西以后，他打开电脑，玩起网络游戏来，想冲淡心里那个挥之不去的阴影。

发生那件事之后，他和温疾烈、宋瑜、康秀佳再也没有说过话。他也没有把那天晚上去了四号楼的事告诉任何人。

他坐在电脑前，玩了一整天游戏，连午饭都忘了吃。到了下午五点，他才觉得肚子很饿，就把电脑关了。

他琢磨着要吃什么，走过那道墙时，忽然注意到，墙壁上的水渍变得很清晰了。

他开始觉得，那个形状看起来很眼熟。

孙普仔细分辨着，过了一会儿，才认出了这是什么东西。

“不……不可能的……”

一个月前噩梦般的一幕在他眼前再度浮现起来。

那个形状看起来……很像一张人脸！但是，那不像是活人的脸，更像是一个面具。

是的……是面具！

那个在四号楼自杀的女孩，因为面部严重烧伤，不得不戴上一个面具才去学校，却受到很多人的讥讽和嘲笑。四号楼就是她的班级所在的教学楼。

这个映在墙壁上的“面具”，就像是在看着孙普一样！

左右对称的双眼，匀称的鼻子，和一张大开的嘴巴。和那天他看到的一模一样！

这难道是诅咒吗？

天色已经开始暗下来了。孙普一个人在家，房间里很安静，他感觉随时会有什么东西跑出来！

他大口大口地喘气，反复安慰自己，这只是一个巧合，巧合而已。

忽然，孙普想到了什么，他立即打开电脑，进入了“冥府之门”。

他知道这是一个内容很丰富、权威的灵异网站，网站的前任管理人似乎就是遭遇灵异事件死去的。在这个网站的论坛里，有一个“鬼话报告”栏目，在那里可以写下自己经历的灵异事件，网站的人就会和自己联系，核实情况。

孙普只能够死马当成活马医了。他在论坛注了册，发了一个帖子，详细说明了一个月前遭遇到的情况，隐匿了学校的名字和自己的名字。

发完帖子后，他松了一口气。现在就等网站的人来和自己联系了。

这时候，他忽然想再去看看那个墙壁。会不会是一个月前那件事情给他的印象实在太深，才产生了幻觉，把墙壁上的水渍看成了“面具”？

孙普再度站到墙壁前时……他完全呆住了！

现在，那个“面具”的轮廓变得很清晰，而且比刚才大了好几倍，几乎把整面墙壁都占满了！

面具上大张的嘴巴，似乎正在一张一合，对着他笑！

月齐大学。今天的阳光很明媚。

但是，踏入校园，遥望着四号楼，温疾烈依旧心有余悸。走进教室的时候，他发现孙普没有来。

他刚坐到自己的位置上，康秀佳来到他面前，低声问道：“你知道吗？孙普失踪了！”

温疾烈大惊失色，几乎从椅子上跌下来。

他立刻追问道："怎么会？他怎么失踪的？"

"他父母昨天回家时没见到他，而且到处都找不到他。你知道他的行踪吗？他的父母没给你打电话？"

温疾烈的手机刚好欠费停机了。一个月前发生的那件事，让他日夜心神不宁，连给手机充值都忘记了。估计孙普的父母是给自己打过电话了。

温疾烈一下紧张起来。孙普的失踪，和一个月前他们在四号楼看到的一切，有没有关系？

他暗暗下了决心。他想调查一下四号楼自杀女生的所有情况。如果再不查清楚，他恐怕会一直被噩梦纠缠。

一个月前去了四号楼后，他整整一周没有去学校。后来要不是父母硬逼他来上学，他是绝对不敢回学校来的。好在一个月过去了，没有发生什么事情，但是，他无法压抑心中的恐惧。

接下来，他打算去学生会的档案管理室。宋瑜和学生会副主席华雪荣很熟，只要和她说一声，或许就能够查到资料了。温疾烈进入月齐大学才两年，那时四号楼就已经不用了。辅导员和老师都经常对他们说，四号楼禁止入内，但是具体原因一直都没有说明。后来才开始风传四号楼里闹鬼。

下课后，他找到宋瑜和康秀佳，和她们说了他的想法。

宋瑜一听到四号楼，就已经浑身打战了，连连摇头说："不，不行！我不想再和四号楼扯上任何关系了！我已经提出走读的申请了，再在学校里住下去，我一定会发疯的！住在学校里，我就会做噩梦！"

温疾烈理解她的恐惧，要不是他家离学校实在太远，他也一定会选择走读的。

温疾烈耐心地劝道："宋瑜，再这样下去是不行的。现在孙普莫名其妙地失踪了，谁知道是不是和那件事有关系呢？而且，他还是在自己家里失踪的！就算远离了学校也没有用啊！如果可以把事情查个水落石出，也许就可以彻底解决问题了！"

宋瑜还是面色苍白，那件事情带给她太大的心理阴影了。

康秀佳的脸色也好看不到哪里去。她那次去了四号楼以后，也是一周没来学校，后来也走读了。

“总之，别扯上我！”宋瑜说道，“如果你想查，你一个人去查好了。是谁告诉你那个闹鬼传闻的，你去找那个人问啊！我绝对不要再和四号楼有任何牵扯了！”

话说到这个地步，温疾烈知道她是绝对不会帮自己了。如果只凭他一个人的力量，无论如何也查不到那些资料，何况老师们对于四号楼一直讳莫如深。

不过，宋瑜的话的确提醒了温疾烈。当初告诉他这个闹鬼传闻的，是另一个系的张丰。他和张丰平日接触也不多，只是有一次一起在食堂吃饭时偶然聊起了四号楼。

吃午饭时，温疾烈去食堂找到了张丰。张丰说：“嗯，那个传闻应该是真的。我也是听说的。”

“能不能和我说得更详细一些？”

“啊？其实闹鬼什么的都是瞎说的啦。不过，女生自杀是确有其事的，应该是五六年前的事了，自杀的那个女生好像姓林，她是家里失火才毁了容的。所以，她必须戴上面具才愿意见人。大家也很理解。”

“听说有人嘲笑她？太过分了吧，人家遇到那么痛苦的事情……”

“我也这么想。不过，说是嘲笑，倒不如说，是别人把她视为异类吧。这不是因为她的烧伤，而是因为……那个面具。”

“面具？”温疾烈不禁打了个寒战。

那一天……他们看到了那个面具。那个白色的、怪异的面具。那个面具，给予他们的感觉，不像是没有生命的东西。

温疾烈咽了一口口水，感觉腋下有些冰凉。

“请你继续说。”

“嗯，我也没有见过，不过，听说那个姓林的女生把那个面具当做她真正的脸。可那个面具实在很古怪。是因为这样，大家才排斥她。”

“所以她就自杀了？是怎么自杀的？”

“这个，就不知道了。”

这事情绝对不简单！否则，一个月前的那天晚上发生的一切，就无从解释了。

温疾烈去小卖部买了一张充值卡，给手机充值后，给孙普家打了一个电话。接电话的是孙普的母亲。

孙普的母亲一听到是儿子的同学打来的，顿时泪流满面。孙普到现在还是一点儿消息都没有。

“伯母，我想问一下，孙普失踪前，是不是有什么和平时不一样的地方吗？再小的事情都可以的。”

“这个……他最近好像有心事，晚上也睡不好，但是问他怎么了，他也不说。不知道这和他的失踪有没有关系。”

温疾烈继续问道：“那……他的房间里有没有少什么东西呢？如果他拿走了钱什么的，也许是自己离开的。”

“没有啊……哦，对了。昨天晚上我们回家后，发现他的电脑还开着。这算不算异常呢？”

“电脑还开着？”

“是啊。当时我们忙着找他，根本没注意。我是第二天才发现电脑开了一整夜的，还显示他的邮箱里收到了一封新邮件，我打开看了看，是一家叫‘冥府之门’的网站发给他的。”

“冥府之门？”温疾烈当然听说过那个很有名气的灵异网站！

“伯母，你会发电子邮件吗？”

“嗯，会啊。”

“那我告诉你我的邮箱地址，然后你转发给我吧。那也许和孙普的失踪有关系！伯母，麻烦你了。”

挂了电话之后，温疾烈马上去了学校的机房，登录自己的邮箱，就看到了那封电子邮件。

内容是这样的：

若火：

来信收阅。

我们对你在帖子中提到的经历很有兴趣，我们已经查证，你提到的月齐大学四号教学楼废弃不用的情况属实。

如果你说的是真的，我们网站的专业人士会和你沟通。如果你担心自身的安危，还可以考虑和我们见面。你可以加这个号码和我们联系……

温疾烈立刻登录社交软件加了那个号码，说自己是若火的朋友。很快，一个昵称是“恶灵博士”的号码就和他交谈了。

“你是若火的朋友，那么若火呢？”

温疾烈如实答道：“他失踪了。”

对方沉默了一会儿，才说道：“那么，你愿不愿意和我们的专家见一面？”

温疾烈犹豫了一下，还是打出了“好的”。

虽然不知道所谓的“专家”到底能够帮助他到什么程度，但温疾烈实在很想得到帮助。

于是，对方提出了见面的时间和地点，明天下午五点半，在学校附近的一家小餐厅里，找伊润暗先生。

温疾烈觉得好像在什么地方听过这个名字，不过一下子想不起来。

黑夜降临了。

这一个月以来，每当夜色来临，温疾烈就不敢一个人待着。好在寝室里很热闹，才算驱散了一些恐惧。

室友们都很关心孙普的失踪，他们猜测孙普是不是被绑架了，或者离家出走了。

但是，温疾烈心里却很清楚，孙普的失踪绝对不简单。如果这和他们在四号楼看到的……有关系的话，那么自己是不是也会……消失掉呢？

温疾烈无法想象，孙普现在究竟在什么地方，经历着怎样的事情。他有一种强烈的预感，孙普……不会再回来了。

终于到了熄灯时间。这一刻是温疾烈最恐惧的时刻。一想到四号楼距离男生宿舍那么近，他就无法入睡。他心里只恨，不能今天就和那个伊润暗见面。

润暗已经查到了月齐大学自杀女生的资料。

孙普发在“冥府之门”的帖子，润暗自然看到了。所以，他和阿静立刻展开了调查。关于她是如何自杀的，他们感到非常吃惊。

那位女生名叫林秀云，她在七年前考入月齐大学，五年前自杀，那时她是大二学生。

大一那年的暑假，她家失了火，她的脸严重烧伤，从此一蹶不振。后来，她自己制作了一个白色的面具。那个面具非常古怪，连她父母也不知道她是怎么做出来的，她不允许任何人碰她的面具，后来也没有人看到她把面具摘下来过。

戴上面具之后，她的性格渐渐变了。她重新回到学校，似乎又能正常生活了。

她的父母本来打算让她做整容手术，可是，她居然拒绝了。林秀云拒绝继续治疗的理由，让人感觉很荒唐。她说，那张面具就是她的脸。所以，面具下的那张脸是否恢复，已经不重要了。

润丽找到了一个林秀云的同班同学。提起往事，那个同学显得心情很沉重，那件事显然给他留下了阴影。而提到同学们对林秀云有歧视和排斥时，他立刻否认了。他对润丽说：

“伊记者，也许你无法理解我的话。但是，无论你去问我们班的哪个同学，回答都会是一样的。我们……很害怕那个面具。戴着那个面具的林秀云，简直……就不是她了！虽然她的行为举止和火灾以前没什么区别，可是只要一看到那个面具，我们就会很恐惧，下意识地远离她。”

润丽确实很不理解他的话，追问道：“请问，你到底为什么有这种想法？那个面具的样子很吓人吗？”

“不……面具本身倒没怎么样，可是……只要看着那个面具，就会感觉，那不像是面具，而是……一张真正的脸！”

“难道是那个面具能以假乱真？”

“不……其实面具制作得很粗糙，连地摊上卖的玩具都比不了，面具本身也没有特别的表情。连我自己也不明白，当初为什么会那么害怕那个面具。我，我真的很难形容那种感觉……

“有一天，包括我在内，有十几个同学一起去和林秀云说面具的事。我们说，可以理解她想用面具挡住烧伤的脸，但是，希望她可以换一个面具。买新面具的钱，可以由我们来出，只求她不要再戴那个面具了。本来，我们是想恳求她的，毕竟她没做错什么，可是，出于对那个面具的恐惧，我们的口气变得很强硬。

“结果，林秀云拒绝了我们的要求，她对我们说，那个面具就是她的脸。她绝对不会换面具的。她的态度很坚决，虽然我们一再请她考虑我们的请求，可她就是不愿意。终于，有几个人忍无可忍，开始咒骂起她来，而且，用的是很难听的话……我当时也骂了她。现在想起来，根本无法理解自己为什么会那么做。可是，我们就是无法忍受看着那个面具，那会让我们发疯的！我们真的很害怕那个面具！”

他们都没有想到的是，当天晚上，林秀云就在四号楼他们平时经常上课的教室里，自杀了。

第二天，校园里来了警车。校方说她是割腕自杀的。但是，有很多人看到，当抬着尸体的担架从四号楼出来时，在尸体面部的白布上，有一大片血迹！

林秀云留下了遗书，她特别强调，火化时那个面具必须戴在她的脸上。

了解到这些情报后，润暗觉得，那个帖子的内容是真的。四号楼里有着林秀云的面具的诅咒！

润暗和阿静看到了死者的照片，他们感到前所未有的震惊。即便过去他们见到过扭曲的尸体，也没有如此震惊。

林秀云的尸体倒在教室里，她的脸上自然戴着面具，那个面具已经全被鲜血染红了，看起来只是一个普通的面具。

而林秀云的右手里拿着一样东西。

那是……被她自己活生生撕下来的，她自己的脸！

方滨秋无法相信自己看到的那一幕。

一个月前的那天晚上，她因为睡不着，听到了室友宋瑜和康秀佳的对话。

“宋瑜，你说，四号楼有鬼的传闻，是不是真的呢？”

女生虽然怕鬼，但还是喜欢议论鬼怪传闻，更何况四号楼一直是月齐大学的一个话题。

宋瑜连忙说道：“哪里会有鬼啊？你别吓我了！”

方滨秋对这种学校怪谈没什么兴趣，但这时睡不着，只好听着她们的对话。宋瑜虽然有点儿胆小，但是她开始和康秀佳争论起四号楼是不是真的有鬼之后，居然说要亲自去证实一下。

方滨秋一直没有说话，只是一动不动地躺着，看着她们穿上衣服，然后从窗户翻出去了，因为她们住在一楼。

方滨秋有了强烈的好奇心，她突发奇想，不如跟着她们一起去？

她立刻起身下床，飞快地穿好衣服和鞋子，也翻出了窗外。

她走到外面时，已经看不见宋瑜和康秀佳的身影了。不过，她知道她们的目的地。

那天晚上没有月光，黑暗笼罩下的校园还真有一些恐怖的气氛。

绕过了几座教学楼，五层楼高的四号楼出现在方滨秋眼前。四号楼虽然禁止进入，但是各个出入口并没有上锁。她发现，除了宋瑜和康秀佳之外，还有两个男生和她们在一起。因为距离比较远，天色又很暗，所以她没有看清楚他们是谁。

他们四个人进入了四号楼。方滨秋本来是打算紧跟着他们一起进去的。可是，她忽然害怕了，不敢进去了。

但是，都到这里了，就这样回去，她恐怕更睡不着了。她就在四号楼附近的路边坐了下来，思考着接下来该怎么做。

初春的夜还是很冷的，她穿的衣服不多，不禁瑟瑟发抖起来，觉得坐不住了，还是回去算了。反正明天问一问宋瑜和康秀佳，也就知道是什么情况了。

这时，那四个人已经进去超过二十分钟了。

方滨秋忽然注意到，在四号楼五层的一排窗户上，出现了手电筒的光芒。四号楼废弃了这么久，自然是不供电了。她记得宋瑜离开以前，的确拿了一个手电筒。

他们现在在顶楼？循着手电筒的光芒，方滨秋隐约看到了四个人的身影。不过，很快又被墙壁遮挡住了。

方滨秋感觉不对劲。

因为……那个手电筒的光和四个人的身影，并非是在前进，而是在后退！那四个人明显是在倒着走路！

这时，她又看到，那个窗户上忽然模模糊糊地……又出现了一个身影！

那个身影距离手电筒的光有一段距离，身影大部分都隐没在黑暗里，所以方滨秋根本看不清楚。

但是，那是一个人影，她确信无疑。

方滨秋开始浑身起鸡皮疙瘩。

接下来，她忽然看到，在四号楼的入口处，那四个人飞快地冲出来，边跑边不断回头看着！

方滨秋刚刚注意到那个人影，才这么短的时间，他们就跑了出来，可见他们跑得有多快了！虽然她看不清楚他们的脸，但是他们沉重的喘息声里，带着明显的哭声。

他们四个人像没头苍蝇一样向前跑，连回去的方向都错了。方滨秋就一直跟在他们后面，没有被他们发现。

四个人跑了一段路，到了距离四号楼很远的大礼堂前，才停住了脚步。

方滨秋低下身子，沿着附近的灌木丛慢慢接近那四个人。她尽量屏住呼吸，放轻脚步。

那四个人大口喘息着。

“那……那是什么？”这是宋瑜战栗的声音。

康秀佳回答道：“是她……她果然阴魂不散……还在四号楼里！”

深更半夜，在寂静无人的校园里听到这样的对话，方滨秋不禁也恐惧起来，下意识地回头看了一下。

她听到了一个男生的声音。

“冷……冷静一下，那真的是鬼吗？会不会是人？也许……”

“孙普，你想想，人走路的时候会没有声音吗？不，不会错的……天啊，居然……居然真的有鬼……而且，你们看到了吧？那个面具，那个面具……太恐怖了！”

其他三人频频点头。方滨秋听出这个人是温疾烈。

“我……我们该怎么办？要不要告诉别人？”孙普说。

“开什么玩笑！”温疾烈立即否定了这个提议，“告诉他们，四号楼闹鬼？会有人相信吗？而且我们还违反了校规，会受到处分的！今天晚上的事情，对谁都不要说，绝对不要告诉第五个人！”

方滨秋听到这里，心里有些好笑，她就是“第五个人”。

孙普问道：“谁也不能说？”

“当然了！父母、再好的朋友，都不能提一个字！我们刚才看到的事，就当是一场噩梦吧，别再想它了……我们，真的不应该进入四号楼这个禁地的。”

方滨秋的双腿不自觉地颤抖起来，想到刚才看到的模糊人影，她内心的恐惧提升到了顶点。

看这四个人的样子，好像真的见了鬼一样！

方滨秋绕到另外一条路，向宿舍走去。等会儿宋瑜和康秀佳就会回宿舍，所以，她必须在她们回来之前躺到床上，不让她们知道自己出去过。

一路上，她不自觉地加快脚步，心里越来越紧张，好几次回头去看身后，看有没有黑影在追踪她……

方滨秋周末回家时，就发现自己的房间里多出了一个铁箱子！她问父亲那个箱子是怎么回事，然而父亲的回答令她毛骨悚然。

“箱子？你的房间里哪有什么箱子？”

父亲明明就站在那个箱子前面，可是他居然根本看不见它！

而这个箱子像在地板上生了根一样，别说搬动了，就挪一下都做不到！一个月来，她用尽了所有办法，都无法丢弃或者毁掉这个箱子！

每一天晚上，方滨秋都会梦见死去的母亲对自己说：“不要打开‘它’……不要打开‘它’……”

可是……现在孙普失踪了！

方滨秋不知道这和他们在四号楼的经历是否有关。然而，她也绝对不敢打开那个箱子。而且，她发现，不光是父亲，任何人都看不见那个箱子。

康秀佳在那件事之后不久就走读了，现在宋瑜也提出了走读的申请。方滨秋和宋瑜平时很要好，二人几乎无话不谈，如果宋瑜也走了，以后寝室里就只有方滨秋一个人了。

方滨秋感到很害怕。她很想问宋瑜，那天晚上他们到底看到了什么，可是如果这样问，就等于告诉宋瑜，自己那天晚上跟踪了他们，听到了他们的对话。

这让方滨秋左右为难。已经凌晨一点了，她还是睡不着觉。

宋瑜睡在她的下铺，她不时听到下面传来翻身的声音，看来宋瑜也难以入眠。

这时，宋瑜忽然说话了。

“滨秋，你睡了没?”

方滨秋答道：“没有呢。”

“你……回答我一个问题好不好？如实回答我。”

方滨秋心中“咯噔”一下，难道一个月前她跟踪他们的事情，被宋瑜发现了？

可是，宋瑜的问题却大大出乎她的意料。

“你觉得……面具，可以替代人的脸吗?”

这个问题让方滨秋非常莫名其妙。

但是，她随即想起，当时那四个人的谈话，也提到过“面具”!

那么，宋瑜的这个问题是什么意思？

方滨秋略一思索，答道：“面具终究是面具，怎么可能替代脸呢?”

“是吗？可是，会不会，有时候……面具，才是真正的脸呢?”

宋瑜古怪的话，让方滨秋心里一惊。

“宋瑜，你想说什么?”

“我总觉得……那个面具，才是她真正的脸……”

这没头没尾的话，让方滨秋越来越糊涂了。

“宋瑜，你能不能把话说清楚?”

“算了，你就当我什么都没说。晚安。”

可是，宋瑜对方滨秋说的这句话，却深深地印在了方滨秋心里……

第二天是温疾烈和伊润暗约好见面的日子。

这天下午，已经走读的康秀佳急着赶回家去了，连午饭都没在学校吃，只在小卖部买了一个面包，在等公共汽车的时候吃掉了。她现在待在学校里就很不自在，虽然月齐大学很大，平时上课的教学楼距离四号楼都比较远。

温疾烈此刻心里七上八下的。他对伊润暗这个名字感觉很熟悉，所以，上午特意去问了他们班上一个平时比较八卦的同学：“你听说过伊润暗这个人吗？”

“哦！当然知道了！怎么？你也喜欢看恐怖小说？”

温疾烈一愣，那个同学又说：“这个人是国内很有名的恐怖小说家，你看过《死离人形》没有？”

温疾烈摇了摇头，说：“我没看过，不过听说过，好像是几年前的一部挺有名的恐怖片吧。”

“唉，那么经典的电影，你居然没看过？那部电影就是根据伊润暗的小说改编的。”

温疾烈想了想，恐怖小说家和灵异专家，怎么会有关系呢？随即他就明白了，莫非正因为这个恐怖小说家在生活中经常遭遇灵异事件，才会写出精彩的恐怖小说来？

上午下课后，温疾烈就跑去图书馆，找伊润暗的恐怖小说。他借到了《死离人形》和《第三号房间》。

他借到这两本书后，立刻开始翻看，他看书的速度很快，很快就看完了《死离人形》。他不得不感叹，作者实在是个鬼才！一般人怎么会构思出那么恐怖的剧情？但是，温疾烈随即想到，书中的剧情真的是虚构的吗？

他看了看时间，离他和伊润暗约好的时间还有一个小时，他又开始看另外一本小说。

这时，康秀佳已经回到家了。她家里有一个很大的院子，种了许多植物，不过父母平时都没有时间来打理。

今天的风很大，她在自己的房间里上网，不时听到窗户被风吹得直晃。她向窗户看去，确认窗外什么都没有的时候，才安下心来。

终于到了约定的时间，温疾烈准时前往那家小餐厅。他心里很期待对方能给自己一个解决问题的办法，彻底消除四号楼的事件带给自己的阴影。

进入餐厅的时候，服务员上来问：“请问您有几位？”

“我来找一位伊润暗先生……”

“哦，请跟我来。”

不一会儿，服务生把温疾烈领到了楼上一个小包厢。他一眼看见了有一个人已经在那里等候着。

“你好。”润暗笑容可掬地指了指旁边的座位，“请坐，我等你很久了。”

温疾烈暗暗打量着润暗，他本来以为对方会是个中年人，没想到他居然如此年轻，看起来只有二十多岁。

温疾烈坐下后，感觉气氛有些尴尬，毕竟他们根本不认识，而且要谈的话题又如此诡异，一下子不知如何开口。

“你别太紧张。嗯，能告诉我你的真实姓名吗？”

“温疾烈，温和的温，辛弃疾的疾，叶永烈的烈。”

润暗点了点头，开始直奔主题。

“我们已经调查过在四号楼自杀的那个女生的情况了，这是相关的材料，你先看看吧，然后我们交换一下意见。”说着，他递给温疾烈一个文件袋。

温疾烈一愣，马上接过来，取出里面的资料，用最快的速度看完。

“怎……怎么会？”

当看到林秀云自杀的方式后，他简直无法相信。润暗考虑到他的承受能力，并没有把照片打印出来。

“伊先生……”温疾烈捏紧手上的资料，问道：“你能不能告诉我，这个世界上……真的有鬼吗？”

润暗沉默了片刻，答道：“世界上是否有鬼，并不是关键，关键是……你们遭遇的，是不是真正的鬼。”

“我们那天看到的……真的是林秀云的亡魂吗？那个面具，到底是什么东西?”

“应该是一种诅咒。过去我见过许多类似的事件。”润暗想起当初段跃真、罗广明等人进入宁洛的住宅，看到那幅鬼画之后，被画中的女鬼一一杀害，而这一次，温疾烈他们也是进入了禁地，看到了不该看到的东西。

孙普的失踪，很可能是由于这个诅咒。只是现在无法知道死亡顺序和死亡日期了。不过，诅咒的关键，应该就是面具。

到目前为止，林秀云的那个面具是从何而来的，依旧是个谜。

“你是遭遇到了诅咒的可能性极高。但现在的问题是，必须搞清楚这个诅咒发动的规律。”

润暗打算先聚集所有被诅咒者，于是问道：“那一天，进入四号楼的还有两个女生，她们现在在哪里?”

温疾烈答道：“她们都是我的同班同学，你要见她们?”

“是的。你立刻给她们打电话，把她们叫来。”润暗正色道，“你们必须明白这件事情的严重性。遭遇诅咒，很可能会死亡，甚至会比死亡更惨……要想活下去，就必须要查清楚这个诅咒的原形！给她们打电话，就算有天大的事情，也让她们立刻过来!”

温疾烈虽然不知道润暗是否可信，但目前已经没有别人可以信任了，于是他先给宋瑜打了电话。

风越刮越大了。

康秀佳吃过晚饭后，她母亲对她说：“秀佳啊，外面风太大了，院子里到处都是树叶，你去扫一下吧。”

“好的，我知道了。”

把碗筷收好后，康秀佳拿起一把扫帚，来到院子里。

树叶落得满地都是。康秀佳挥起扫帚，开始慢慢地扫起落叶。

“现在都是春天了，还满地落叶，倒像是秋天一样。”

扫着扫着，她忽然发现，有一块地方的叶子集中得有些奇怪。那里堆积的树叶之间，都留有很大的空隙，而不是均匀地分布着。中间空出来的地方，一片叶子也没有。

“咦……好奇怪啊……”

这时，温疾烈给康秀佳的手机打电话，她妈妈接了电话。

“喂，是康秀佳吗？”

“我是她的妈妈，你是谁啊？”

“啊，伯母，您好，我是她的同班同学，找她有事，您能让她听一下电话吗？”

“好的，你稍等。”

康秀佳走到那块地方，仔细看着，越看越感觉不对劲。

她看到两堆树叶组成了一个椭圆形，感觉有些眼熟……前方也有两个这样的椭圆形，只是小一些，中间还有一堆树叶。

在这些奇怪的树叶周围，还有更大的一圈树叶，形成了一个不怎么规则的圆形。

眼睛……鼻子……嘴巴……脸……就差耳朵了……

不，没有耳朵。

因为……这就是那个面具啊！

院子里的落叶，居然组成了康秀佳那一天看到的那个面具！

而她现在所站的地方……就是那个“面具”的“嘴巴”！

这时，又一阵狂风吹来，地面上的树叶全部飞舞起来。康秀佳惊讶地看到，原本在地面组成“面具”的落叶，全部都粘到了自己身上！

“秀佳，你的电话……”

康秀佳的母亲拿着她的手机，来到了院子里。映入她的眼帘的，是一大堆在空中飘舞的树叶，大量树叶紧密地凝聚在一起，好像是……一个人形！

大风过后，树叶又散开了，掉落在地上。

院子里空荡荡的。

根本没有康秀佳的踪影。

温疾烈注意到，润暗一直都捂着右手。

“伊先生，你的手没事吧？刚才起你就一直……”

润暗的手开始疼痛起来。现在是初春，而润暗不仅穿着长袖衣服，还戴着一副手套。他不是怕冷，而是要隐藏完全是白骨的右手臂。

因为那种神奇的腐朽粉，润暗得以使用这只白骨手臂，而这副手套是阿静为他特别制作的，可以防止身体受到白骨手臂的腐蚀。

第08章
〔怪婴骸骨〕

阿静正在皇冠酒店里，和伯绍、她的外公孙正延讨论死报灵的事情。三人围坐的一张桌子上，放着一幅卷轴。

她把那个恶灵封入那扇黑门之后，充分证明了这幅卷轴的确是通灵的道具。

“果然……”孙伯绍感慨地说，“这样的卷轴应该不止一张，都是能够连通那扇黑门的纽带。但是，死报灵究竟是什么？”

阿静沉思了片刻，说道：“其实也不难猜测。我过去就拥有预知诅咒关键词的能力。而这种能力，就来源于那扇黑门的力量。死报灵……应该是具有洞悉世间生死力量的鬼魂。”

过去，润暗和润丽体内附有被死报灵支配的鬼魂，才拥有预知被诅咒者和死亡日期的能力。死报灵正是宣告死亡的恶灵。

那个恶灵和七个恶鬼之间是什么关系？畸形怪婴全部都有紫色眼睛，他们在寻找着转生的七个恶鬼。而根据线索，虽然感觉很荒诞，可是，伯绍和琉璃这两个人，都在梦境中清楚地看到了自己前世的经历，而且他们的梦是可以联系在一起的。

和七个恶鬼有关的谜团越来越多了。死报灵掌管着那扇连接幽冥的黑色大门。他们为什么要让人类拥有预知能力呢？一定是为了通过这一点，找出七个恶鬼转生的那七个人。

从五代十国到二十一世纪，地球人口不断增加，就算只局限于国内，也很难在十几亿人中找出七个人来。所以，预知能力是非常重要的。准确地说，是需要像阿静的父亲那种全知全能的预知能力。

但是，这样就出现了一个问题。鬼眼会造成死亡，拥有鬼眼的人，他身边的人会诡异地死去。阿静的父亲因为拥有阴阳鬼眼，更是造成了他的亲人和朋友全部被鬼眼杀害的悲惨命运。

从那些怪婴阻止那个恶灵杀害黎鸿命这一点来看，如果黎鸿命真的是七个恶鬼转生的人之一，就有了答案。

死报灵的目的，在于亲自诅咒那七个人，所以要不惜一切代价找出他们，但是不能会让他们在受到诅咒之前死去。因此，鬼眼才会有强弱之分。越弱的鬼眼，造成死亡的机会就越少，但是预知的能力也弱了。所以，经历千年之久，才终于找齐了那七个人。

通过这个卷轴的力量，可以打开死报灵的大门，但这是在一个大前提之下的——那七个转世的人还没有被死报灵诅咒而死之前。

在孙伯绍的梦境里，他叫易少卿，是一个古代王朝的刑部尚书，深受皇帝重用。他直接负责管辖一个地方，那是一个宫中的禁地。除了皇帝以及几个被派去打理那个地方的人以外，谁都不许进入。那里叫“落英阁”。而且，琉璃出现在他的梦里，大概是十六岁的样子。

琉璃做过和伯绍相同的梦，她在梦里见到的孙伯绍，也叫易少卿。

如果这些梦境真的是他们的前世，关键就在于，他们的前世和死报灵有什么关系？

可惜年代太过久远，难以查证真相，诸多野史又不足为信。

“任静小姐，”孙伯绍说道，“那扇黑门之所以会出现，是因为使用者——也就是你的缘故。你也想到这一点了吧？”

“是的，我也这么想。”阿静早就明白自己和那扇门一定有关系。

“琉璃她……现在怎样了？”阿静向孙伯绍问道。

孙伯绍摇了摇头说：“她最近非常痛苦，不但难以入眠，产生幻觉的频率也越来越高了。再这样下去，她恐怕会精神崩溃。我已经调查过她了，她过去并没有精神病史，不过因为她是孤儿，所以无法知道她的父母的情况。但是我认为，她看见幻觉，不是单纯的精神问题。”

“什么幻觉?”

“她经常看见那扇黑门。开始是两三天一次，后来是一天一次，现在每天都会经常看到那个幻觉。”孙伯绍语气沉重地说，“我认为，这恐怕是诅咒先期的征兆。”

阿静也这么觉得。但是，孙伯绍为什么没有看到幻觉呢？他也做过那样的梦了。

阿静收起卷轴，对孙伯绍和外公说：“我先走了，润暗正在和那个进入过可能有鬼魂的教学楼的大学生见面，估计他晚上回来就会有结果了。”

阿静离开后，孙正延长长地叹了一口气。他仰面躺在沙发上，看着天花板中一直盘旋着的那扇黑色的门。

他也产生幻觉了。

孙伯绍看得出来，董事长的精神状况很不好。

“董事长，要不您先休息一下吧？您看起来很累。解除任静小姐身上的诅咒，绝非一朝一夕可以完成的，您还是再耐心一些吧。”

孙正延揉了揉眼睛，眼前的黑门消失了。

“伯绍啊……”

“是。”

“帮我联系史密斯律师，让他尽快到国内来。”

孙伯绍疑惑地问：“董事长，为什么要叫律师来？我们现在……”忽然，他明白了，他在很早以前，就感觉出董事长的意愿。

“董事长……您莫非，是想立遗……”

“不错，我要完成这件事。如果我也遭受诅咒的话，不想留下遗憾。”孙正延非常沉痛地说，“我欠灵秀和阿静的太多了。我到最后也没有祝福过灵秀的婚姻，阿静是我唯一的外孙女，所以，她有权继承我所有的财产。虽然钱不可能帮助她摆脱这个诅咒，但这是我唯一可以为她做的事情。”

孙伯绍沉默了一会儿，点了点头说："是。就按您的吩咐，董事长。"

孙正延太累了，他去休息了。孙伯绍立刻打了长途电话，让董事长的私人律师史密斯尽快过来。挂上电话之后，他也感觉有些累了。

就在这时，他忽然隐约听到背后传来了什么声音。仿佛是……一扇门被打开的声音。

紧接着，孙伯绍的身后传来了一个充满无比怨恨的声音。

"我恨你……我恨你们……少卿……"

孙伯绍尽量克制着自己，不让自己回过头去。他想让自己冷静下来，可是身体不听使唤地颤抖着。

那个声音越来越近了。

他在心里默念着，这是幻听，是幻听，这不是真的。

接着，身后又传来了门关闭的声音。

"你们七个……一个也逃不掉……一个也……"

这时，孙伯绍的身体才重重地倒在地上，后背已经被汗水浸透了。

他缓缓地回过头，身后只有一堵墙壁。刚才发生的一切，仿佛真的只是幻觉。

孙伯绍立刻奔进房间，只见董事长正安然地躺在床上睡觉，而且胸膛明显有起伏，说明他还好好地活着。

孙伯绍稍微松了一口气。

刚才的那个声音依旧萦绕在他耳边。也许……自己真的被诅咒了。

考虑自己的前世，这实在是很荒唐疯狂的事情，但是现在现实却摆在眼前，孙伯绍越来越觉得，自己的前世真的就是那个刑部尚书易少卿。而且，他和其他六个人共同犯下了某个罪行，因而受到了诅咒。他的灵魂中间可能还经历过几次轮回，不过那不重要了。今生的他，终于被死报灵找到了。

"他"要复仇。"他"显然很恨他们七个人。而那种憎恨，足以让鬼眼的诅咒维持了千年之久。

孙伯绍想要知道，自己前世究竟犯下了怎样不可饶恕的罪恶？

夜里，孙伯绍一脸倦容地来到琉璃的家里。她已经回过一趟美国，向学校递交了休学申请。

她租的这间房子是一座公寓的一楼，因此可以避免坐电梯和走楼梯，是非常明智的选择。

琉璃一直被梦境和幻觉所困扰，感到非常痛苦。而当她开始了解到，自己有可能受到了鬼魂的诅咒时，更是非常恐慌。

孙伯绍来见她，是因为琉璃在自己的梦里的角色比较特殊，想通过她来了解更多关于自己前世的情况。

琉璃打开门时，她双眼深陷，显得非常憔悴。一看到孙伯绍，她就惊得大叫一声，就像看到了很恐怖的东西。

她随即冷静下来，拍了拍胸口说："孙伯绍先生啊，请进。"

孙伯绍立刻明白了，她是把自己看成了"少卿"，想必她还在做着那个梦。

她瘫倒在沙发上，有气无力地对伯绍说："对不起，我真的太累了，没有力气招待你了。你有消息了吗？关于鬼眼的诅咒？"

孙伯绍先问道："你的幻觉还是很频繁吗？"

琉璃点了点头。她现在连说话都没有力气了。

孙伯绍又问道："梦的内容，你还想起了什么？"

琉璃的梦境反复出现，可是她还无法从这些影像片断中理清前世的记忆。她只知道，易少卿对她而言是个举足轻重的人物。

前世的她，在易少卿的府中生活，但并不是婢女，也不是他的妻子。她依稀记得，她帮助易少卿处理过许多公文，也提出过一些意见，是他的得力助手。似乎相当于现代的秘书一职，但又不是纯粹的秘书。

忽然，她想起了什么，说道："最近的梦里，我经常见到一个模糊的人影。虽然看不真切，但是可以肯定，那个人很重要。他穿着非常华贵的衣服，每次出现的时候，我和你都会对那个人叩拜。他应该是身份在你之上的官员，或者是皇室成员。”

孙伯绍感觉心似乎被猛击了一下。因为，在他的梦里，也见到过一个这样的身影。他看不清楚对方的脸，可是感觉对方很有威仪。每次对那个人叩拜，他感觉自己是打心眼里尊敬、并且愿意效忠那个人。

孙伯绍记得，那个人的华贵服饰是明黄色的。那个人是皇室！而且地位相当之高！

方滨秋回到了家。她本来以为父亲今天又会加班，没想到，刚一进门，就看到父亲坐在沙发上看报纸。

“爸，你在家？”

父亲愣了一下，放下报纸，看着女儿有些苍白的脸色，关切地问道：“滨秋，你怎么了啊？”

“没什么……爸，我有些累了，想去睡觉。”

方滨秋知道说了也没用。即使她说房间里多了一个诡异的箱子，父亲也不会相信，而面具诅咒之说，就更荒唐了。

她快走到卧室的时候，忽然想起了什么，问道：“爸，我早就有个问题想问你了。”

父亲点了点头，说：“什么问题？”

“为什么我们要搬到高宁市来？虽然我考上了高宁市的月齐大学，可是我不觉得，你是因为这个原因才搬家的。我一直都想问你，可是……我认为你做事都有你的理由，所以没有多问。但是，最近我回想了一下，好像……是因为那个晚上的事吧？”

父亲的脸色变了。

“当时你的医院里来了一个急诊病人，是一个割腕自杀的女人——这是郑医生后来告诉我的。他说，那个伤者失血很多，在进行抢救手术的时候，你一看到那个女人的脸，就陷入了极大的恐慌，居然不愿意做手术。第二天你回来的时候，没有对我说过一句话。后来，我考取了月齐大学，你居然做出了搬家的决定。你……是为了躲避那个女人吧？她后来抢救过来了。”

方滨秋紧紧地盯着他——国丰医院的首席外科医生方凯。

“爸，你……到底在害怕什么？那个女人，究竟是谁？”

温疾烈没想到，宋瑜居然完全不相信伊润暗，她接到电话后，根本没打算过来，还劝温疾烈别相信这种“江湖骗子”，她还反复强调，自己绝对不想再和四号楼扯上任何关系。

宋瑜是个非常敏感的女孩。她面对事物的态度比较消极，在任何情况下也不愿意直面问题，回忆起一个月前的经历，她还是感到浑身发凉。

今天是周日，她和几个亲戚一起去海滨玩。她很喜欢游泳和晒日光浴，每年都会到海滨玩几次。高宁市一进入春天，气温就回升得很快，有时候感觉像是夏天一样。

宋瑜穿上泳衣，在海水里和表哥表姐们嬉戏玩耍，她渐渐地忘记了那天的恐怖阴影。

放眼望去，附近的沙滩上到处都是穿着泳装的男男女女，因为还不是夏天，所以没有人打着太阳伞，不过看起来很有夏日的气息了。沙滩上还有几个年纪很小的孩子在堆沙子，大概是想搭城堡。

宋瑜游了三个小时左右，感觉有些累了，就来到沙滩上，选了一个地方躺下来。沐浴着阳光，她内心的恐惧驱散了不少。

与此同时，方滨秋正在家里浏览“冥府之门”网站，她在找去年的新闻。这个灵异网站绝对不会放过那样的消息的。

很快，她就看到了想找的那条消息。那是去年在某个城市发生的耸人听闻的灵异事件。

方滨秋慢慢拉着鼠标，仔细看着那条新闻，她拿着鼠标的手在微微发抖。要是以前，她看到这样的事情，一定会觉得是无稽之谈。可是现在不一样了，她几乎可以断定，新闻的内容是真实的。

坐在她身边的方凯，也看得一脸愕然。

“爸爸……”她把头转向父亲，问道：“你不知道这件事情吗？”

“不……我完全不知道。”

“为什么你会害怕她？那个自杀的女人，你害怕她什么？”

“我……”

方滨秋忽然想到了一个问题。

“她的眼睛……是不是紫色的？”

“你说什么？”

方滨秋点开“冥府之门”首页的一篇文章。文章的标题是：“七种鬼眼的传说。”撰文者是明华睿，资料提供者叫任静。

文章里详细介绍了七种鬼眼，并且说它们的共同点就是紫色的眼睛。如果看到那种眼睛感到恐惧的话，就意味着你可能是“七个恶鬼”之一。这是一个流传于鬼眼宗的传说。这种看起来是怪力乱神的说法，方凯父女却深信不疑。

不过，方凯否认了方滨秋的猜测。“那天……”方凯答道，“那个女人被送来医院时，眼睛确实一直睁着，但是，她的眼睛并不是紫色的，我记得很清楚。”

方凯说，他对那个女人感到非常恐惧，以至于想要逃离原先的城市。后来，方滨秋正好考上外地的大学，他就借这个机会搬家了，不惜放弃原来所在医院的优厚待遇，来到异地重新开始。

刚才方凯没有仔细地看，但是现在他注意到了“明华睿”这个名字，有些诧异。“她……她是……”

这不正是那天脑部遭受枪击的女人吗？给她进行手术后，她脱离了生命危险，现在已经出院了，偶尔还会回医院看看他，说对他的救命之恩感激不尽。

这时，方滨秋又点进了“冥府之门”的论坛。一个帖子吸引了她的注意力。帖子的标题是：我看到了真正的鬼，一个面具的诅咒！

“面具”二字，让方滨秋产生了极大兴趣，她只看了开头两段，就能肯定，这个帖子的作者，绝对是那天进入四号楼的四个人之一。

“居然让我找到了这个线索……”方滨秋实在太惊喜了，她立刻从进入四号楼那段看了起来。发帖人“若火”是这样写的：

“我们怀着忐忑的心情进入了四号楼。这只是一座普通的教学楼，现在已经有些陈旧了。厚厚的灰尘让我们不断打喷嚏，而墙壁上遍布的蜘蛛网也让那两个女生不断大叫。

我拿着手电筒，和我的室友走在前面。光稍微驱散了我们的恐惧，可是在这个死过人的禁地，还是让人多少有些发憷。

教室里只有一些散乱的课桌，地上全是灰尘，有好几扇窗户都碎了。下面的几层楼都是这样的光景。

天……要把接下来可怕的事情写出来，我几乎没有这个勇气，可是……我又必须写下去。

我们……如果那个时候就回去了，该有多好！

我们不该上五楼去的。”

看到这里，方滨秋呼吸急促起来。她放慢了速度，更认真地看起来。后面的内容是这样的：

“进入这个楼层以后，我们很快感到了一些异样。下面每个楼层的墙壁上都结满了蜘蛛网，可是……这个楼层不是。哪儿都看不到蜘蛛网，而且地面上几乎都没有灰尘。

我们并不清楚当时那个女孩自杀时是在几楼。但是现在回想起来，我敢打赌，就是在五楼！

拿着手电筒的我勉强走了几步，虽然步子挪得很慢，但是我不想在其他三个人面前显出胆小。

我当时在心里祈祷着，希望时间快点儿过去，好让我们结束这一次探险，然后回到寝室温暖的被窝里……

可是……手电筒的光芒……居然照到了一双赤裸着的脚！”

看到这里，方滨秋倒抽了一口凉气，整个人连着椅子后退了一大截，仿佛电脑里藏着鬼魅一样。方凯也在旁边跟着一起看，看到这一段也吓了一大跳。

“当时我的手都僵住了……我已经不记得那个时候自己是怎么能鼓起勇气，慢慢地把手电筒向上移动的……我现在只记得，映入我眼帘的，是……一个戴着面具的女人！我们当时没有一个人说话。那个面具……即使到现在，我也不会忘记……它太恐怖了……

那真的是面具吗？

应该是毫无疑问的，因为人不可能有那样的脸。可是……我又感觉，那好像就是她的脸！

我们不由得慢慢后退。”

看到这里，方滨秋估计，这应该就是那时她所看到的情形。这个若火绝对没有撒谎。然而，下一行的一句话，让方滨秋猛然尖叫起来。

那句话，比直接看到鬼魂在她面前出现，还要恐怖千万倍！

“那个时候，那个戴面具的女人忽然向旁边的窗户看了一下，视线斜向下，似乎在看着什么。过了几秒钟，才把视线重新对着我们。”

方滨秋瞪大双眼，把这个简单的句子重复看了十遍。方凯一直在问她到底怎么了，她却一句回答都没有。

那个女鬼……对，她是女鬼……在那个时候，看向窗外？而且视线是……斜向下的？

自己当时正看着四号楼的那排窗户！换句话说……

那个女鬼，当时正在看着自己！

宋瑜睁开了眼睛。

她已经晒了半个小时的日光浴，打算再到海里去畅泳一番。

就在她打算起身时，注意到周围有几个隆起的沙丘，堆积成一些古怪的形状，大概是刚才的孩子堆起来的。

宋瑜发现周围的人都在朝她这里看。

因为，游客们看到……一张毫无表情的、犹如面具一般的脸，骇然出现在沙滩上！

宋瑜根本没有注意到，在她身体周围隆起的一圈沙丘，组成了面具的嘴巴。周围更远处的沙丘，组成了眼睛和鼻子。

所有游客都看到，这些沙子突然一下翻滚起来。宋瑜还来不及反应，沙子就把她的身体严严实实地埋了起来！

宋瑜的一个表姐忽然发现表妹被沙子埋住了，连忙跑了过来。只见宋瑜原先晒日光浴的地方变成了一个大沙堆。

她的表姐连忙把沙子不断拨开，大喊道："宋瑜，宋瑜！你没事吧？"

可是，当表姐把这堆沙子彻底拨开，却没有见到宋瑜的身影！表姐大惊失色，继续拨开沙子，可是，不管怎么找，她都找不到宋瑜了。

若火的帖子还剩下最后一段内容。

"我们立即向楼梯逃去。但是，到了楼梯口，我们傻眼了。眼前的楼道墙壁上……居然挂满了一模一样的面具！那些面具就像在看着我们！但是，即使是这样，我们也必须往下逃！我现在根本不敢回想，自己是怎么逃离那座教学楼的，在我们逃下去的每个楼道上，都挂着那些恐怖的面具！”

方滨秋呆滞地看着电脑上的帖子。一种无力的绝望感觉不断从身体里升起。

她……也被那张面具看到了。

那口只有她才看得见的箱子，就是她所遭受的诅咒吗？那口箱子里……究竟有什么东西？

温疾烈拿着那个恶灵卷轴看了看，惊讶地说：“它能够打开另一个世界的门？你们用这个卷轴消灭掉了一个恶灵？”

这是在润暗的家里，今天是周日，温疾烈来也方便。

有了这个卷轴，无论来什么鬼魂，都不用再害怕了。这对于润暗和阿静来说，实在是有一种翻身的感觉。过去，即使有鬼眼，面对鬼魂照样担惊受怕，每一次都是和死神擦身而过。但是，现在只要使用这个卷轴，就可以把鬼魂封入那扇黑门后面。

听了他们的话，这一个月来饱受恐惧折磨的温疾烈大为宽心。

“不过，这个卷轴只有阿静才能够使用。”润暗特意提醒道，“你拿好亚空间药水的瓶子，一旦遭遇鬼魂，就立刻给我们打电话，如果来不及打电话，就发一条空短信过来，然后把药水涂在周围，阿静就能立即赶到你身边去，封印那个鬼魂。”

接过装着亚空间药水的小瓶，温疾烈一脸不可思议地问道：“你们……怎么会有这样的东西？”

“不相信吗？那你可以试试啊。”润暗看了看阿静，对他说：“这样吧，我们到楼下去，阿静，你用药水在这里设置好空间出口。然后我们在下面做一个入口，进入的时候只要心里想着从这个出口出来就行了。”

温疾烈还是不太相信这么匪夷所思的事情，也觉得还是先试验一下更稳妥，就答应了。

二人离开房间后，只剩下了阿静一个人，润丽今天上班去了。

不知道怎么的，阿静忽然感觉心口堵得慌。

那个卷轴上画着的眼睛，就这样正面对着她，感觉很不舒服。

阿静做梦也没想到的是，一分钟后，发生了一件攸关她和润暗生死的大事。

那个卷轴上的眼睛里，忽然冒出了一股浓浓的黑烟！

阿静吓了一大跳！但是，她有一种非常熟悉的感觉。

那些黑色烟雾影影绰绰的，逐渐形成了一个人形！

“不……怎么会?”

那些浓厚的黑烟，最终形成了一个阿静做梦也想不到的人。

看起来，那是一个女人。而且，从外表上看，怎么也不像鬼魂。

阿静看着这个熟悉的身影，揉了好几次眼睛。

“不……不可能的……怎么会……”

这时，那个人向阿静轻轻一笑，说道：“很久没见了。阿静，我亲爱的女儿。”

这个黑烟形成的女人，居然是阿静已经去世了的母亲孙灵秀！

阿静虽然充满警惕，可是面前的人，她的音容笑貌，和当初的母亲毫无二致！阿静的眼眶已经湿润了。

“妈妈……”她情不自禁地向母亲走去，当她接触到母亲的身体时，立刻紧紧抱住了她！

“妈妈……我好想你……”

孙灵秀莞尔一笑，也拥住女儿，说道：“这些年辛苦你了，阿静……”

“妈妈……能再见到你，真是太好了……”

阿静正抱紧母亲，忽然感觉手上滑腻腻的，抬起一看，只见满手都是血迹！再仔细一看，她抱着的这具身体已经完全腐烂了！

可她还是不愿放开母亲。

“妈妈，你为什么会在卷轴里？为什么现在才出现在我面前？”

“对不起……对不起……阿静……”母亲的声音依然如旧。

然而，阿静的脸颊却感觉到母亲的脸颊是冰冷的。

“森博真不该让你经历这些的……阿静，我没办法在这里待太久。我要告诉你一些事情。”

阿静含泪点头。尽管怀中的身体冰冷，她却感到无比温暖。

“这个世间的诅咒，都是死报灵——不，确切地说，是凶冥空间——对人类的判决。能预知到诅咒内容的，都是因为死报灵向人类泄露了凶冥空间的判决。”

“判决？我们犯下了怎样的罪？需要接受判决？”

“不需要罪名。凶冥空间，正是这个世界的恐怖源头，是为了让人类感觉到恐惧，才会产生的。异度空间也好，怨灵厉鬼也罢，无论人类因为何种原因死去，只要受到诅咒，都必然是凶冥空间的判决。而你，还有伊润暗兄妹，都会死在凶冥空间里。”

阿静惶然道：“怎……怎么会……”

“在凶冥空间，有为被诅咒者制造的牢笼。阿静，你和润暗遭受的诅咒……”

阿静屏息凝神地听着。

“是可以逃避的诅咒，但……也是不可以逃避的诅咒。”

阿静听糊涂了。

“妈妈，这到底是怎么回事？”

“这就不能告诉你了，阿静，否则我就违反了‘规则’，我，还有你父亲，都会接受更恐怖的判决。凶冥空间是人间的恐怖源头，只要那个空间存在，这个诅咒连锁就会永远持续下去，直到人类灭绝。”

这时，阿静忽然感觉怀里的母亲渐渐失去了实体感。

“所以……找出可以对抗这个诅咒的方法吧……阿静，一定……要活下去……”

母亲的声音开始断断续续了。

“妈妈!”阿静悲怆地喊道，“求求你……求你留下来，别离开我!”

“还有……闻紫魅……”

母亲的身体又有一部分变成了黑烟。

“闻紫魅?什么意思?”

“你要找到她留下的笔记，那里有和凶冥空间相关的被诅咒者的秘密……”母亲的脸已经有一半变成了黑色烟雾，“我……不能再继续待下去了，否则我的判决会加重……阿静……我亲爱的女儿……”

母亲再度化为黑色烟雾，融入了那个卷轴。

阿静想起，父亲的笔记上说，妈妈是在怀着她的时候，被那扇黑门融合的。那扇黑门的背后，就是母亲所说的凶冥空间吗?

她紧紧地握着卷轴，泪珠大滴大滴地落下。

“谢谢你……妈妈……”接着，她昂起了头。“闻紫魅的笔记吗?”

润暗家附近有一个地方正在施工，那里坑坑洼洼的。现在是白天，施工现场有不少人在干活儿。

“就选这里吧。”润暗找到了一个坑，在这里突然消失，应该不会惹人注意。

温疾烈放心地走进坑中，开始往地上滴亚空间药水，在他身体周围洒了一圈。但是，却没有任何反应。

这是当然的，因为，阿静现在已经把这件事情给忘得干干净净了。

“没反应啊……”温疾烈的话音刚落，一辆铲车开了过来，铲起了一堆土。

润暗暗道糟糕，这下施工人员发现他们了。没办法，只好先出去了，就在润暗打算把温疾烈带出这个坑的时候，忽然发现了一件奇怪的事情。

温疾烈现在所站的这个坑，和附近的几个坑连在一起看的话……似乎看着像是一张面孔……

这时，地下的土如同像水一样源源不断地涌出，温疾烈还没反应过来，他的身体就被泥土掩埋了，没过几秒钟，坑居然被泥土填满了！

润暗大惊失色，连忙叫来这里的施工人员，听他说明情况后，大家连忙开始挖坑。

但是……坑挖了将近三米，下面却还是没有找到任何人……

凌晨三点。方滨秋一个人漫步在寂静无人的大街上。

她实在不敢继续睡在有那口箱子的房间里了，而父亲睡熟了，应该不会发觉，所以她就决定出来走走。

她精神恍惚地走到了附近的乐莞广场上。她来到广场的中心，那里搭着一个舞台，如果是白天，这里必定是人山人海。

方滨秋站在舞台上，俯瞰着台下。而她完全没有发觉，她的身后，此时出现了一个……戴着面具的女人！

一只鸽子落到方滨秋脚边。鸽子“咕咕”叫着，看着滨秋。

方滨秋很喜欢鸽子，她蹲下身，伸出手去摸了摸鸽子的头。它也不害怕，只是停在那里。

接着，又有几只鸽子停在舞台上。鸽子聚集得越来越多了。

方滨秋的身边忽然多出了几十只鸽子。

这个时候，如果站在高处向下俯瞰的话……在那个舞台上，那些鸽子聚集在一起，组成了一张大大的面孔……

而方滨秋还浑然不知，此时，凶冥空间的诅咒正向她袭来……

忽然，方滨秋站起身，冲下舞台，向家里跑去。那些鸽子随即都惊了起来，向四面八方飞去。

她怎么能把爸爸单独留在家里呢？要知道，家里有着那口箱子啊！

回到家后，她轻轻推开父亲房间的门，还好，父亲还在床上熟睡。她回到自己的房间。那口铁箱，依旧犹如一个幽灵一般，放在房间里。

面对着那口铁箱，方滨秋的心里忽然涌起了一股勇气……

回忆结束时，方滨秋把铁箱打开了。她已经做好了充分的心理准备，哪怕这时箱子里跳出一个可怕的鬼怪，她也无所谓了！

然而……箱子里的东西……还是让方滨秋看得睚眦俱裂！箱子里躺着的，是……

在润暗家的隔壁，范茵的家中。

即便在这样的深夜，他还是一个人在照着镜子。虽然确认了无数遍，可小夏还是无法安心。

他恐惧自己会变丑。不，确切地说，他恐惧自己会变成畸形……

小雅开始害怕这样的哥哥了。现在就连母亲劝他，他也不听。只要他的视线离开镜子，就会不断地问身边的人："我是不是变丑了？"

而哥哥的异常变化，全是因为隔壁那个叫伊润暗的男人。

与此同时，孙伯绍又一次从噩梦中惊醒了。

这一次，在睁开眼睛的同时，他看到了一张正凝视着自己的面孔。

一双紫色的眸子，毫无表情地看着他。一个佝偻的身影，俯下身子，把头低得距离孙伯绍不足几厘米。

孙伯绍的心脏开始狂跳起来，他甚至不敢呼吸。

那张恐怖的面孔，不是人的脸孔。两只眼睛中左眼的部位，连同眼眶凸出了面部，额头却深深凹陷进去，右眼下方有许多腐坏的皮肤，并且长了不少难看的红痣。最恐怖的是嘴巴，居然没有嘴唇，牙齿直接露在外面，还在不断地咯咯作响。

孙伯绍跟随孙正延多年，也算是见过世面的人，可是……面对一张如此恐怖的脸，他根本无法保持冷静。

自己要死了吗？难道真的要死了吗？

他想开口说些什么，可喉咙却无法发声。

过了一会儿，那张脸慢慢抬了起来。

孙伯绍感觉他的身体完全麻痹了。过了很久，他才挣扎着站起身来。

房间里空无一人。他的身上被汗水浸透了。他简直是在鬼门关前走了一遭。

此时此刻，他第一个想起的人……却是琉璃。

琉璃对于孙伯绍来说，其实是个很陌生的人，他们过去的人生完全没有交集。可是，前世的他们却是非常熟识的人。

孙伯绍不认为自己是易少卿，他不想承认。可是，对于琉璃，他的确有一种特殊的情感。

这时，他的手机响了。

“喂?”

“孙先生吗？你现在能不能到乐福市来一趟？有大发现啊!”

孙伯绍讶异地问：“查到了什么?”他听得出来，这是董事长派到乐福市的调查人员。他们奉命调查古代遗址，查找和鬼眼诅咒相关的线索。

“是骸骨！数量多得惊人的骸骨！就在我们上次发现的古代遗址的地下，又挖出了大量的婴孩骸骨！粗略估计，超过一百具!”

超过一百具的婴儿骸骨？孙伯绍不禁想起了和黑色之门关系密切的紫色眼睛的畸形怪婴。

“我们推断，那些骸骨应该是一千多年以前的。现在事情闹大了，挖出那么多骸骨，不可能再秘密进行了。我们很难收场，希望孙先生能亲自来处理。另外，还有一件事情……”

“什么？快说!”

“眼睛……在那个遗址的地下，有一个巨大的、血色的眼睛形状！那似乎是真正的血组成的……可是，都已经过了千年了，那些血……居然还没有干!”

孙伯绍的手机掉在了地上。他愣了很久。

七个恶鬼……无数畸形怪婴……七种鬼眼和一扇黑门……还有刚才那张脸……

那张脸上的紫色眼睛，令孙伯绍想起了任森博。那个男人是恶魔，他是孙伯绍最大的噩梦。

从任森博出现在自己面前的那一刻起，孙伯绍的人生就被改变了。

孙伯绍的父亲是孙家的大管家，他很年轻时就跟随董事长，管理孙氏企业的事务。时至今日，孙家在各国的产业，都交由孙伯绍管理。孙正延无论对孙伯绍的父亲，还是对孙伯绍，都非常信任。

然而，孙伯绍对孙家并不像父亲那样有深厚的感情。因为，他恐惧那个男人——阿静的父亲，任森博。

孙伯绍的父亲因为要处理孙家的事务，经常奔走各国。在孙伯绍三岁时，阿静的母亲孙灵秀经常陷入奇怪的梦魇。她非常不安，却找不到不安的源头。这种状况发展到后来变得非常严重，身体都变差了。

孙伯绍一直把孙灵秀这位千金小姐视为可亲的大姐姐。那个时候，有一天，孙伯绍的父亲带了一个男人到孙家来。

那个男人就是有名的心理医生任森博。孙伯绍的父亲偶然认识了任森博，因为小姐的情况变得很糟糕，所以他带任森博来为小姐做心理诊疗。

从任森博第一次踏入孙家时，孙伯绍就无法对他产生好感。他并没有做过什么坏事，也没有伤害过孙家的任何人，更没有对孙伯绍本人造成过任何伤害。可是，孙伯绍就是无法容忍他的存在。

因为，他的眼睛。那双眼睛，是恶魔的象征。那个男人，是恶魔……

年仅三岁的孙伯绍，心中留下了很深的阴影。

后来，任森博的确做了无法原谅的事情。他带走了孙家最为珍视的公主孙灵秀。孙伯绍从那时起，就在心里发誓绝对不原谅他，也日夜盼望着灵秀小姐可以回来。

虽然灵秀小姐后来多次回到孙家，可她不愿意离开任森博。即便她知道，那双眼睛会招来巨大的灾难。

第一次见到任静的时候，孙伯绍也不喜欢她。她没有妖异的紫色眼睛，可是……她是任森博的女儿。

但是孙伯绍看在灵秀小姐的面子上，多次帮助她们母女。

每一次她们离开后，董事长的痛苦就愈强烈。他和孙伯绍一样，也深切憎恶并且恐惧着任森博这个男人的存在。

四年前，灵秀小姐死了。这个噩耗传来后，董事长在医院抢救了三天才脱离危险。孙伯绍也非常痛苦，那时，他对任森博的恨意达到了顶点。

他来到国内，参加了灵秀小姐的葬礼，同时惊讶地得知，任森博居然离开了任静小姐。他对任静的憎恶减少了，毕竟，她是灵秀小姐在这世上唯一的骨肉，即便她身上流着那个恶魔的血。

所以，孙伯绍帮助她，并根据董事长的指示购置了别墅，一直密切关注着任静的生活状况。

就在去年，阿静接触了润暗兄妹之后，怪事连连。他们接触过的人，不是死于非命，就是莫名失踪。最为诡异和恐怖的，就是身体被扭曲为怪物一般的谢小豪和欧雪雁。

于是，孙伯绍开始密切关注他们接触过的所有人。阿静和唐英瑄等人见面时，他就开始调查那些人的情况。唐英瑄的情况显然很怪异。

她从小时候起，就被发现有着一定程度的预知未来的能力。而在她和阿静见面之前的三个月，她的同事范藤月失踪的那天晚上，她和另外三个同事声称，范藤月在七楼的一个房间里被杀害了。可是，那个房间根本不存在。

她在第二天就辞职了，辞职之后两个月，她在家割腕自杀了。因为她是一个人租房子住的，所以根本没人发现。

但是，救护车和警车却及时赶到了她家楼下。警察带着医生破门而入，她被送去医院，得救了。

孙伯绍调查了这件事情。当时，医院接到的求救电话，是从唐英瑄家里打出去的。然而，唐英瑄醒来后，居然否认曾经打过电话！

而在阿静和她接触后不久，唐英瑄就莫名其妙地死了，和她另外三个同事一样……

孙伯绍查出了一个惊人的情况。唐英瑄的眼睛，是紫色的！她一直戴着隐形眼镜隐瞒了这一点。

她自杀的那一天，到底是谁给医院打电话的？

孙伯绍一直想不明白。但是，当他知道了鬼眼背后的秘密时，他终于明白了。

拥有灵异体质的人，体内寄附着一个鬼魂。阿静告诉他，唐英瑄拥有凶像鬼眼，而且润暗曾经用噬魂鬼眼拉扯出她体内的一个女鬼。而那天医院接到的求救电话，也是一个女人的声音。

孙伯绍有了一个恐怖的推测。如果鬼眼是受到死报灵的支配，那么，那些附体在灵异体质者身上的鬼魂，也是受死报灵操纵的。唐英瑄无法在死亡日期到来之前死去，她本人也清楚这一点，可她还是想自杀。

在她割腕后，肉体生命陷入危机时，死报灵为了确保她活到真正应该死去的那一天，让她体内的鬼魂打了那个电话。

被诅咒的人，居然……连死去的自由都没有！

孙伯绍下定了决心，他要查出一切事件的来龙去脉。他还是无法原谅任森博，可是，他要守护灵秀小姐的女儿。

就在他调查和唐英瑄有关的事情时，发现了一件事情。当时，负责为她动手术的一名医生，不知出于什么原因，恐惧得从手术室仓皇逃走。他怀疑，那个医生就是七个恶鬼之一。因为唐英瑄拥有凶像鬼眼，如果那个医生是七个恶鬼之一，看到那个鬼眼必定会感到很恐惧。

一个月前，他终于查到那个医生就在高宁市，于是，他和那个叫方凯的医生取得了联系。

然而，过了不久，方凯不再积极地和他见面讨论了，态度忽然判若两人。

方滨秋的房间内。

铁箱里躺着的……居然是方滨秋的父亲方凯！

这时，方滨秋身后的房门口，站着一个人。正是本应该熟睡在床上的“方凯”！

方滨秋慢慢回过头，她看着这个“父亲”，眼睛里满是惊恐！

“方凯”的右手举起来，揭开了自己的脸。

“方凯”的面孔，只是一张面具。脱下了面具的“它”，打开了房间的灯！

这时，路上的行人看到了方滨秋家所在的公寓。

这座公寓，在这样的深夜里，还有许多窗户亮着灯。

然而，更奇怪的是，那些亮着灯的窗户，有许多都是相邻的。它们组合在一起，居然形成了一个类似人脸的形状！而方滨秋房间的窗户的灯光，正是“脸”的左眼眼珠！

此刻，方滨秋的房间里空无一人……

第09章

〔亡灵饭店〕

“你听说了吗?”

“黄妃娘娘住的落英阁似乎发生了什么事情?”

“一大早，御林军就把落英阁团团围住了，这到底是怎么回事啊?”

天空晴朗。朝堂之上。

文武百官分列两旁，每个人都战战兢兢，不敢说话。

身穿龙袍的帝王俯视着殿下的大臣。

“刑部尚书武文!”皇帝怒气冲冲地喊道。

一个留着一撮小胡子的中年男人连忙站出队列，惶恐不安地答道:“臣在!”

皇帝问道:“落英阁一案，究竟结果如何!”

“回……回皇上!”刑部尚书武文跪倒在地，“是诅咒……这是诅咒啊!”

“回答朕!”皇帝怒气更甚地说，“究竟龙子生死如何?黄妃到底有没有生下龙子!”

“是……陛下，龙子生下来了，可是……可是……”

武文已经惊恐到了极点，现在皇上在暴怒之下，措辞稍有不当，就有可能人头不保。

"龙子他……"

皇帝已经完全失去了耐心，呵斥道："说！究竟怎么样了！"

武文只好很无奈地说出了那个恐怖的事实。

落英阁内，所有太监宫女，无一例外，全部都死了。而且他们的身体全都变成了碎肉断骨，没有一个留下全尸。而身怀六甲的黄妃，居然还留下了一口气，生下了一个男孩。

从那以后，落英阁就被彻底封锁了……

这是公元 915 年，五代十国时期。这件事情发生在南方的一个国家。

在这个国家，凶冥空间对人间的诅咒开启了。而且播撒下了诅咒的种子……

高宁市机场的候机厅内。

孙伯绍坐在椅子上，手里捏着机票，回想着那个令人战栗的电话。

有一天早上，方凯打来的电话说："孙先生，我是方凯啊，一个月前我们见过面的……我不知道为什么昏迷了一个月，被装在一口铁箱子里，而且，我的女儿失踪了……你，你告诉我，这……是不是和你说的诅咒有关系？"

孙伯绍打算亲自到乐福市去。现在的他，对于自己的前世已经毫无怀疑了。不解开谜底，就根本逃不过这个诅咒。

这时，他乘坐的航班开始检票登机了，他站起身，提起行李箱，毅然走向前去。

他要去探索自己的前世。他要知道，究竟前世的自己犯下了怎样不可饶恕的罪恶，才招致了这样的诅咒。那个诅咒他的声音，究竟因何憎恨他。

上了飞机，他刚坐下不久，忽然听到了一个熟悉的声音。

"请问，可以坐在你身边吗？"

伯绍抬起头，刚要说“可以”，话到嘴边却咽了下去。

一身素雅装扮的琉璃出现在他面前。

“你……菲迪雅小姐？”

“你就叫我琉璃好了。”她坐在孙伯绍旁边，晃了晃手上的机票，说：“是任静小姐帮我买的机票。她建议我和你一起去乐福市。详细情况，我都听说了。”

“你考虑清楚了？”孙伯绍还是有些难以置信，她为什么要跟来呢？难道也想探究自己的前世？又或者，她接受了诅咒这个说法吗？

“在我的梦境里，你出现的次数太多了。”琉璃说道，“还有，我也想知道，我的前世是怎样的，七个恶鬼到底是怎么回事。”

孙伯绍瞪了她一眼，极为不满地说：“我先声明，这可不是游戏。你应该知道这有多危险。你才十六岁吧？”

“是十七岁，上周我刚过生日。”琉璃看上去居然一点儿也不紧张。

孙伯绍和琉璃接触的时间虽然不长，但不知怎么的，对她有一种莫名的熟悉感。

“绯衣……”孙伯绍忽然脱口而出地叫了这个名字。

琉璃愣了一下，她看着孙伯绍，他还没有发现自己的这个错误。

飞机起飞了。

润暗和阿静在机场外看着冲入云霄的飞机，心里祈祷着他们此行能有所收获。本来，他们也打算一起去乐福市的。可是现在……

“闻紫魅的笔记吗？”

阿静已经开始着手调查这件事情了。在闻紫魅原先居住的渔村的地下道，根本找不到那本笔记。她的特殊身份，不会受到任何人的欢迎，她没有可以托付的人。而她的尸体上，也没有找到笔记。

那么，那本笔记在哪里呢？目前还没有任何线索。

所以，阿静开始调查闻紫魅作为灵媒接触过的委托人。闻紫魅是非常有名的灵媒，所以，委托她沟通灵魂的人很多。

在飞机上，琉璃不知不觉地睡着了。

孙伯绍看着她恬静的脸庞，内心那种奇妙的感觉又逐渐浮现出来。

他的脑海中，是那个一身素衣、总是跟随在自己身边的少女。那个少女名叫应绯衣。琉璃此刻的睡姿，很像那个少女。

看着窗外的云朵和下面渐渐清晰的城市，孙伯绍紧张起来。千年以前，自己就是生活在这里吗？

飞机降落的时候，机内开始响起广播，琉璃醒过来了。

下飞机后，孙伯绍和琉璃去取行李。这时，忽然听到机场内有很大的喧哗声，似乎有什么事情发生。

他们来到外面一看，只见有许多年轻人聚集在一起，高举着牌子，大喊大叫着。还有许多记者扛着摄影机。

“有什么大人物要来？”孙伯绍问来接机的人。

“孙先生，你不知道吗？《亡灵饭店》剧组今天到乐福市啊！这些人都是来看男主角陈楚安的！”

这时，一个女孩忽然大喊一声：“他们出来了！”

孙伯绍和琉璃回头一看，一大群西装革履的人走了出来，中间一个戴墨镜的男人最显眼。琉璃也认出了他来。

“真的是陈楚安呢！在《死离人形》里担纲主演的陈楚安啊！”

孙伯绍对于娱乐新闻不是很关注，不过听到《死离人形》，也来了兴趣，刚想详细地问一问，可是粉丝们的尖叫声把他的声音盖过去了。

记者们立刻蜂拥而上，要不是被剧组的人拦着，陈楚安已经被包围了。

这时，琉璃忽然注意到陈楚安身边的一个女人，她也戴着墨镜。有记者也在对她进行采访，显然也是一个明星。

“啊……”琉璃瞪大了眼睛，“那不是香港演员曾佳芝吗？”

记者们争相提问。

“陈先生，请问你再度出演恐怖电影，这一次和几年前出演《死离人形》时相比，心情如何？”

“你认为这一部电影能够超越《死离人形》吗？”

“曾小姐，我们看到了你的定妆照，请问你这一次转型出演恐怖片，是否如外界传言的，演技遇到了瓶颈呢？”

在整个采访过程中，都是陈楚安的经纪人在回答，陈楚安和曾佳芝始终沉默不语。

这时，孙伯绍忽然注意到站在曾佳芝身后的一个女子。她看起来二十出头，略施粉黛的面容有些憔悴，不过容貌很秀丽。面对那么多记者，她丝毫不显慌乱。

“怎么会是她……”孙伯绍简直不敢相信自己的眼睛。他原本以为，再也不会见到她了，却在这里再度相逢。

“梨悠！”他情不自禁地脱口喊出她的名字。她真的成功了吗？那个昔日如此倔强，发誓要成为大娱乐公司的化妆师的白梨悠，居然又出现在他的面前！

虽然孙伯绍叫得很大声，但是梨悠似乎并没有听到。

琉璃一脸疑惑地问：“梨悠是谁？那些人里有你认识的人吗？”

孙伯绍点了点头，对琉璃说：“我们先走吧。反正……她现在未必认得出我来了。”

对孙伯绍来说，寻找七个恶鬼背后的谜团是当前要务，还要解开凶冥空间的秘密，实在没有叙旧的时间了。

“你不去和她打个招呼吗？”琉璃很好奇，难道孙伯绍是担心被记者注意到，引起不必要的麻烦吗？

“不必了……因为，我曾经……”

好不容易摆脱了记者们的重重包围，陈楚安一行人终于走出了机场，分别坐上几辆黑色轿车离开了。

陈楚安虽然成名几年了，但是到内地来拍戏还是第一次，他本以为内地的记者不会像香港狗仔队那么难缠，没想到也是来势汹汹。

不过，坐在陈楚安身旁的曾佳芝始终心不在焉。

今年三十三岁的曾佳芝，演艺之路已经可以用日薄西山来形容了。两年前，她主演了一部都市言情题材电影，票房极其惨淡，还不如同档期的几部小投资影片，而且网上恶评连天。从那之后，她的事业陷入了低谷。和许多年轻演员相比，她也日渐失去优势。

十二年前，曾佳芝刚出道的时候，是在歌坛大放异彩，随后接拍了一部香港动作电影《鹰之苍》，她娴熟的演技和惊人的美貌征服了香港乃至内地许多观众，短短两年内就成为香港歌坛和影坛的天后。昔日的辉煌和今日的过气形成了如此鲜明的对比。

痛定思痛之后，曾佳芝决定赌一把。她决定拍摄一部转型之作，以期再度崛起。

几年前，一部《死离人形》横空出世，票房成绩惊人，并且带动了灵异电影的热潮，一如上个世纪日本的恐怖电影《午夜凶铃》一般。《死离人形》成功后，许多导演纷纷效仿，拍摄了许多灵异题材的电影。其中比较成功的有《蝶变》、《降临者》、《影魔》、《死亡铃声》等，而模仿《死离人形》最明显的，是香港导演张胜磊的《无底之井》。

曾佳芝就赌在这一点上。半年前，香港导演张胜磊决定拍摄一部名为《亡灵饭店》的恐怖电影。他毫不犹豫地起用了英杰公司旗下的艺人，也就是《死离人形》的主演陈楚安。当这个消息在该电影的官方网站公布之后，引发了香港以及内地恐怖片迷的狂热期待。而张胜磊对于电影的准备情况一概保密，只有在演员阵容方面，他稍稍对媒体松了口，说有大量镜头会在内地的乐福市取景，并会和几位内地演员合作。

曾佳芝主动联系了张胜磊导演，说希望能参演这部恐怖片。而且，她做出了一个惊人的决定。以前一直扮演着温婉女性角色的她，居然决定出演该片中的——女鬼！

对于起用曾佳芝扮演女鬼的角色，张胜磊很是犹豫了一番。他打算在今年万圣节期间上映电影，已经投入了大量资金，甚至不惜请了陈楚安这样的明星。而女鬼这一角色至关重要，虽然在曾佳芝提出参演该片之前，他也确实没有找到合适人选，可是从未出演过恐怖电影的曾佳芝，能够胜任吗？

后来，他因为实在找不到合适这个角色的演员而推迟开机，损失自然是很大的。张胜磊考虑再三，终于决定先让曾佳芝拍一组定妆照，看一看效果再做决定。

曾佳芝的御用化妆师白梨悠接下了这个任务。后来，这部电影的官网发布了第一张海报，也就是曾佳芝扮演的女鬼的定妆照。这张海报一出，大众对这部电影的关注达到了前所未有的高度！

张胜磊的野心很大，因为，《蝶变》和《死亡铃声》的导演也在筹备新的恐怖片，上映档期也是万圣节。当年《无底之井》的票房没有超过这两部电影，所以，在这部电影里，他对曾佳芝的表现有极大的期待。

《亡灵饭店》剧组的摄制组和道具组都已经到达乐福市，并进驻了该片的主要取景地——乐福市的嘉平饭店。剧组包下了整个饭店，以方便拍摄。

在陈楚安和曾佳芝到达饭店的时候，其他演员都已经到齐了。而特效组会在明天到达，基本都是国外工作人员。正式开拍是在两个星期之后。

“曾小姐，这是你的房间。”

曾佳芝的房间很大，是这个饭店里最好的房间，可见剧组确实对她很重视。

曾佳芝向剧组的工作人员点头微笑道："好的，谢谢，坐飞机那么久，我也累了，想先休息一下。"

工作人员点了点头，说明了晚餐的安排就离开了。

曾佳芝关上门，长舒了一口气，她在沙发上躺下，感觉窗外的阳光有些刺眼。

她按揉了一下太阳穴，从包里取出剧本。这已经是她第二十次看剧本了。

曾佳芝第一次看剧本时，就深深地沉浸在这个故事里。她极力想摆脱昔日温婉的风格，而去扮演一个女鬼。这部电影中，女鬼的戏一共有七场，有一半以上的戏份都很长。

看完剧本后，她开始营造气氛。她拉上了窗帘。

剧本的内容是，一群从香港来的年轻男女住进了这个饭店，饭店的经理在他们入住当天就警告说，在这个饭店里，午夜零点一定要熄灯，而且要尽可能保持安静，否则会发生可怕的事情。

就像许多恐怖电影的俗套剧情一样，禁忌必然会被无知的人打破。而接踵而至的，就是导演精心为观众烹制的恐怖盛宴……

曾佳芝对着一面大镜子，她不再把自己当做曾佳芝，她是嘉平饭店的女鬼。

她把灯关掉，房间里几乎没有光线。但她还是依稀看得见镜子里自己的脸。

她开始想象自己的面孔是毫无血色的、冰冷的、僵硬的。眼眶里没有眼珠，没有生气。表情充满怨毒和憎恶。她渐渐把这种冰冷的感觉输入头脑，她的表情开始改变了。

原先那张看起来有些憔悴、但还是很美丽的脸，现在略微扭曲了起来，一种冰冷的感觉开始显露出来。

曾佳芝回忆着剧本里的每一幕。此时，房间里很静，很静。

曾佳芝缓缓地张开嘴巴。口腔里黑黝黝的。她的头开始略微倾斜，头发开始甩动。

她渐渐找到了感觉。张开的嘴巴里开始发出意义不明的声音来。

“啊——啊——”曾佳芝摇晃脑袋的速度越来越快。她让长发不时遮住面孔，而手一动不动地摆在身体两侧。

“不行……不行!”

她一下拉开了窗帘，又坐回到沙发上，拿起剧本。

“不行啊……这个样子，根本不行!”

曾佳芝还是找不到感觉。她开始思忖起来：该怎么做呢？要怎么样才能成功地扮演一个女鬼？因为梨悠帮她化了出色的女鬼妆，张胜磊才肯定了自己。但是，演技不过关的话，这部电影肯定无法成功。曾佳芝很清楚这一点。

如果要靠这部电影东山再起，她必须继续下苦功。这很可能是她最后的机会了。

孙伯绍抹了抹额头上的汗珠，看着眼前的骸骨。

这些骨架实在太奇怪了。从骨架的大小来推断，确实像是人类的婴儿。但是，从形状上来看，这……真的是人类吗？

人类的脊椎骨，怎么可能会是笔直的？头盖骨居然有三四个足球加起来那么大？而脚趾……脚趾居然像剑一样！

因为挖掘出了大量遗骨，这件事引起了乐福市政府的高度关注。孙伯绍雇用了一支考古队，在乐福市西郊的遗址进行挖掘工作，事先也获得了市政府的批准。这一次的发现实在太惊人了。

那一百多具奇异的婴儿骸骨，对考古学家来说自然是很珍贵的，是考古学的重大发现。而那些婴骨怪异的外形，让考古学家们产生了种种猜想，例如会不会和古代的酷刑有关，网上关于此事的讨论也愈演愈烈。有关部门已经决定，这些骸骨要送往国家级博物馆收藏。能够看到这些骸骨，还是孙伯绍托了不少关系才办到的。

“怎么了，你为什么这么无精打采？”

这天晚上，孙伯绍和琉璃在饭店里吃饭，他完全没有食欲。看到了那样的情景，谁还能吃得下饭呢！

“这样的眼神，不像你啊。”琉璃的这句话让孙伯绍有些诧异，她接下来的话更是惊人：“你明明应该是更加坚强的人……少卿大人。”

孙伯绍观察着琉璃的神情，和平时并没有不同。

“怎么了，孙先生？”琉璃忽然清醒过来。孙伯绍回想起来，他也在飞机上忽然称呼她为“绯衣”。

看起来琉璃还没有察觉到自己刚才的言语不对劲。一种不祥的预感，在孙伯绍心里升起。

“对了，你和我说说今天在机场看到的那位故人的事情吧。她莫非是你的初恋情人？”

“不是的。你别瞎猜。”

孙伯绍晃动着手里的酒杯，看着里面的红色液体，叹息道：“其实，我也没想到还能再见到她，而且，她居然实现了她的梦想。”

他放下酒杯，目光转向窗外的明月，轻声说：“她……曾经是……”

嘉平饭店七楼，会议室。

导演张胜磊，编剧夏善，以及几位主要演员，都集中在会议室里，讨论着拍摄日程。

目前资金已经到位，也和饭店商量妥当，拍摄期间饭店全封闭，拒绝任何记者采访。在这两个星期里，酒店要加紧布景，招募群众演员，还要和特效组研拟各种特效方案。时间相当紧迫，进度很赶，张胜磊希望能够早日杀青，那样就能有更多时间进行后期制作，让电影更加完美。

这一次的演员阵容，张胜磊是很有信心的。除了陈楚安之外，还有香港演员风之诰、文紫英，以及内地演员唐镜成和李晓筝。无论在香港还是内地，他们都是首屈一指的实力派演员。

张胜磊拿着日程表，说道：“大家都清楚接下来的安排了吧？两周后我们正式开机，明天我们先进行试拍，时间是晚上，各位要熟悉本片的气氛。而且，为了让你们更快入戏，各位主演要和剧本安排的一样，住在电影里的房间，大家在这两周里也要尽快熟悉起来，要真的当成电影里的同伴。明天虽然只是试拍，但是大家也不可以松懈，要当做正式拍摄来对待，所以，希望你们明天白天多看剧本，反复揣摩角色的心理。”

张胜磊这么说的时候，看了曾佳芝一眼。她看起来更加憔悴了。坐在她身旁的白梨悠，也看出她正在担心的是什么。女鬼这样的角色，毕竟和曾佳芝以前出演的角色完全不同，而且因为扮演的根本不是人类，所以很难用人类的心理去忖度，也很难说有什么标准，是相当具有难度的角色。

其实白梨悠也很紧张。她不知道，孙伯绍是不是知道这部电影要拍摄了呢？即使他知道，恐怕也想不到是自己帮曾佳芝化妆的吧？孙伯绍是她很难释怀的人，也许他本人没有发觉，但是她很在意。

“梨悠，”离开会议室的时候，曾佳芝忽然对她说：“等会儿到我的房间来一下。”

“啊，好的。”

白梨悠不禁感叹，这一次对曾小姐来说，压力真的太大了。她这时才拿出手机来，刚才开会的时候没看。屏幕上显示有一个未接来电，是父亲打来的。

她急忙回拨号码，父亲很快就接了电话。

“梨悠，怎么样，在乐福市还习惯吗？”

“嗯，我很好，爸爸，明天就要试拍了。哦，你说什么？”

“不知道怎么的，看了那张曾佳芝的女鬼定妆照，我心里总是有点儿不舒服的感觉，可是又说不上来。梨悠，你真的……非要接下这个工作吗?”

白梨悠哑然失笑，问道：“爸爸，你怎么了啊?”

“我也，不知道啊……就是觉得很不安。你怎么化出了这么恐怖的脸啊……”

白梨悠感觉很奇怪，父亲难道分不清现实和电影了吗?

“算了，我知道我说了也没用，你自己小心一点儿吧。”

“爸爸，我没事的，你放心吧，不管怎么样，这是我的工作啊。”

“嗯，好，再见。”

“再见，爸爸。”

挂了电话之后，白梨悠不禁觉得好笑，父亲是不是太敏感了？不过，想到那张定妆照，其实她自己也觉得有些奇怪。

虽然考虑过摄影的效果，但是，她还是认为，照片和她实际的化妆效果相比，似乎还要更强烈一些。在照片里，女鬼的面孔更加阴森，更加……感觉不像是人。

白梨悠甩了甩头，去找曾佳芝了。她迈开步子，朝曾佳芝的房间走去……

夜深了。

“嗯，你觉得……这句台词是不是有些不妥当?”

陈楚安、风之诰和唐镜成一同住在嘉平饭店六楼608室里。陈楚安是第一次来内地，和内地演员唐镜成过去没有合作过，不过他的普通话说得很好，所以在交流上并没有问题。

“我说，这个时间是不是先休息比较好?”风之诰看了看钟，已经快到午夜零点了。

陈楚安愣了一下，随即笑起来，指着剧本说：“难道你真的担心，过了午夜零点会出什么事情吗？剧本完全是虚构的啦，还是再讨论一下再睡吧，反正明天的试拍是在晚上，明早起得晚一些没问题。”

风之诰想想也是。风之诰二十七岁，是香港有名的实力派演员，主演过近三十部电视剧和七部电影，容貌俊朗清秀，人也健谈风趣，出演的角色大多是性格耿直的正面形象。而内地演员唐镜成二十岁就已经出道，外形也非常俊美，他主演的电视剧都是古装片，而且扮演的都是大侠，不过他出演的电影都是现代角色，演技不俗，在内地红得发紫，和风之诰同岁。

陈楚安是在出演《死离人形》后才出道的，资历比这两位都要浅，但是人气却不低，甚至还有超越的势头。这也是因为，《死离人形》一片深入人心，这部电影几乎改变了香港电影界的格局，堪称经典。

陈楚安非常有信心，这部电影会再现《死离人形》的辉煌。而且，他也希望在演技上精益求精。

午夜零点。在黑暗的走廊上，从远处忽然传来轻微的脚步声。正在热烈讨论剧本的三个人都没有注意到那个声音。

墙壁上映着一个黑影，正在缓缓前行。

忽然，房间里的灯灭了。三个人立刻陷入黑暗之中。

“怎么，停电了吗?”陈楚安皱着眉头说。

这时，那个黑影经过了608室门口。陈楚安忽然听到了外面有脚步声。那个脚步声很轻，而且走得很慢。

不知怎么的，他们三个人都没有出声，房间里出奇的安静。空气中弥漫着一种让人难以呼吸的压抑感。

随着黑影的远离，屋里的灯……又亮了起来。

午夜的走廊依旧很寂静……

第二天，白梨悠六点不到就醒过来了。

昨晚她太激动了，以至于都没有睡着。当初她对于化女鬼的妆感觉有些棘手，不过，凭借她丰富的经验，最终还是成功地把曾佳芝化装成一个外形极度骇人的女鬼。

化妆完成后，对着镜子，曾佳芝都被吓得不轻。她甚至一度不敢照镜子。那张定妆照，她自己都不怎么敢看。

电影官网发布这张海报后，引起了影迷的高度关注。这些年的恐怖电影，真正出现鬼的形象的并不多见。即使真的是出现了鬼，也和人没多大区别。白梨悠非常希望，经由自己的手，创造出为后人津津乐道的荧幕形象。这是她最大的梦想。

然而……那张定妆照上的女鬼……真的是……她化妆出来的吗？

这是一个非常荒诞的念头。可是，白梨悠却无法将这个想法抛开。

昨天晚上，她打开电脑，又看了那张照片。

那张海报的背景，是饭店的走廊。当然，这是后期合成上去的。女鬼一身黑色洋装，长长的裙摆。火红的、妖艳的鲜血，略微抬起的头，幽暗的瞳，以惨白和幽蓝色调为主的面容，向前伸出的手。

那完全不像是人。应该说，那张照片让人感觉，那根本不是人扮演的鬼，就好像……这个世界上真的有这么一个鬼魂存在着。

白梨悠被这个念头折磨着，甚至做了噩梦。那真的是曾佳芝吗？

不……不可能的！

白梨悠拧开水龙头，不停地往脸上浇水。她要让头脑清醒。

“梨悠，你要加油，不能放弃……”她能走到今天这一步，是非常不容易的，她必须坚持下去。

嘉平饭店的餐厅。

曾佳芝看起来精神不是很好，她昨晚通宵看了剧本，还和白梨悠商量了一些事情。

餐厅里的早餐是自助餐，品种很丰盛，但是曾佳芝只拿了一个煎蛋和两块蛋糕，很快就吃完了。

“曾小姐，你看起来脸色不太好？”陈楚安坐在她旁边，关切地问道：“你没事吧？”

曾佳芝没有回答，她的眼神毫无光彩。联想到她近日来的憔悴，陈楚安不禁怀疑，她是不是生病了？如果是这样，恐怕会影响拍摄。

而且……陈楚安觉得，曾佳芝现在这张脸，就算不化妆，也有点儿让人觉得像鬼。她的脸颊有些凹陷，脸色很阴沉，又是那么沉默……

曾佳芝吃完东西就起身离开了，没有和任何人打招呼，就像其他人根本不存在一样。

白梨悠看着她奇怪的举动，心里不免担忧起来，甚至开始考虑，要不要和她的经纪人商量一下。她对这部电影期望太高了，恐怕是紧张过度了。再这样下去，会不会影响她演出的心态呢？

剧组开始招募群众演员了。多数都是扮演路人，没有台词，镜头一晃就过了，根本不需要演技。剧组发出通告后，很多有意应征的人都来到嘉平饭店的一楼大堂。而在这些人中，居然有孙伯绍和琉璃。

“你还真有兴致呢。”琉璃最初听孙伯绍提出这个建议时有些吃惊，不过她的性格比较随和，加上她是一个恐怖电影迷，也就答应了。

孙伯绍并不是没事做才来当群众演员的。他虽然知道白梨悠也许并不想见到自己，不过，如果将来电影放映，她无意中发现了自己，也算是和她间接见面了吧。

她的性格有多倔强，孙伯绍是很清楚的。毕竟……她曾经是他最得力的助手。

在各国打理孙家的生意，孙伯绍忙得心力交瘁。后来，他找了毕业于国外著名大学的白梨悠来做他的助理。不过，在几年前，她突然向孙伯绍提出辞职，而且，理由仅仅是因为……

“我想成为化妆师，这是我从小就有的梦想。这些年来，我一直都在学习，现在，我要真的去闯荡了。”

放弃了高薪的工作，只为了成为化妆师？孙伯绍当时完全不能理解她，为了挽留她，他甚至用了非常手段，让很多家娱乐公司故意不雇用她。因为，她是一个非常优秀的助手，他不希望失去她。

这件事情后来被白梨悠知道了，她很怨恨孙伯绍。从那之后，她完全断了和孙伯绍的联系，铁了心要实现自己的梦想。

孙伯绍现在回想起来，很是后悔。不过，他的确没想到她真的能成功。

“下一位，78 号。”

不知不觉，已经轮到孙伯绍了。他拿着自己的牌子，进入了招聘的房间。负责面试的人和他稍微谈了几句，就让他签了合同。

白梨悠正在她的房间里，看着化妆完毕后的曾佳芝的脸。那张脸阴森煞白，确实很骇人。

马上就要试拍了。然而，白梨悠感觉有些奇怪。

化妆完毕后的曾佳芝面色惨白、披头散发，这些是预期的效果。但是，她的眼睛显然变化很大，脸的轮廓好像变得不太一样了。而这却不是她预期的化妆效果，也和那张定妆照不一样。

白梨悠越看越觉得……眼前的这个人，根本不像是她化妆出来的女鬼!

一个女孩慢慢地向着楼梯间走去。她不知道是被什么吸引着，仿佛身体不受支配一般缓慢前进。

她拖着略显沉重的步履，在昏暗的灯光下，打开了楼梯间的门。

空气仿佛凝固了一样，犹如是一个寂寥无人的世界。

关上门后，她开始沿着楼梯向上走。她走得很慢，很慢。每上一级台阶，似乎都要耗费很大的力气才能跨出脚步。

现在已经快到凌晨一点了，她却睡意全无。这个楼梯间里没有窗户，而越到上面的楼层，她就觉得……不安的感觉越强烈。

走到某个楼层的时候，她停下了脚步，然后进入这个楼层。

宽敞的走廊上没有任何人。她一步步地朝前走着，不时左顾右盼，眼神里满是惶恐。气氛非常压抑，她几乎可以听到自己心跳的声音。

这时，她头顶的那盏灯忽然灭了！她差点儿叫出声来。

这条走廊的天花板上有一排照明灯，第一盏灯灭后，后面的灯也相继灭了。

女孩飞快地往前跑，而她身后的灯一盏接一盏地熄灭，黑暗仿佛要把她吞没。她不时地回头，黑暗步步进逼。不知道逃了多久，她终于跑到了走廊的尽头。

这时，最后一盏灯还没有灭。可是，面对着眼前的黑暗，她不敢再往前走了。

她瞪大眼睛看着这片令人窒息的黑暗。她颤抖地拿出手机来。

就在这时，前方的黑暗中传来一阵古怪的声音。

女孩试探着喊道："是谁？是谁在那里？"

没有回答，然而那个声音还在持续地响。

她慢慢听出那个声音是什么了。那是……毛发在地面上拖动发出的声音！

黑暗之中，渐渐出现了一个轮廓。那是一个人影，扭曲地在地面上爬行着，并且慢慢地接近女孩。黑暗中浮现出一张脸……

"啊——"

"Cut！"走廊里的灯一下全亮了起来。

张胜磊拍着手说："很好，这一段完成得非常出色！晓筝，你的表演很好！记住，实拍的时候，也要保持这种感觉。佳芝，你的表现也很不错，越来越有女鬼的感觉了。"

这是《亡灵饭店》中女鬼出现的戏的试拍，李晓筝和曾佳芝的表现都不负众望，尤其是李晓筝，她是首次出演恐怖电影，就表现得很出色。

在地上爬着的曾佳芝站了起来。她的脸上涂上了血浆，再加上一身黑色的衣服，确实很骇人。这时她直视着张胜磊，张胜磊居然感到起了鸡皮疙瘩。

“谢谢导演夸奖，我认为还有些不足。”曾佳芝说道，这时旁人才又感觉到她的确是个人。

“那好……”张胜磊对身旁的工作人员说，“今天晚上的试拍到此结束了。等会儿我们播放试拍的带子，看看效果如何。”他又对白梨悠说：“白小姐，你先带佳芝去卸妆吧，我们在八楼的放映室等你们。”

他忽然发现白梨悠的神情很不对劲。

“你怎么了，白小姐？”

虽然张胜磊在对她说话，可白梨悠的目光始终没有离开曾佳芝。妖艳的血。那张脸即使在灯光下，也依旧被阴暗笼罩。

白梨悠的手微微在发抖。现在是拍摄的第六天了。

她感觉到，曾佳芝的脸每天都在以肉眼可见的速度“变异”。而这张脸明明是自己化妆出来的啊！每化妆一次，变化就会明显一些。现在曾佳芝化妆后，她的面孔变得比原来消瘦多了，更诡异的是，就连头发也莫名其妙地变长了。

白梨悠当初为了证明自己，经过反复构思，才成功地设计出现在这张女鬼的面孔。她本来是很骄傲的。

白梨悠开始感觉到不对劲，是在帮曾佳芝卸妆以后。她发现，曾佳芝的脸虽然变回了人的样子，可是……表情却没有变回来。

曾佳芝是一个实力派演员，她平时演戏，就算入戏很深，也能够收放自如。而这一次，她只是扮演一个毫无感情的女鬼啊！

而现在，曾佳芝化妆后的面孔也在不断发生变化！可是，剧组里居然没有一个人发觉。当白梨悠去问别人时，每个人都说：“哪里有变化？我看还是老样子啊。”

今天卸妆时，曾佳芝忽然问道：“梨悠，你感觉我的表演怎么样？”

白梨悠愣了一下，说：“这，怎么说呢？曾小姐，我……”

“你实话实说。”

“曾小姐，你……”

“我是不是还不够恐怖呢?”

“这……”

“我是不是还不够接近女鬼的形象呢?”

白梨悠咬了咬嘴唇，终于说出了她的真实想法。

“曾小姐，我认为，一个好的演员，不仅可以进入角色，也可以从角色中走出来。你知道，有许多优秀演员之所以会走下坡路，就是因为很难从扮演的角色中挣扎出来。曾小姐，你不该执迷于把自己完全地……”

曾佳芝沉默了一会儿。

“算了，我们去看看拍的片子吧。”

八楼放映室。黑暗中，大家都在认真地看着屏幕，这时正放到李晓筝扮演的角色进入楼梯间。

白梨悠却在仔细观察着曾佳芝。她看起来很平静，因为室内比较暗，所以表情看得不太清楚。

当屏幕上的李晓筝被逼到走廊的角落时，镜头是她的脸部特写。紧接着，黑暗中传来了声音。

大家都屏住了呼吸。虽然他们都知道接下来会发生什么，不过还是很紧张。

那张恐怖的面孔如期而至地出现了！随着一声尖叫，画面变黑了。

大家都觉得这样拍摄的效果很好，全场只有一个人面色煞白，不过都没有人注意到她。那就是白梨悠。

刚才，那张恐怖面孔出现的一刹那，她几乎要尖叫出来，不过，她还是忍住了。她赶紧又去看曾佳芝。

这时，室内的灯已经亮了。所以，她可以看清曾佳芝的神情了。

“曾小姐……”

曾佳芝没有反应。她默默地坐着，一动不动。

白梨悠怀疑刚才是自己看错了。虽然只有短短的一瞬间，但她似乎看到了……曾佳芝的嘴角露出了一丝令人不寒而栗的冷笑……

接下来几天，白梨悠发现，化妆后的曾佳芝的变化越来越明显了。

前几天的拍摄中，曾佳芝的脸颊几乎凹陷到可以看出骨头的地步！眼睛变得灰蒙蒙的，嘴巴向两边裂开，脑门上时常会涌出大量鲜血！而每当这个时候，刺鼻的血腥味就会弥漫拍摄现场，根本不像是人造血浆！

然而，没有一个人对此感到异样和古怪。无论白梨悠怎么说这情况很异常，每个人都说是她多心了。

白梨悠住在504室，是一间单人房。她辗转反侧，每天都难以入眠。两周的时间就这样过去了。明天就是正式开拍的日子了。

她干脆起了床，打开了灯。她走到桌子前，看着上面的化妆盒。她拧亮了台灯，拉开了下面的一个抽屉，取出一沓纸。那是《亡灵饭店》的剧本。

翻开剧本，白梨悠仔细地看了起来。她之前只看过一遍剧本。

这个剧本的编剧，是《无底之井》的编剧夏善，虽然那部电影被批评抄袭《午夜凶铃》和《死离人形》，但是剧情的精彩和悬疑的巧妙，让看过的人无不赞叹编剧是一个奇才。

夏善是一个很有功力的编剧，这一次的《亡灵饭店》也是一部极为精彩的硬派恐怖电影。

第一幕

场景：嘉平饭店内，某客房。

人物：一名年约二十岁的女子。

白梨悠一行行看了下去。

那个女子违反了嘉平饭店午夜零点过后不能喧哗的规定，零点时还在和好友通电话。

破坏禁忌，在恐怖片里只有必死的结局。这部电影自然不会例外。

那个女子打电话打到一半时，电话里忽然没有了声音。紧接着，房间里的灯全灭了！

这一页的内容刚好结束了。就在白梨悠要翻到下一页时，台灯居然忽明忽暗起来，紧接着，整个房间骤然陷入一片黑暗！

白梨悠顿时打了个寒战，整个人僵坐在桌子前。

虽然她已经知道剧情了，但是刚好发生了这么诡异的事情，她怎么能不害怕？更何况，她并不是不相信灵异的人。

她不知道在黑暗中发呆了多久，才回过神来，低下头，想去看看是不是台灯插头脱落了。

她拿出手机，用手机的光线去照桌子下面。

台灯的插头，好好地插着。

那就是停电了？

“嗒嗒……”

“嗒嗒……”

忽然传来了敲门声！

白梨悠的手机一下掉在地上，在寂静的房间里，声音显得很刺耳。

“谁……是谁？”

刚才拿出手机的时候，她看了看时间，已经是凌晨两点了。谁会在这个时候来找她？

没有人回答。

“嗒嗒……”敲门声还在继续。

她记得，剧本上写的那个女子后来遭遇到的事情，和现在的情况……几乎完全相同。

在黑暗之中，有什么人在敲那个女子的房门，而她去开了门……

她开门后，剧本的第一幕就结束了。这个女人就这样永远消失了。

敲门声还在继续。

白梨悠的头还伸在桌子底下，她根本不敢抬起头来。

“谁……到底是谁……请你回答我！”

她的声音里带着哭腔。假如门外站着的是一个正常的人，绝对会回话的。

敲门声很有规律，大概隔三秒敲一次。

白梨悠拿起手机。她隔壁的房间住着其他剧组成员。如果打电话给他们，让他们出来，看看门外是谁的话……

她刚打定主意，按下了一个数字，敲门声却停住了。

白梨悠愣住了。这比敲门声一直持续更加可怕。

这时，她忽然感觉到……脖子痒痒的。有什么东西正碰着脖子。

似乎是……是女人的头发……

“啊啊啊啊啊啊啊啊啊啊——”

白梨悠晕了过去。

第10章

〔巫女的选择〕

第二天。

“明白了吗?”

剧组的工作人员正向几位龙套演员解释了他们接下来的工作。

“等会儿我们要拍摄的，是几位主演来饭店前台登记入住的戏，大约有五分钟的戏。你们几个就坐在这里，不要太拘束，随便做什么都可以，但是必须在这个范围内。”

嘉平饭店一楼大堂的前台附近有三张沙发，中间是一个茶几，沙发旁边还有一个放报刊的架子。

坐在这里的群众演员一共有六个，其中就有孙伯绍和琉璃。

工作人员已经各就各位了。

“《亡灵饭店》第三幕，第一次拍摄，Action!”

饭店的大门走进了那几个主演。

孙伯绍拿着一份报纸假装在看，没有去看那几个主演，而琉璃是斜靠在沙发上，看着孙伯绍，也没说话。

这场戏比较简单，几个主演在前台登记，领了房间钥匙，然后前台的服务员向他们说明午夜零点必须熄灯就寝的规定。

孙伯绍在旁边听着，心里默默地想：这编剧也真是不怎么样啊。难道现在会有人遵守这种规定？这样的话，会有多少人被鬼魂杀掉啊？还会有人敢来入住？算了，反正电影里的漏洞肯定是少不了的。

他的目光始终没离开过报纸。其实他也不完全是假装在看，报纸上登了挖掘出的那一百具古代婴儿遗骸的新闻。他的心情也还是很沉重，因为还没有查探出自己前世的秘密。

忽然，他感觉到一只手抓住了他的脚！

他移开报纸，低头向下看去……

“这里，有人会死去。”

孙伯绍呆住了。

头……比三个足球加起来还要大……脚趾……像剑一样长……紫色的眼睛……

这样一个怪婴蹲在地上，面无表情地对孙伯绍说出了这一句话。那是一个沙哑、令人毛骨悚然的声音！

那双紫色的眼睛，突然变成了血红的！

孙伯绍的眼前，一下子被红色完全覆盖了。

他闭上了眼睛。当他再度睁开眼睛时，自己的脚下已经空空如也。

“你……你看见了没有？”孙伯绍立即把目光转向身旁的琉璃，她的表情很平静。

“看见什么？我不明白你的意思。”

孙伯绍再把脸看向那里，却依旧是什么也没有了。

就在这一刹那，他眼前的一切发生了更严重的错乱。周围变成了楼阁长廊，这么多太监宫女在他面前走动。

“易尚书，小林子他……”

“孙先生，喂，喂，你怎么了！”

孙伯绍这才回到现实中来，眼前的景象又恢复成了饭店的大堂。

但是，刚才那一瞬间，他好像真的是那个易尚书……那是他的梦境中未曾出现过的场景。

前世的阴影，开始影响到他对现实的感知了吗？他和琉璃都曾经互相用梦境中的名字称呼对方，而且，死报灵居然出现在他的面前。

种种迹象都表明，那个跨越了千年的诅咒，启动的时间已经越来临近了。

“不，不可以，不可以让这件事发生……”

刚才，孙伯绍听得很清楚，那个怪婴预言，这里有人会死去。

这个预言，是绝对不会错的。有人会死啊！

他站起身，准备去阻拦拍摄，琉璃立刻拦住他，问道：“喂，你要做什么？”

孙伯绍却不知道该怎么说。要告诉她，刚才自己看到的情形吗？她会相信并接受这个说法吗？即使琉璃相信了，那些剧组成员会相信他的话吗？恐怕他们只会把他当成疯子。

他开始不知所措起来。随即，他想到了白梨悠。她也会有生命危险吗？

在《亡灵饭店》这部恐怖电影中，五个香港青年来乐福市旅游，分别是英俊帅气的阿天（陈楚安饰），性格温和的阿明（风之诰饰），性格内向的阿杰（唐镜成饰），活泼开朗的姐妹俩怡清（文紫英饰）和怡欣（李晓筝饰），他们住进了嘉平饭店。他们没有遵守饭店的奇怪规定，过了午夜零点还在大声说话。结果，当天晚上，怡欣消失了。

而更可怕的是……每消失一个人，其他人就会忘记那个人的存在。

这部电影的设定是，消失的人会被遗忘，就和混沌空间的诅咒一样。那么，为什么会有人知道有人消失了，因而制订了这条规则呢？

孙伯绍瞪大了眼睛，看着那个在前台给陈楚安他们分配钥匙的服务员。

她……居然是曾佳芝扮演的！

当然，这时的曾佳芝，是以一个漂亮女人的样子现身的。

制订这条规则的人，当然是记得那些人消失了的人。也就是……女鬼本人！她在前台把钥匙交给每一个入住饭店的人，并且告诉他们这条规定。

这就是这部电影最恐怖的地方。

接下来的剧情发展是，只剩下阿天和怡清时，阿天开始感觉到，自己遗忘了一些曾经存在过的人。他在想，是不是真的有人和自己一起住进过饭店？

伴随着不知道何时才会终结的恐怖，女鬼最终将血腥的双手扼向他的喉咙……

曾佳芝平时以女人的姿态出现，而当她化身为女鬼时，就狰狞地把每个人杀害，拖入虚空之中，抹去现实中其他人的记忆。

离开嘉平饭店后，孙伯绍望着那个饭店，满脑子都是死报灵对他说的话。

到底是谁会死去呢？无论是谁会死，他也是无能为力的。

被诅咒的人，必然就会死去。这是铁律。在找出凶冥空间的秘密之前，一切都无法逆转。

“好了没有？梨悠？”

经纪人有些等急了，白梨悠和曾佳芝在化妆室里待了很长时间，还没有出来，到底是怎么了？平时的化妆并不需要花这么长时间啊！

就在这时，门开了。映入眼帘的是……

腐臭的气息顿时充斥着整条走廊，一张腐烂得几乎看不清五官的脸出现在经纪人面前！眼眶里只有一片白色，根本看不到眼珠；脸上的皮肤如同干枯的树皮一般，满是一道道触目惊心的沟壑，似乎随时都会脱落，而脓水正不断顺着脸颊滴落。

这绝对……不可能是活人啊！

“真慢啊，佳芝。”经纪人却对这恐怖的面容视若无睹，说道：“梨悠呢？快走吧，要拍下一场戏了。”

曾佳芝茫然地点点头，迈开了步子。

经纪人朝房间里看了看，只见白梨悠瘫坐在椅子上，紧闭着双眼。

白梨悠今天早上醒来时，忘记了昨天晚上的恐怖经历。但是，她隐约感觉到，自己遭遇过一件极为可怕的事情。

刚才为曾佳芝化妆时，她忽然感觉很害怕。她害怕自己在亲手创造着什么恐怖的东西。

她忽然睁开眼睛，跑出房间，对前面的曾佳芝和她的经纪人喊道："等一下！"

两个人都停下了脚步。经纪人回过头来，但是曾佳芝没有回头。

"你……你是谁？"

白梨悠提出了这个在她内心怀疑已久的问题。

曾佳芝没有回答。

经纪人丈二和尚摸不着头脑地问："梨悠，你这是什么意思？"

"你……真的是曾佳芝吗？"白梨悠继续问道。

曾佳芝还是没有反应。

"喂，"经纪人忍不住了，不耐烦地说："剧组的人还在等着呢，我们得赶快走了，梨悠，有事等会儿再说吧！"

白梨悠站在房门口，看着二人消失在走廊拐角，不知怎么的，她不由自主地后退着。

那个人不是曾佳芝……白梨悠不管怎么回忆自己化妆的过程，细节根本都想不起来。能够记得的，就只有那张脸。曾佳芝的变化大到了难以置信、无法解释的地步。

白梨悠开始收拾自己的行李，她已经下定决心，要逃离这里，什么都顾不上了。毁约就毁约吧，现在她一分钟都不想再待在这里了！

刚才走出这个房间的……绝对不是人！她是鬼！

白梨悠现在只想尽快逃走。在一切都还来得及以前……

"Cut！"

张胜磊坐在椅子上，认真地看着曾佳芝的表演。这实在太超乎他的预想了，曾佳芝的演技令他大为赞叹。

"你辛苦了，曾小姐。"张胜磊非常高兴地走到还化着女鬼妆容的曾佳芝面前，提议道："你今天的状态相当好，我本来还以为这场戏要拍很长时间呢。不如我们接着拍摄下一场戏？本来是预定下周拍的，但是今天还有时间，你的状态又这么好，不好好发挥可惜了。”

曾佳芝没有说话，只是轻轻点了点头，她的脖子隐隐传来清脆的碎裂声。

导演说的下一场戏，是比较关键的一场戏。

怡欣消失之后，女鬼在怡清面前出现了一次。不过，是出现在梦境里。而观众看的时候，一开始不会知道那是噩梦，要等到事态发展得极其严重了，画面一切，就是主角从床上蹦起来，一脸汗珠。

这个梦境剧情是这样的：怡欣消失后，怡清失去了这个妹妹存在过的记忆，在第二天下午的午睡中做了一个噩梦。

白梨悠收拾好了东西，迅速向电梯走去。

其实仔细想一想，一个好端端、活生生的人，怎么会就因为她的化妆，而变成一个真正的鬼呢？即使真的是鬼，那也是死去的人化成的，而曾佳芝明明是一个大活人啊！

梨悠胡思乱想着的时候，电梯门开了。

她跨进了电梯……

“Action！”

噩梦的一幕开始拍摄了。

摄影师先是把镜头对准了坐立不安、在房间内来回走着的怡清——也就是文紫英。

这时，在她身后的床下，床单的一角被一只阴白的手拉开了。

白梨悠不断抬头看着楼梯的层数一路向下，她的心里不停打鼓，不断祈祷着能够安全离开饭店。

当电梯终于到达一楼时，她总算松了一口气。

电梯门一打开，她正打算跨出去，眼前的景象却让她惊呆了。

电梯外，不是金碧辉煌的饭店大堂，而是……一扇黑色的门。

“这……这是什么？”

她不禁向后退了好几步，在这狭窄的空间里，避无可避。

忽然，她注意到，在那扇黑门的中央，有一个形状。仔细分辨一下，那个形状似乎是……人的眼睛？

她的脑海里顿时闪过一段记忆。那一天，当她打开那本笔记时……

“这是……凶冥空间的大门?”

白梨悠瞪大眼睛看着那个眼睛的形状。不会错的，这和那本笔记上的描述一模一样。

“Cut！不行啊，再来一遍。”张胜磊对这一场戏很重视，他力求完美。躲在床底下的曾佳芝反复了好几次爬出来的动作，都被他要求重来。

“必须给人很突兀的感觉，才能造就恐怖。你掀开床单后再露脸的动作还是太慢了，要快，然后再……”

张胜磊在给曾佳芝讲戏的时忽然注意到，她的眼睛似乎没有看着自己。

“佳芝，你听明白了吗?”张胜磊又问了一句。

这时，她的脸终于转向张胜磊了。她的脸颊和手脚上不断落下腐烂的血肉，流出恶臭的脓液。

可是，没有人对此有反应。因为这些都不是真的，是白梨悠出色的化妆。

张胜磊回到自己的位置上，对摄影师说：“准备，再拍一次!”

曾佳芝又钻到了床底下。

“Action!”

文紫英再度一脸焦虑地在房间里踱步，她身后的床下，忽然发出“咯吱咯吱”的声音来。

文紫英没见导演喊停，也就回过头去看。

每个人都没有反应过来，床底下就蹿出了一个身影，速度快得大家都没看清，尽管所有人都知道那是曾佳芝……

电梯里，已经被眼前的诡异景象吓得魂不附体的白梨悠，看着那扇黑色的门打开了。

这时，她的头顶上忽然掉下了一块板，紧接着头顶上传来一个熟悉的声音：“快抓住我！梨悠！”

白梨悠立刻抬头一看，居然是孙伯绍！他从电梯顶部伸下手来，白梨悠立刻抓住了他的手，开始向上爬。

当她爬到上面之后，发现她是在饭店的某个楼层的走廊上。她讶异地看着孙伯绍，还有他身后一个看起来还不到二十岁的女子。

“你……你们……”

白梨悠完全糊涂了，这到底是怎么回事？

“很久没见了，梨悠。”

要强的她，丝毫未变。孙伯绍实在是很欣赏白梨悠，他考虑再三，还是决定要救她。他使用了亚空间药水。

“伯绍，为什么，这究竟是……”

孙伯绍打断了她的话，说道：“先听我说。别的不要管，我要先和你说明我们的处境。首先，我们不可能离开这个饭店，想要出去，就必须找出这个诅咒的源头。”

接着，他把详细情况和白梨悠简单地说了一遍。

目前的嘉平饭店，任何通往外面的出口都是一扇黑色的门。而且，他可以基本确定，这个饭店里已经没有活人了。

孙伯绍想，自己可以活着，恐怕和“七个恶鬼”有关。即使是窗户外面，也是黑色的门。那扇黑门，和阿静的描述一致。

他对白梨悠说：“你先到房间里来。我想问你的事情有很多。”

孙伯绍现在要多搜集到和凶冥空间有关的资料。他也知道，七个恶鬼很可能是被诅咒者。阿静曾经说过，凡是被诅咒的人，无论如何挣扎求存，在死亡日期到来的时候，必然会如同预知那样的死去，而且死得很痛苦。

孙伯绍和琉璃在这个楼层选好了一个房间，用亚空间药水进入内部，打开了门。这个饭店现在空无一人，根本不用顾虑什么。

孙伯绍也见过真正的鬼，要说害怕，肯定是有的。但是，他更不想就这样在恐惧中等待诅咒来临。

“你是说，曾佳芝她……变成了真正的鬼吗?”

“是的，我是这么想的。”白梨悠回答得斩钉截铁，她的确相信，这个世界上真的有鬼存在。接着，她取出一个黑色笔记本，递给孙伯绍，说：“去年接下这部戏的时候，我们公司里出了一些闹鬼的说法，公司就找来一个灵媒师，她叫闻紫魅。她看了公司各处的情况后，交给我这本笔记。她说，如果将来发生什么事情，就按照笔记上嘱咐的去做。她说自己不久就不做灵媒师了，所以笔记本也不需要了。可笔记上的内容，我根本看不明白……”

孙伯绍一看到笔记本，顿时两眼放光！这不就是阿静一直要找的笔记吗？他大喜过望地接过笔记。

就在这时，锁着的门上突然插入了一只血淋淋的手，抓住了正站在门背后的白梨悠，将她整个人扯向大门，门被撞开一个大洞！

接着，就听到外面传来白梨悠的惨叫声！

这一切发生得太快了，孙伯绍根本来不及反应！

琉璃吓得魂飞魄散，立即紧紧抓住孙伯绍的胳膊，而门外已经没有了动静。

忽然，那扇摇摇欲坠的门轰然倒下了！

门外站着……一个头颅几乎完全化为骷髅的人！在这个人头部的左边，还连着一些腐肉！

孙伯绍和琉璃战战兢兢地蜷缩在房间里，大气都不敢出。

那具腐烂的身体忽然支撑不住了，一下倒在地上，腐肉、碎骨和发臭的尸水洒了一地。这个怪物的身上，已经没有一块完好的皮肉，骨头都完全碎裂了。“变异”已经发展到了令这具“尸体”无法维持的地步！

一切恢复了正常。窗户外面出现了正常的景物。

“怎，怎么会?”

孙伯绍愣住了。但是他也来不及多想，谁知道这具“尸体”还会不会站起来。于是，他立刻洒下亚空间药水，连通了高宁市的空间，和琉璃迅速离开了乐福市。

孙伯绍从始至终都不知道，为什么曾佳芝会变异，为什么会发生这些诡异的现象。或许，是白梨悠渴望创造出完美的鬼魂形象，以及曾佳芝对扮演好女鬼的强烈愿望，令她的鬼魂妆容产生了变异……

回到高宁市后，二人把笔记本交给了润暗和阿静，他们开始仔细研究闻紫魅的笔记。

她的笔记里提到了一个关键人物——鬼眼宗现任宗主陆晓冥！

这天晚上，孙伯绍做了一个很长的梦……

他感觉自己被卷入了一个黑暗的漩涡深处。那似乎是一个悠长的隧道，仿佛穿透了所有生死，甚至是轮回。

他的灵魂仿佛被一只无形的大手撕扯着，身不由己。眼前是漫天飞舞的无数和他一样的魂灵。

当一切终于停止的时候，他渐渐恢复了神智。

幽静的小径。附近是密密麻麻的竹林和假山，路面很泥泞。他的身后跟随着不少穿着古代衣服的人。

这一世，正是他的前生。作为刑部尚书易少卿的前生。

他现在要代表皇上，去见一个人。

“尚书大人……”一个身着官服、留着小胡子的中年男人，看了看四周，低声对易少卿说：“您真的打算去看她吗？我们已经想尽办法了，她们母女已经被囚禁了六年，现在……”

“这是皇上的意思，我们做臣子的，只要尽本分就是。”易少卿平缓地回答。

“可是，万一她们伤了尚书大人……”

易少卿冷峻的目光朝那个人射去，对方连忙低下头，不再言语。

"王大人，难道你认为，我会怕一个女孩吗？"他沉吟了片刻，用低沉的语气对那位王大人说："若是她不愿意领受圣旨，皇上已经交给我鸩毒……"

声音虽然很低，王大人听到后，还是脚底打了个滑。

"易尚书，皇上真的下决心了？"

"只要是和落英阁有关的事情，皇上就决定不会手软。"这时，幽径终于走到头了。一处被丛丛竹林遮盖的墙壁出现在众人眼前，路的前方连通着一个圆形拱门。拱门上写着"易竹轩"。

易少卿已经感觉到里面传来的萧瑟气息。

这周围的空气似乎都变得稀薄了。风轻轻地吹动竹丛，响起沙沙的声音。

很多人心里都有些微微的恐惧。这是皇宫里最幽静偏僻的地方，也是最接近落英阁的地方。

当年，黄妃娘娘在落英阁里死去，那里就被彻底封禁了，那是连提一提，都会让人胆寒三分的禁地。因为，那里有闹鬼的传说。

"你们在这里等候，我和王大人进去就可以了。"

易少卿说出这句话的时候，那些跟随的侍卫终于松了一口气。

顺着杂草丛生的小路，易少卿走到屋子前。

"看起来很破败啊，王大人。"易少卿微微皱眉道，"也应该打扫打扫吧？至少要除除草才是。"

王大人连连点头道："是下官的疏忽，下官一定着人……"

"不需要了。"

"嗯？"

王大人还没明白过来，易少卿却已经回答了他。

"无论结果如何，过了今天，这个易竹轩都不会再住人了。要么遵从圣旨，要么……服下鸩毒。这是皇上给我的口谕。"

王大人叹了一口气，又问道："太子殿下知道这件事情吗？"

"还不知道。这件事情，会对太子殿下保密。"接着，易少卿迈入了屋内。

沿着长长的楼阁，他们来到那个幽禁着两位重要人物的房间。

“开门吧，王大人。开门以后，你就退下，我要单独和她谈。”

“是。”王大人手微微哆嗦地拿出钥匙，打开了门。

“尚书大人请……”他还没说完，向房间里看了一眼，就“啊”地惊叫一声，随即整个人退出房间外，倒在地上，眼睛瞪得大大的，只是用手指指着房内。

易少卿也看到了房间里极为恐怖的一幕，纵然是见惯了生死的他，也不禁骇然。

这是怎样诡异可怕的情形？一个十四五岁的女孩，坐在房间的床上，神情恬静地抱着一具白森森的骸骨，手还在轻轻地抚摸着骸骨。

“你……你……”王大人已经说不出话来了，易少卿对他招了招手，说道：“去外面叫人……”

“那，那大人您……”

“去叫人！你没听懂吗？”易少卿不顾形象地对王大人咆哮着，表情有些扭曲。王大人被他这一吓，哪里还敢回话，立刻跌跌撞撞地跑了出去，口中大喊道：“出事了……出事了……”

易少卿看向那个女孩，迈步进入了房间。

“请恕我不能向尚书大人行礼了，因为我不能放开母亲的遗骨，否则她会在瞬间消失的。我还想继续和母亲待一会儿。”

少女极其冷静地说出这句话。她一点儿也没有畏惧的神色。看起来像一个不可侵犯的圣女一般。她那端庄安详的神情，一时间居然令易少卿折服了。

易少卿又向前走了一步。

“令堂……是怎么会……”

“母亲是怎么死的，我也不知道。只是，当我某天醒来，她就变成了这个样子。恐怕是和落英阁有关吧。”

“住口。”易少卿已经镇定心情了，说道：“你应该知道，那三个字，对于这个皇宫意味着什么。”

“我知道……其实母亲夜观天象，已经算出她会有死劫了。这，就是定数，无法改变。”

“定数……吗？”

“确切地说，是诅咒。易尚书，你也知道吧？其实……”

忽然，门口涌入了许多侍卫，大家看着那具白骨，都极为惊讶。

“我真的……”王大人已经说不出一句利索话了，“我真的不知道，给她们送饭的人，每次都是把饭菜放在外面就离开了，因为她们不让人进入房间……”

“我知道，这不是你的错。”

易少卿止住王大人的话，对少女说：“你刚才说，你一放开手，那白骨就会消失吗？”

“是的，母亲她，会消失。我知道这一点。”少女镇定自若地回答。

易少卿点了点头。他向身后的人下达了命令。

“你们先在外面待命，我单独和她谈。”

“尚书大人……”侍卫们简直无法理解易少卿的命令，他皱着眉头说：“听不懂我的话吗？离开这儿！我要和她单独谈谈！”

遣散了侍卫后，易少卿关上了门。

“尚书大人是来劝我母亲重新担任巫女一职的吧？”

“是的。”易少卿已经完全恢复了冷静，表情上看不出丝毫恐惧：“令堂在先帝在位时，是名满天下的通灵巫女，她的仁德和睿智，无人不赞叹。但是，自从黄妃娘娘去世后，她就提出要求，不再住在宫中。而先帝驾崩、皇上即位后不久，她甚至提出辞去巫女一职。但是，皇上需要令堂的才能，所以才把你们母女禁足于这易竹轩，已经有六年之久了。六年来，令堂无视皇上的圣旨，坚决要求辞去巫女一职。”

他又向前迈了一步，看了看那具白骨，然后直视着少女说：“我如今只有一个选择了。食君之禄，为君分忧，自从我父辈跟随先帝征战，我们家族的血脉早已和皇室紧密相连了。所以，我必须向皇上复命。”

沉默良久，少女终于说话了。

“大人的意思是……要我代替母亲担任巫女吧？”

易少卿心里不禁咯噔了一下，但还是郑重地点了点头。他紧攥着拳头，和少女相距不到一米。他等待着少女的答复。

“我答应你。”

这意外的回答，让易少卿简直不敢相信。他无法理解，为何少女会答应自己？被软禁在这个地方长达六年之久，如今母亲也死去了，她为何会允诺？易少卿了解这个少女，她不是会轻易屈服的人。她们母女实在是太像了。

“这是命中注定的，就像母亲说的那样。母亲拒绝皇上的圣旨，是因为她知道，不可能违逆命定的劫数。而我也注定了会有这一天。”

“这世上何来什么注定？”易少卿摇了摇头，“人不是傀儡！”

少女有些吃惊地看着易少卿，嘴角微微一咧，说道：“果然是很符合尚书大人风格的答案。真高兴是尚书大人来和我交涉这件事情。”

“这并非是我一人之事。你也应该知道吧？那里隐藏的秘密，会给这个国家——不，是会给整个人间——带来可怕的灾难。必须要把灾难扼杀于萌芽状态，不能再继续下去了。”

“我知道。”

这时，少女居然放开那具白骨，站起身来。

白骨立刻开始风化，化为粉尘。

这时，易少卿注意到少女的手上有一些银白色的粉末。

“这是腐朽粉，可以将腐朽与死亡之物，和这个人间强行联系的东西。”她拍拍手，拍掉这些粉末，说道：“这是母亲在异空间获得的至宝之一。”

“腐朽……和死亡？”

“是的，是和那个空间有关的事情。不过，具体的现在不能说。”少女看了看身后，又回过头说道：“这里离那扇门太近了。”

王大人一群人目瞪口呆地看着易少卿和少女从易竹轩里走出来。

易少卿对所有人说：“你们要忘掉在那个房间里看到的事情，如果胆敢外传，让皇上在宫中听到什么传闻，今日在场之人，全部无法逃脱干系！你们明白了吗？”

刑部尚书这么一说，侍卫们自然心领神会，赶紧点头如捣蒜。

“另外，”易少卿把少女推到大家面前，说道：“王大人，这一位，是新任的巫女，应绯衣。”

第 11 章
〔妖孽之子〕

应绯衣担任巫女一职，已经有两年了。

“皇兄，不能让我也去吗?”

皇宫花园的湖畔，一个宽敞的大亭子。周围站满了太监、宫女和侍卫。

亭子里坐着两个人，他们都穿着华贵的衣服，一个是青年，另一个则是十几岁的少年。

“桓真，不行啦，你的年纪还太小。等你十七岁了，我一定会带你去的哦。”那个青年说道。

青年的仪态很是不俗，而且，他的眼睛很是特别。那是一双……紫色的眼睛。

二人之间有一个石台，上面摆放着各种果品点心。

“对了，皇兄……”少年吃着一个苹果，边嚼边说：“那位巫女姐姐，也会和你们一起去狩猎吗？为什么女人也能去呢?”

“这个……”

青年其实也不太明白是何原因。狩猎是他很喜欢的活动，这一次前往东山围猎，本来也请父皇一起去的，但父皇国事繁忙，所以拒绝了他的邀约。

“好了，我待会儿还要去见一个人。”

青年站起身来，摸了摸少年的头，微笑着说：“桓真，希望你早日成长为独当一面的皇子啊。”

“你真好啊，皇兄。”

“什么?”青年不解地问。

“皇兄，你有和父皇一样的眼睛，可我却不一样，我的眼睛和常人的一样，难怪父皇比较疼爱皇兄啊。”

“哪里啊，桓真，父皇并没有特别偏爱我。”

“没事的。”少年说道，“就算父皇比较偏爱皇兄，我也不在意。毕竟，你是太子啊。”

这个青年正是太子桓元。

狩猎之日是第二天。距离都城六里有一座山，山里有许多动物，不乏虎熊狮豹。冬季快到了，许多动物都会到外面觅食准备过冬，现在是狩猎的最佳时机。

太子打算到刑部尚书府去。易少卿擅长骑射，和太子的私交也不错。太子是个很难得的平易近人的皇子，他很有韬略，熟读史书和兵书，武艺也不俗。

他之所以要去尚书府，一是要和易少卿商量明日狩猎的事，另一方面……是想见一见她。

轿子离开皇宫后，太子的心就怦怦直跳。

现任巫女应绯衣，因为她母亲之前的抗旨行为，所以并不得皇上的信任。本来皇上想让她住在宫中，便于监视。但是，易少卿亲自为她作保，提出让她住在尚书府中，她的一切由自己全权负责。

太子并不了解这些内情。前任巫女——也就是应绯衣母亲的死，对外宣称是病故的。前几日，太子和易少卿谈到狩猎一事时，他居然提出要把应绯衣也带去。虽然太子很不解，但是他素来信任易少卿，所以没有多说。

尽管太子的地位在易少卿之上，但是二人志趣相投，不同的是，太子性格开朗外向，而易少卿比较内敛深沉。

轿子到了尚书府前，太子掀开轿帘，对随侍在轿子外的太监说："小林子，去通报吧。"

"奴才遵命。"那个太监慢慢踱步到尚书府大门前，开始叩门。

轿子进入尚书府后，易少卿已经随同家中的仆人侍女在院子里跪拜于地，口称："叩见太子殿下！"在易少卿身旁跪着的，正是十六岁的应绯衣。

太子下了轿，微笑地看着这两个人。

"起来吧。这里是宫外，不必如此拘束。"

易少卿听到这句话才站起身，但他依旧低着头说："太子殿下光临寒舍，微臣有失远迎，还望恕罪！"

"行了行了，别打官腔了！"太子笑呵呵地拍了拍他的肩膀，说道："你再这样，我可要生气了啊。"

"太子殿下，里面请。"易少卿这才抬头，迎着太子紫色的眸子。

太子看了看应绯衣，说道："巫女也一起来吧，我有话想和你们说。"

他们进入府内，把房间门关上后，太子坐下来，端起桌上的茶杯，说道："明日的狩猎，已经准备妥当了。我们明日午时在东门集合，少卿，没有问题吧？不知道过了半年多，你的箭术可有进步？"

"微臣苦练，略有小成而已。"

"这样啊。绯衣，你呢？你会射箭吗？"太子的目光转向应绯衣。

"几年前学过，不过很久没碰了，生疏了。"

应绯衣很不愿意面对着太子的目光说话，她忌讳那双紫色的眼睛。

"这样啊……"太子笑了笑，"你很聪明，这几日也许练习过了吧？"

"是，射过一些靶子，但并不准，狩猎时怕是会让殿下见笑了。"

应绯衣的眼神游离在其他地方，她的手微微有些颤抖。

太子并没有发现这些异状。"是吗？"太子又看向易少卿，发现他的目光集中在应绯衣身上。

他又闲聊了一些事情，就回宫了。

太子走之前，特意向应绯衣多看了几眼。但是，应绯衣始终没有正面看过他。

送走太子后，易少卿回到房间里，把门关上。

应绯衣几乎要虚脱了，她的手撑着桌角，勉强保持着神智。

“为什么……要叫我去？”

易少卿缓缓走到她面前，凝视着她的脸，叹了一口气，说：“我希望你能够借这个机会，仔细观察一下太子。”

应绯衣抓住桌角的手越来越紧了。

“什么……意思？”

“你不要明知故问。我不相信你没有发现，太子的眼睛比以前更加让人感到不安了。他的眼睛越来越浑浊，甚至有扩大的趋势了。这是‘先兆’。”

应绯衣把头低了下来。

“你……想让我来决定吗？”

“这是你的工作。”

易少卿忽然走到房间左边的书桌前，敲了敲桌面，桌子的一角忽然弹开，他从里面取出了一个卷轴。

他打开了卷轴。卷轴上画着一个大大的、紫色的眼睛！

“你应该知道……当今皇上，正是当年黄妃娘娘生下的孩子，天生就有紫色的眼睛……皇上他，在刚出生的时候，就被那扇门背后的东西诅咒了……”

第二天，在午时前的半个时辰，皇宫东门已经聚集了一群马队。

一身锦袍的太子背着弓箭，意气风发地位列马队最前面。他身旁是两个骑着马的英俊青年，一个是易少卿，另一个是将军刘震。

刘震将军虽然年轻，但是武艺高强，骑射本领更是出众。他的主要任务是率领驻守都城的禁军，多数是直接受皇帝统御的军队。

“人都来齐了吗?”太子扫视了一番身后的马队，大概有几十人。太子要外出狩猎，侍卫自然很多。

应绯衣骑着马，就在易少卿的身后。当太子回过头来时，她急忙低下了头。

那双紫色的眼睛，仅仅只是看着，就有一种灵魂要被摄取的感觉。她非常清楚地记得，母亲临死前的遗言。

纵然憎恨着这个国家，憎恨着皇帝，但是，母亲还是选择了这个世界。她要应绯衣拯救这个世界。

“绯衣，你要记住，不能让死报灵诞生。否则，凶冥空间和人间就会建立真正的纽带。到时候，会有很恐怖的事情发生。这个诅咒连锁一旦发动，就是人类的灭顶之灾。不到全人类死绝，那扇门就不会关闭……绝对不会!”

要阻止那件事情发生，应绯衣很清楚这一点。母亲因为过多干涉异空间，她的存在注定要被抹杀。所以，现在唯一的希望，就在自己身上了。

不惜牺牲代价，也要阻止死报灵的诞生。这，就是她的宿命。

当然，没有人知道这件事。这两年来，她每一天都活在噩梦之中。

“看来人都到齐了。”太子笑道，“那好，出发吧。”

马队浩浩荡荡地向东山进发，驰骋在都城大街上时，行人纷纷退避。而紧跟着太子的易少卿，不时注意着身后的应绯衣。因为，监视应绯衣，也是他的工作之一。

与他们的心事重重相反，太子非常兴奋。平日他待在宫中，很少有机会外出，每日面对着公文，过着日复一日的奢华生活，感觉生活很空虚。现在，终于有机会好好游玩了。

东山很广阔，从都城上山，一共有三个入口。最宽敞的一条路距离比较远，最近的一条路则非常窄小，而且道路崎岖。不过，太子下令要走这条路，他是喜欢知难而上的人。

这条小路旁的树木长得很茂盛，虽然现在是中午，却只有几缕阳光照射下来，光线也不强。

因为路不好走，马无法奔跑，大家都走得很慢。两旁树影密密麻麻，幽深并且充满神秘感，多少让人有些心悸。毕竟这是野兽横行的山谷啊！

刘震将军对太子说："殿下，真的要走这条路吗？臣认为不妥啊。"

"有何不妥？"太子不解，难道一个武将还怕吃苦吗？

"太子殿下，这里的路太过狭窄，两旁都是树木，如果野兽来袭，我等恐怕难以及时护驾。殿下的安危是最重要的，所以……"

太子哈哈大笑起来，从身后摘下大弓，说道："刘将军多虑了，以我的箭术，猛兽怎能轻易近身？何况狩猎要的就是这样的气氛嘛。大家说，是不是？"

易少卿却赞同刘震的话："殿下，微臣也认为，刘将军的话有道理。如果殿下真的决心要走这条路，还请让我等围绕殿下前行，一旦真的有突发状况，也能保您无虞，请勿推辞。"

太子哭笑不得地说："好了好了，少卿，别这样好不好？我有那么弱，要你们如此保护么？"

不过，听他们这么一说，太子不由得朝两旁的树木看了看。

不看不打紧，他居然真的发现，在右侧的树影中，似乎有一个黑乎乎的东西在地面上爬动。

太子立即握紧了手上的弓。

那是什么？兔子？狐狸？从体型上判断，不像是狼。

太子微微一笑。想不到刚进来就有了猎物。

他本打算张弓射去，但是又怕侍卫们有动静，惊吓了那个动物，让它逃走。于是，他打算先仔细观察一下，于是放慢了骑马的速度。

这时，易少卿注意到太子在看着右侧的树木，他的目光也朝那里看去。但是，易少卿什么也没有看到。

忽然，那个爬动的黑影加快了速度，向着林子深处去了。速度快得惊人！

太子急了，立刻策马向林子深处冲了进去！

“太子殿下！”易少卿大喊一声，随即追了上去。

太子很快又看到了那个爬动的黑影。这一次，他看清了那个动物的轮廓，看起来像是一只猴子。

奇怪的是，那个动物似乎爬得并不快，可是太子不断策马追赶，就是追不上。

太子急了，立刻张弓满弦，射出了一箭。箭没有射中，没入了一棵树的树干上。

太子的好胜心被激了起来，他连射了好几箭，但就是没碰到那个动物。

跟随在他身后的易少卿也急了起来。他看太子不断射箭，似乎在瞄准什么东西，但却看不到他在射什么。

接着，连太子的身影，从易少卿的眼里看来，也变得模糊了。树木实在太茂密了，而照射下来的阳光又很暗，分辨不出方向了。

“殿下！殿下！”易少卿最后急得大喊起来。

这时，他听到身后传来马蹄声，回头一看，应绯衣、刘震等人也追来了。

应绯衣看着太子快要消失的身影，忽然捂住了心口，脸上开始现出惊恐之色。

易少卿和应绯衣相处了两年，还从未见过她这么害怕的神情，一时大惑不解。但是，他随即明白了。

太子追逐着那个黑色动物，跑了很久，再也看不到那个动物了。

他不禁有些丧气，自己一共射了十多箭，居然没有一箭射到它的身上？太离谱了！

就在这时，他的脑海里，然后出现了一个奇怪的声音。

“过来……过来吧……”

这个声音非常突兀地从脑海中浮现出来，太子没有反应过来，那个声音就如同咒语一般反复回响着。

“过来……过来……你是我们选中的人……”

太子感到浑身战栗，双脚发软。他忽然从马背上摔了下去，全身都瘫软了。

周围非常安静，看不到易少卿他们。这是哪里？

就在太子挣扎着要站起身时，他朝身旁一看，顿时惊得浑身发抖，又倒在了地上。

在他的马上，居然……坐了一个人！

不，那真的是人吗？

那个人的脸完全腐烂了，左眼凸出眼眶，晃晃荡荡地垂着，脸颊上到处都是红色的痣，密密麻麻的，而他的嘴巴，根本没有唇……

最为恐怖的是……他居然穿着和自己完全相同的衣服，并且……也有着一双紫色的眼睛，正盯着自己看！

太子看着那个骑在马上的狞鬼，一时间瞠目结舌，忘记了逃走。

他的身体瘫倒在地上，直到那双紫色眼睛凝视着他时，他才猛然警醒，双手不断拨动着草向后挪着，大口喘着粗气。

少卿呢？刘震呢？侍卫们呢？快来救我啊！

太子连颤抖的力气都没有了。

逃走……逃走！这是太子现在脑子里唯一的念头！

他挣扎着站起身，不敢再回头，撒腿就跑。然而，他才跑出了二十米远，身后就传来了马蹄声！太子的那匹马脚力很快，他是很清楚的。被这匹马追赶，自己被追上只是时间问题。

但是，太子哪里敢停下脚步？他只能扯开嗓子大喊：“刘将军……刘将军！少卿，少卿！快来救我！”

他现在唯一的希望，就是大队人马可以及时赶到，否则，他也许就要在这里送命了！

“救命——救命啊——”

他拼命地狂奔，但是马蹄声越来越近，他根本不敢回头去看，那张脸，只看一眼，就要做噩梦了！

“到……落英阁……去看看……”

身后忽然传来了一个声音。一个非常熟悉的声音。

那是……他自己的声音！

“那里……有绝对的真实……”

这句话说完以后，太子居然回过头去看了。他的马还在奔跑着，可是马背上已是空空如也。

太子昏了过去。

易少卿正紧张地寻找太子，在他的建议下，马队全部分散开，四处搜寻太子下落。

此时每个人都是心急火燎，在林子里不停地大喊“太子”，可是，没有任何回应。

易少卿看几个回来的侍卫都是满面阴霾，内心无比焦急。他怎么也没想到，这次出来狩猎，居然会发生这样的事情。他不知道太子到底在追赶什么，如果是猛兽，那就危险了……

他刚想到这里，忽然听到有人大喊：“找到太子了！”

易少卿顿时心里大为宽慰，连忙循着声音策马赶去。

太子是在树林里被发现的，此时他不省人事，不过气息尚存。

“速带太子回宫！”易少卿立刻下令，同时给刘将军使了一个眼色。

半个时辰后，太子躺在他的卧榻上，太医梁风正在为他把脉。

“殿下似乎是受到了惊吓，稍稍休息即可。”

太医在这么说的时候，身后只有易少卿和刘震将军。太子昏迷的事情，皇上还不知情。

“有些话，我想私下和二位大人说。”梁太医压低声音说。

易少卿点了点头，对身后的宫女太监们说：“你们全都出去，没有我的命令，不要进来。”

易少卿又把门关上，对太医说：“梁太医，你请说。到底是……”

“太子虽无大恙，可是……”他指了指太子的眼睛。

易少卿和刘震仔细地看了看太子的双眼，但是，看了很久，他们都不明白何处有异。

“太医，还请明示。”

梁太医指着太子的左眼，说：“你们不觉得，太子的左眼似乎有些凸出眼眶吗?”

听他这么一提，易少卿又仔细观察了一下，发现真的是这样！虽然并不明显，但是太子左眼的眼球略略凸出了眼眶。

梁太医又指着太子的脸颊，说：“你们看，虽然还很模糊，不过，太子的脸上好像开始生出许多红斑来。”

凸出的左眼，红色的斑点……易少卿忽然感觉脑子一阵眩晕。

那天晚上……方滨秋被面具诅咒杀死的那一晚……他看到过同样的一张脸……

易少卿很是不解，为什么自己的脑子里会多出这些莫名的信息来，可是，眼前的一切，开始让他生出了恐惧。

太子他……他到底是……

易少卿和应绯衣穿过一条长廊，长廊上每隔五米就站着一名带刀侍卫。这些侍卫是国内数一数二的高手，如果他们想杀死一个人，只需要数秒即可见血封喉。即使只是经过他们身边，他们散发出的气势，也让人的步履有些沉重。

两名侍卫在门前守卫，见是易少卿和应绯衣，行了个礼。

易少卿注意到，这些侍卫都是生面孔。这两年来，皇上把皇宫里的侍卫都换了，这些都是他的心腹，只听从他的命令，任何大臣都无法命令他们。

不仅如此，这两年来，各地的精英军队也都抽调到都城来，地方的兵权逐渐被削减。即使是皇上信任的刘将军，也只是统率军队，但如果真的要调兵，也需要皇上的圣旨才行。刘将军是刘妃娘娘的兄长，是不可能背叛皇上的，更何况他本人也是忠心可鉴，但皇上还是不能完全信任他。皇上的变化越来越大了。

要不是有重要的事情禀奏，易少卿绝对不会来御书房。因为他知道，皇上不喜欢在御书房里写字时被打扰。

来到皇上的御案前，易少卿和应绯衣齐齐跪下，口称："吾皇万岁万岁万万岁！"

易少卿一直不敢抬头，直到一个严肃有力的声音说："平身吧。"他才抬起头来。

一身龙袍、留着美髯，容颜还未苍老的皇上，那双紫色的眼睛依旧让人感觉妖异和恐惧。

"易爱卿，"皇上将手中的毛笔搁在砚台上，坐了下来，徐徐问道："什么事情？"

"回皇上，"易少卿答道，"我们担心的事情，似乎要发生了。太子他……"

听到这里，皇上脸上的悠然神情立刻消失了，他勃然大怒起来，咆哮道："你说什么！"

这一吼，立刻引来了两名侍卫，跪地问道："皇上，出了什么事？"

"下去！朕又没叫你们进来！"

此时，皇上的面容因为愤怒而扭曲起来，他的手抓着砚台，似乎是要把它捏碎一般。侍卫们只能悻悻离开。

皇上的反应，远远超过了易少卿的预想。

"确认了吗？告诉我！少卿！"皇上的音量又提高了好几倍。易少卿皱了皱眉头，还是说出了事情的始末。

"我的想法是，太子殿下在失踪的那段时间里，发生了什么事情。这是唯一的解释了。"

皇上又重新坐了下来，沉思良久，才说道："应绯衣。"

"是，皇上。"应绯衣知道，现在该她履行职责了。

"你继续监视太子。等他醒过来后，详细询问一下情况。还有，这个消息要严密封锁。"

“是，皇上。”

“他脸上的红斑不明显吗?”

“不明显。如果不仔细看，是察觉不出来的。但是，时间久了……”

“终于，这个也要坏掉了吗……”

坏掉？这个措辞，让易少卿感到不寒而栗。太子再怎么说也是皇上的骨肉，是有血有肉的人啊。

想到这里，易少卿上前一步说：“皇上，容臣斗胆进谏。太子的状况，毕竟比较特殊。我认为，可以让梁太医先诊治一番。何况太子现在还在昏迷中，具体情况，我们都还不知道啊。”

皇上看了看易少卿，说道：“这几年，你和太子私交甚密，我也是看在眼里的。难道，你是不忍心?”

“不是的，皇上，臣……”

“也罢！毕竟他是太子，是要接掌皇位的人。好了，就按照你说的做吧。”

“是，臣遵命。”

易少卿的后背已经湿透了。到底是怎么了？他总觉得一切好像都那么不真实，就像置身在梦境之中。

在太子的寝宫里，躺在卧榻上的太子缓缓睁开了眼睛。

“到……落英阁去看看……”那是他自己的声音说出来的话!

刚一醒过来，太子就感觉头很痛。那张恐怖的面孔，说出了自己的声音……那是怎么回事?

而且，那个人还穿着自己的衣服，甚至能驾驭只有自己才能驯服的烈马……

一个毛骨悚然的念头在太子脑子里产生出来……莫非……他是……

到落英阁去？太子知道，那是在父皇出生之后，就成为皇宫禁地的地方。因为落英阁里存在着无法想象的诅咒，任何人也不能靠近。那个地方，现在由易少卿和应绯衣负责管理。

落英阁的诅咒，主要的表现就是“紫死病”。父皇降生之后，就有着异于常人的紫色眼睛，他是背负着异类的名声而长大的。

父皇能够在众皇子中脱颖而出成为太子，着实是费了一番工夫的。然而，在他登基后，依旧有不少势力对他相当不满，尤其是那些跟随先帝的元老，内心都不太服父皇。

父皇是一个“妖孽之子”，这是皇宫中公开的秘密。而落英阁，是皇宫里最为忌讳的言辞。

父皇的孩子，现在活下来的只有他和桓真，其他孩子都罹患了紫死病。就是因为这紫色眼睛，导致一出生就患病死亡。只有他和桓真是例外。他的母后生下他之后就去世了。桓真是刘震的妹妹刘妃所生，而且是唯一一个眼睛乌黑的孩子。

宫中的人都说，紫死病是落英阁带来的。但是，太子一直很不理解，既然落英阁如此可怕，为何父皇不命人摧毁它呢？先帝也是如此，他并没有毁掉落英阁的打算。其中的缘由，始终是一个谜。

太子打定了主意。他要查出落英阁背后隐藏的真相。

与此同时，在刘妃的寝宫里。

“真的吗？哥哥？”

刘妃从刘震那里听说了太子的事情之后，不禁喜上眉梢。

“如果这是真的，那么真儿就有机会了！”

刘震连连点头，其实他心里打的也是这个如意算盘。如今皇上只有两个皇子，如果太子出事的话，那么得利的自然就是桓真了。如果他能够成为太子，自己也就能够得到更大的利益。

深夜。太子的寝宫外，一名太监提着灯笼巡逻。皇上密令他们严密守卫太子宫。

这名太监叫小林子，最得太子信任。他也不知道为何皇上下这个命令，但是，他只是一个奴才，只能听从命令。

这会儿已经是三更时分了。虽然很困，但他还是要坚持下去。再过半个时辰，就有人来换班了。

夜色下，朦胧的树影在地面上摇晃，还真是有些骇人。

小林子走着走着，手中的灯笼突然毫无预兆地熄灭了！

他吓了一大跳，手一松，灯笼掉在了地上。

在眼前的黑暗中，他看到地面上有一个黑黝黝的东西正在爬行！

小林子壮着胆子问道："谁……是谁！"

此刻他正站在太子寝宫外的长廊上，周围是墙壁和护栏，过道比较狭窄，这么一个黑黝黝的东西突然出现，实在是令人心惊胆战。

小林子立刻往回跑，想大喊来引起侍卫们的注意，可是，他一回头，竟然发现……眼前还是有一个黑黝黝的东西在爬行！

"那……那是什么？"

他不断地后退，身体碰到了一根柱子。这时，他可以看到那两个黑黝黝的东西在向他接近。

忽然，他发现了一件奇怪的事情。他的脚，似乎并没有踏在实地上。他还没有反应过来，他的身体就迅速腾空了，一下到了柱子顶端，紧贴着柱子。

"这……这是怎……"他惊慌失措，这时，一只手突然从柱子后面伸出来，死死掐住了他的脖子！

"啊……啊……"就在他拼死挣扎的时候，下方忽然发出了光亮。

那两个黑黝黝的物体，此刻能看得清清楚楚了。

那是……两个怪物！两个像婴儿一样的怪物！

其中一个的头是斜着长的，手竟然从脖子长出来，脐部还生出了第三只脚！另外一个的头顶中央居然凹陷了进去，整个身体呈"W"形，就像一条蛇！

之所以会有光亮，是因为……他们都有着紫色的眼睛，此刻突然发出了光芒！

第二天，小林子的尸体被发现了。

那是极端骇人的死法。一根极粗的长钉子贯穿了他的咽喉，把他的身体牢牢地钉在柱子顶端。

易少卿把这一带全部封锁了。在太子的寝宫外发生这样的诡异惨案，实在是难以想象的。

不幸中的万幸是，被杀害的只是一个奴才，否则不知道会有多少人被牵连。

那根刺穿小林子喉咙的钉子，足足有半米长，而且钉子通体黑色，看起来……

易少卿开始感到恐惧。自从他掌管落英阁以来，从没有像如今这么恐惧。

这钉子……他不得不产生了一个可怕的猜测。难道……落英阁里的那些东西……跑到外面来了吗？

太子寝宫，书房内。

太子的身体已经基本恢复了，此时易少卿和几个刑部的官员站在他的面前。大致听了这起血案的始末，太子的脸色越变越难看。

“易尚书。”

“臣在！”

“让应绯衣入宫来见我。我有一些事情要问她。”

太子回想着一系列的怪异事件，加上现在小林子的死，他无法再冷静了。绝对有什么事情发生了。

从很小的时候，他就生活在随时会被紫死病夺走生命的恐惧中。他有着紫色的眼睛，也知道和他的眼睛一样的那些皇子出生后都没有活下来。

虽然随着时间的流逝，他顺利长大了，也成了太子，但那个压在心头的恐惧始终无法挥去。紫死病是一个如同诅咒一般无法理解的疾病，一旦罹患这种病，就只有死亡的下场。

太子很清楚这一点。他开始害怕了。那个穿着自己的衣服、用自己的声音说话、骑着只有自己才能驾驭的马、有着紫色眼睛、面貌恐怖的怪物……仿佛就是自己……而那个人叫自己去落英阁……

太子打算先和巫女应绯衣见一面，问问情况。时间恐怕不多了。

他注意到，他的寝宫附近的侍卫人数增加了，而且父皇开始限制他在宫中的行动。虽然名义上是叫他养病，其实和禁足无异。果然……他要发病了吗?

下午，应绯衣来到太子的书房。太子平时喜欢骑射和练武，无心看书，他对于练习书法也没有太大兴趣。

应绯衣进入书房后，太子注意到，她还是不愿意正眼看着自己，始终低着头。

例行的拜见之后，应绯衣安静地坐在太子对面，等候他的发问。

太子知道，如果不开门见山，她不会说出事情的核心。所以，他索性问道:“绯衣小姐，请告诉我和落英阁、紫死病有关的一切吧。我想知道所有情况。我知道，这是最高机密，然而我是储君，对于宫内的事情，我有知情权。请你告诉我吧。”

应绯衣没有回答。

“落英阁里……到底有什么?”

太子急切地追问道。他想要知道答案！落英阁里究竟有什么不可告人的秘密！

“那不是太子殿下您应该知道的事情。很抱歉，”应绯衣依旧不肯抬起头来，她用平稳的语调答道:“我不能说。”

太子沉默良久，他说道:“绯衣小姐，请你抬起头来。”

然而，应绯衣不仅不听从他的命令，反而把头埋得更低。她不能看那双眼睛。落英阁的秘密，当然更不能和盘托出。

在这个皇宫里，了解全部秘密的，只有七个人。

“绯衣小姐，你到底怎么了？为何不肯抬头？这是我的命令！”太子不禁有了怒意，语气也加重了。

这时，应绯衣才不情愿地略略抬起头。当她的目光接触到太子的一刹那，她的眼神变得很迷茫。她的眼睛失去了神采。

应绯衣把头昂了起来，居然……歇斯底里地大叫起来！她像是被什么东西附体了一样，就这样很失态地在太子面前拼命大喊大叫。

守候在外的侍卫们立刻冲了进来。

她疯了吗？太子愣住了。即使在侍卫冲进来后，她的叫声也没有停止。

接着，应绯衣双眼一闭，整个人瘫倒在地。

应绯衣被送回尚书府的时候，已经是傍晚了。当易少卿看到她那憔悴得几乎凹陷的面颊，几乎不敢相信自己的眼睛。

是夜，太子的寝宫外。

比平时多了两倍的侍卫，将寝宫围成了铜墙铁壁，而且，这些侍卫都是皇宫内高手中的高手，全部只听从皇上的命令，如果没有圣旨，即便是太子也无法命令他们。

侍卫们接到的命令是看护太子，限制他的出入，如果有人要来看望太子，除非是皇上本人，否则都需要出现皇上钦赐的令牌。

太子知道，自己已经被软禁了。狩猎事件之后，他想要见父皇，可是都被拒绝了。

父皇要他好好休养身体，但是，太子知道，父皇害怕他知道落英阁的秘密。他是太子，将来迟早会承继帝位，按理来说，父皇不应该对他有任何隐瞒。如果，父皇真的有无论如何也不希望他知道的秘密，难道说……那个秘密会对自己不利吗？如果知道了那个秘密，自己就会对父皇采取什么行动吗？

他让所有太监宫女都退出书房，一个人呆坐在案几前，心情无法平静。

如果他要查明落英阁的秘密，那么首先要做的，就是要逃脱软禁。

太子的脑子飞快思索着，计划离开这里的方法。

在宫中，值得信任的还有谁呢？

他的母后已经去世，虽然桓真和自己关系不错，但是毕竟他的年纪太小，而且他母亲必定觊觎自己的太子之位。

他唯一能相信的人，只有易少卿了。他打算让易少卿入宫，然后和他商量对策。易少卿和自己是好朋友，他应该会帮自己吧？再怎么说，自己是未来的皇帝，只要自己登基了，易少卿就是功臣。他应该会动心答应吧？

太子不能坐以待毙。想到这里，他有了打算。

他把案几上的纸揉成一团，又铺了一张纸，写了一封让易少卿入宫的信。

当然，考虑到这封信被拦截的可能性极高，他在信里没有提及重要内容，只说希望易少卿入宫，陪他下几盘棋。二人是好友，宫中无人不知，估计皇上不会起疑心。

今晚月色皎洁。太子寝宫外的侍卫们笔直而警惕地站着，周围有任何风吹草动都瞒不过他们。

因为一个太监被杀害，侍卫们都严阵以待，不敢有一丝一毫的懈怠。皇上已经给他们下了命令，除他以外，任何没有令牌就闯入太子寝宫的人，杀无赦！而太子也不能离开寝宫。

皇上的命令严苛到这个程度，侍卫们自然都心领神会了。太子恐怕是要失势了。

寝宫外围有三名侍卫守卫在大门前的长廊，他们面目肃然，手握刀鞘。只要有刺客来袭，无论从哪个方向过来，他们都有信心瞬间击杀对方的性命。

侍卫们目不斜视，也不会去看身旁的同伴。这时，一名侍卫忽然听到身旁传来声音，连忙转头去看。

眼前的情景让他惊呆了……怎么可能！那名同伴的脸上也是错愕的表情，而他明显已经没命了。

一根又粗又黑的长钉贯穿了同伴的脑袋，长钉从后脑刺入，从额头穿出，一滴血也没有流下来。

而一个身体犹如蛇一样的矮小侏儒，就骑在那名侍卫的肩膀上，手里正拿着钉子的一端。

这等诡异的景象，让这个侍卫感觉置身梦中，许久才回过神来，他刚要拔刀，忽然感觉心口一阵疼痛，还来不及喊出声，胸前就已经穿出了黑钉。

太子寝宫外的侍卫无一幸存。他们都是身体被黑钉刺穿，几乎都在同一时间遇害。

寝宫的门，被推开了。沿着暗暗的走廊，他们爬动着。

太子已经把信写好了。他把毛笔搁到砚台上，又拿起信纸看了几遍，确认没有问题了，就把信折好，喊道："来人啊！来人啊！"

可是，没有任何回答。

走廊上堆满了侍卫、太监和宫女的尸体。他们全都面目扭曲，被黑钉穿透身体。浓烈的血腥味很快就传到了太子的房间。

第12章

〔千年怨咒〕

皇宫外的尚书府内。应绯衣忽然惊醒了。

“不……不！不可以！”

她的惊叫声，惊动了下人们。一名侍女刚进入房内，就看到应绯衣满面惊恐地对她说：“快……快一点儿！去叫醒尚书大人！让他马上来见我……不，让他立刻进宫！发生可怕的事情了……”

这时，应绯衣想的只有一件事情……绝对不可以让死报灵诞生！绝对不可以！否则，就意味着大灾难的降临！

没有人进入书房。太子感觉很奇怪。他把信收好，放在身上，缓缓走到门口，把门打开。他探身向前方的走廊看去，眼前是一片漆黑。

忽然，一个侏儒模样的黑影，迅速从走廊尽头掠过！

太子差点儿惊叫出来……这是那一天在东山看到的、爬动的黑色动物！

如同侏儒一般……不，与其说是侏儒……那更像是婴儿！

易少卿和应绯衣坐在马车上，火速赶往皇宫。

“你确定吗？死报灵真的要诞生了？”易少卿虽然早就料到会有这么一天，可没想到会来得那么快。

“是的！”应绯衣不时拉开马车的帘子，只恨速度还是太慢。

“所谓死报灵，就是宣告诅咒诞生的邪灵，也就是把恶兆带到这个世界的使者。只要没有死报灵，诅咒就无法完全成立。可是，一旦死报灵诞生……”

必须要尽快阻止！一定要阻止！

太子缓缓地向长廊的黑暗深处走去。血腥的气息愈加浓烈了。

“怎么会这么暗？”

太子走路的时候不敢发出声音，就连侍卫都不敢喊。走了一段路，他忽然感到不对劲了……

他现在走的长廊……居然没有尽头！这条长廊绝对没有这么长的！

就在这时，他注意到，前方墙壁上出现了一个黑点。

那个点开始旋转起来，很快越变越大，形成了一个漩涡。而那个漩涡又忽然分成了两半。最后，变成了……一扇黑色的门！

马车终于到达了皇宫东门。

“停下！”守卫在宫门口的侍卫当即拦下了马车。

易少卿把头探出马车，对侍卫说：“刑部尚书易少卿，有要事进宫面圣！”

因为天色很暗，侍卫走近看了看，确定是易少卿无疑，就放行了。

皇上曾经吩咐过他们，易少卿可以在任何情况下随意出入宫廷，不需要令牌。他虽然只是刑部尚书，但是他是皇上的心腹和幕僚。

此时应绯衣心急如焚。绝对的恐怖即将降临了……

黑色的门，就这样突兀地出现在太子面前。

太子脸色惨白，那扇黑色的门出现的一刹那，他就感觉浑身都失去了力气，连灵魂也似乎被抽走了。

有什么东西……在那扇门后面！

这时，他想起了在东山密林中，脑海中出现的话语。

“我们……选中了你……”

“我们”是谁？选中了我？太子就这样眼睁睁地看着眼前发生的

匪夷所思的事情。

黑门缓缓地打开了。

在黑门打开的一瞬间，一股冰冷的寒风吹了过来。太子的手脚完全僵硬了，他根本无法移动，就连眨动一下眼睛也做不到了。

黑暗之中，一个隐隐的轮廓开始浮现出来。

“我们选中你了……”

一只手出现了。接着是第二只，第三只……

无数的手出现在门的另一端，那个黑暗中的影子也愈来愈清晰了。

“原本是没有意志的，只是需要一个‘源头’。”应绯衣清楚地记得母亲告诉过她的话，“对人类而言，所谓的恐怖，就是未知的、属于黑暗和死亡的事物。没有人知道死亡之后的归属是什么，所以这一点带来了恐怖。而这个恐怖的源头，就是……”

人类的自知。没有自我，也就不存在恐怖。如果是一个傻子，即使是面对鬼魂，也不会感到恐惧。就算第二天要死去，也不会觉得有什么可害怕的。人类的自知，将恐怖的源头创造了出来。

凶冥空间正是一个通过这样的“源头”创造出来的属于某个世界的恐怖。无论是哪一个空间的生物，只要存在着对恐怖的感受，就绝对无法脱离凶冥空间的诅咒！

“不可以让死报灵诞生……绝对不可以！”

落英阁，是凶冥空间和这个世界的最初接触。黄妃的死，皇上被诅咒，都是为了让死报灵诞生出来。

死报灵就是凶冥空间融合了人类自知的存在，一旦诞生出来，就会产生出让这个世界的人类感到恐怖的无数诅咒现象。

黑暗中的影子终于完全显露了出来。

太子看着眼前诡异的东西，只感觉自己一定是在做一个荒唐至极的噩梦。

一个完全被黑色斗篷笼罩起来的身形，漂浮在他的面前。那些手还在门的那一边胡乱挥舞着，里面不停传来狞笑声。

太子看得很真切。那个被黑斗篷裹得严严实实的身体里……什么都没有。

太子的心跳在不断加速。

那个漂浮的黑色斗篷开始靠近太子。周围变得愈来愈暗。

接着，那个斗篷开始斜躺下来。它的头的部分——如果里面真的有头的话——开始靠向太子。

皇上猛地打了一个激灵。他此刻正躺在龙床上，和一个妃子睡在一起。他忽然从梦中惊醒，感觉胸口像被堵住一样难受。

“来人……快来人啊！”

易少卿和应绯衣赶到太子寝宫前，映入眼帘的都是尸体。侍卫们都被黑钉刺穿身体死去了，死状无比凄惨。

“全都……死了……”易少卿简直不敢相信，以这些侍卫的实力，即使面对一支军队，也能抵挡很久，看守寝宫的至少有五十人，居然一个不剩地全部被杀死了吗？

看到这个光景，易少卿犹豫起来。论武艺，他和这些被杀死的侍卫中的任何一个相比，都是天渊之别，不管杀掉他们的是什么来头，现在自己就这样进去，岂不是送死吗？

应绯衣毫不犹豫地就要冲进去，易少卿连忙拦住她说：“喂，你疯了吗？我们应该去多找些人来才行啊，就我们两个人的话……”

“如果死报灵诞生，就是这个世界的灭顶之灾！难道现在是顾及自己性命的时候吗？”应绯衣根本不考虑那么多，她一心只想阻止死报灵诞生！

那个黑色的斗篷变得越来越朦胧了。

太子眼睁睁地看着斗篷逐渐化为一股黑色烟雾。那些烟雾飘散着，开始进入他大张着的嘴巴里！

此时，太子连叫都叫不出来了，烟雾不断涌入他的嘴里。

就在这时，一支箭射了过来。那支箭穿透了烟雾，那个斗篷立刻又化为了实体。

箭准确无误地插在斗篷头部的位置。

太子茫然地朝箭射来的方向一看，是应绯衣！她拿着一把长弓，正搭着第二支箭，易少卿站在她的身边。她的箭术确实不俗。紧接着，第二、第三支箭也射了过来。

涌入太子体内的烟雾飘散出来，回到了斗篷上面。斗篷缓缓地回到那扇黑门的背后，消失了。

应绯衣射完箭后，一下跪在地上，浑身几乎没有了力气。

她作为巫女的力量，几乎耗去了一半，才勉强将那个不完全的死报灵逼了回去。只要不和人类融合在一起，不具有人类的自知，凶冥空间就无法造出人类能够感觉到恐怖的诅咒。

可是，她消耗掉的巫力，也并不属于这个世界。再这样下去，她没有信心能继续镇压住凶冥空间。

“果然如此吗？”

此时夜上三更，皇上在御书房听着易少卿的报告。他吩咐身边的一名太监，说道：“传朕的口谕，叫刘将军入宫。”

“皇上，您？”易少卿已经猜到皇上要做什么了。

“朕要让禁军围住整个皇宫，不许任何人进出！从即刻起，皇宫进入最高警戒！守备各处的军队，有多少士兵就派多少过来！这是朕的江山，怎容得这些鬼东西作祟！”

皇上无比震怒，远远超过当初知道太子身体有了变化。

“太子现在在哪里？”皇上最关心的还是这个问题。

“太子目前人事不省，微臣暂时将他安置在桓真皇子的寝宫里。”

皇上坐了下来，考虑良久，终于下定了决心。

“朕允许你调集一部分禁军，将太子……处死！至于理由，你随便想一个就可以了，不用向朕汇报。”

御书房里，此时只有皇上和易少卿两个人，随侍的太监已经出去传皇上的口谕了。

尽管早就预料到皇上会这么说，可是听到他亲口说出这句话，易少卿还是惊得头晕目眩。皇上要求自己去处死太子！

“皇上，即使真的要处死太子，依律，也应当由刑部……”

“朕拟圣旨，赐死太子，难道他还敢抗命？”

皇上掷地有声地说出这句话来，而且他已经在桌上铺开圣旨，准备写了。

易少卿当即跪了下来，叩头道：“皇上！微臣冒死进谏，请皇上三思啊！目前宫中血雨腥风，大臣们惶恐不安，这个时候赐死太子，难免落人口实，让人怀疑……”

“住口！易少卿！你想造反不成？这是朕的命令，你如果抗命，知道后果吧？”

此刻，比起落英阁里的那些怪物，易少卿更加惧怕面前的这位帝王。对于太子，他下不了手。太子一直信任自己，将自己视为挚友。如今，太子却被皇上彻底抛弃，连生命也要被夺走。

“皇上，臣……不敢。”

“不敢就好！现在你带着朕的圣旨前去，罪名是意图刺杀朕，那些侍卫和之前那个太监的死，都推到太子身上吧。太子如果抗命，就由你亲手处死他！明白了吗？”

皇上开始书写圣旨，不一会儿，他写完了，盖上了玉玺。玉玺被盖上的一瞬间，也就意味着一切都没有转圜余地了。

易少卿站起身，接过了圣旨。

“臣……领命。”他接过圣旨的手一直在不停颤抖。他手中拿的，是让太子万劫不复的凶器。他将成为亲自将太子的性命断送的刽子手，而他却无力反抗。

他是臣子，向他下令杀死太子的是君王。君为臣纲，这是天经地义的事。所以，他必须杀死太子！

不到半个时辰，整个皇宫被禁军围得水泄不通，整个都城的军队都集结到这里来了。皇宫内顿时人人自危，都知道要出大事了。

桓真的寝宫内。

太子还在沉睡，没有醒过来。桓真陪伴在皇兄身边。忽然，他听到外面有人喊："圣旨到！"

桓真立刻奔到外面。

大堂之上，易少卿随同一队禁军士兵入内，刘妃和众多宫女太监已经跪了一地。

"刘妃娘娘，请太子殿下出来接旨。"

"是。"刘妃这时看到桓真走出来，忙说道："真儿，快去叫你皇兄出来接旨。"

易少卿的心狂跳着。他知道，只要太子一出来，他宣读圣旨，就要立刻处死太子了。

太子性格开朗，待人和善，和任何人都相处得很好。官员们都想和太子套近乎，以求将来他登基后能捞到好处。但是易少卿不同，他是真心把太子视为挚友的。所以，现在他对太子有强烈的罪恶感。

这时，太子醒了。他摸了摸暗藏在内衣里的短刀。

"终于……要来了吗？"

桓真走进屋里，见太子醒了，立刻过来说道："皇兄，你醒了？太好了。易尚书来传父皇的圣旨，你稍稍梳洗一下出去接旨吧。"

"圣旨？"太子冷笑了一声，说道："桓真，你先出去，跟他们说，我换件衣服，马上就出去。"

桓真点点头，立刻走出去了。

太子在桓真出去后，立刻将门锁上，随即打开窗户，迈了出去。

现在皇宫里已经遍布禁军人马。太子也估计到了这一点，他的目的很简单，必须要想办法进入落英阁。而在那里守卫的人，更是多得数不胜数。

久久等不到太子出来，易少卿开始感觉到不对劲了。

他命令禁军士兵道："你们进房间里去看看是怎么回事！不得对太

子殿下无礼！”

士兵们进去之后，很快出来回道：“太子殿下不见了！”

易少卿大骇。难道太子已经察觉到了吗？

他立刻下令道：“快去通知刘将军，传令下去，务必找到太子殿下！记住，不能伤害他，要把他毫发无损地带到我这里来！”

太子知道，那道圣旨多半是对自己不利的。但是他无论如何也想不到，父皇会下那样的命令。违抗圣旨，纵然自己贵为太子，也是逃不过惩罚的。

但是，太子要早一步找到真相。他来到落英阁前，指望那些侍卫还没有接到命令，所以大大方方地走了过去。反正硬闯也是没有任何胜算的，只有孤注一掷了。

落英阁是父皇的母后——黄妃娘娘居住的寝宫。这座寝宫很大，外围大概有三十多人把守，这些人全都是千里挑一的高手。

在落英阁前，太子已经感觉到一股萧瑟气息。大门外的几名侍卫也注意到了太子。

这些侍卫的领头快步走到太子面前，跪地道：“参见太子殿下！殿下，这里是皇宫禁地，还请殿下速速返回。”

“父皇传我口谕，要我来落英阁查看。还请行个方便。”太子随口胡诌道。当然，这个谎言被揭穿是早晚的事，但是太子为了知晓落英阁的秘密，不惜一切代价。

“请殿下恕罪。没有皇上的圣旨或者通行令牌，属下不能让太子殿下进入落英阁。”

“大胆！”太子怒斥道，“你胆敢抗命？”

“属下怎敢！只是皇上命令我等把守此地，严令除有通行令牌或圣旨者，任何人都不得入内。请太子殿下不要让属下为难。只要太子拿来令牌，属下岂敢不放行。”

看来，已经不可能以太子身份进入落英阁了。太子缓缓从怀中抽出短刀，迅即架在侍卫头领的脖子上！

旁边的侍卫们大惊失色。太子架着短刀，对侍卫们喊道："还不快让开！"

太子也是拼上了一切。他知道，不解开落英阁之谜，恐怖的现象就会不断在皇宫里蔓延。

侍卫头领也很错愕，如果袭击他的是别人，他绝对不至于让人把刀子架在自己脖子上。但是太子的这一行动太出乎他的意料，以至于他竟然没来得及做出反应。

侍卫头领决定看准时机，抓住太子殿下拿刀的手脱困。就在他寻找机会时，身后忽然传来了许多人踏步之声。

太子连忙转身去看，只见无数士兵从四面八方涌来。他们是一路循迹追踪而来的，毕竟太子在宫内走动太显眼了。领头的人正是易少卿。

"殿下！你在做什么？"少卿被眼前这一幕惊呆了，连忙说道："快放开魏头领！殿下，请你接皇上的圣旨！"

"少卿，我必须进去！我要知道落英阁里到底有什么秘密啊！"

易少卿听得心惊肉跳，就在这时，侍卫头领猛然抓住太子的手，猛地一劈，太子手臂疼得放下了短刀。侍卫们一拥而上拿住了太子。

"太子殿下，请接旨！"易少卿打开了手中的绢帛，开始宣读起来。

"奉天承运，皇帝诏曰……"当易少卿宣读完圣旨，公布了太子的"罪状"以及要当场处死他的命令后，在场的每一个人都惊呆了。

太子整个人瘫软在地，怎么也不敢相信易少卿所言是真的。他原本以为，圣旨顶多是剥夺他的太子之位，而现在……居然是要杀死他？

"我要见父皇！开什么玩笑，说我要谋夺皇位？我是太子啊！我何必那么做？少卿，一定是父皇弄错了！一定是有人陷害我！"

"抱歉，殿下，这是圣旨。请接旨……"

这时，侍卫们因为太震惊，一时之间没有抓紧太子。太子忽然抓起地上的短刀，猛然冲向易少卿……

皇上走进了御书房内的秘道。他提着一盏油灯，沿着一个古旧的台阶向下走着。这是一个盘旋的阶梯，通向大约十米以下的地底。

不知道怎么的，他今天突然想到那里去看一看。

这个秘道，皇宫里只有他一个人知道。当初帮他设计这条秘道的工匠，事后给了他们封口费，都到距离都城很远的地方去了。因为工程是在地下进行的，所以也没有人发现。当然，一点儿痕迹也不留下是不可能的，易少卿就注意到了。

油灯的火焰越来越微弱，这是因为地底的氧气不充足，但是皇上却感到有些心悸。

他下了诛杀太子的命令。

他至今还清楚地记得自己十岁时的光景。那个时候，他刚被立为太子。先帝将自己立为太子的时候，不少开国的重臣都反对先帝的决定。很多大臣都认为，自己的来历太奇怪了。

他的母亲黄妃，并非是受到先帝宠爱的妃子，先帝只是偶然临幸了她一次，就怀上了自己。可是自己出生那一天，落英阁里发生了难以想象的惨剧。他天生就有着异于常人的妖异紫瞳，许多人都将自己视为妖孽。

可是，先帝很看重他，在他很小的时候，先帝就经常来教他读书认字，给他请来最好的武术和骑射的老师。所以，大臣们很早就担忧他会成为太子。有一个晚上……

“你们别过来！”

太子把短刀架在易少卿的脖子上，对已经将他团团围住的士兵和侍卫们咆哮道：“谁也别过来！”

与此同时，他在易少卿耳边低语道：“对不起了，少卿，我实在是没有办法。”

太子绝不能这么不明不白地被父皇赐死。能够解开一切谜团的，只有眼前的落英阁了。

“你们让开！我要进落英阁去！谁敢拦我，我就杀了易尚书！”

众人都面如土色，他们简直不敢相信自己的眼睛。太子看起来似乎是发疯了，谁也不敢保证他会做出什么事情来。

易少卿看大家都不动，皱着眉头说：“你们都聋了吗？快让开啊，难道想让我死吗？”

他决定了。既然太子一定要死，那么，至少要让他亲眼看看落英阁的真相吧。

侍卫们听易少卿这么说了，终于让开了一条路。

“把落英阁大门的钥匙扔过来！快！”

侍卫头领犹豫了一下，就解下钥匙，扔给太子。

太子眼疾手快地接下钥匙，接着，挟持着少卿，一步步地向落英阁走去。

侍卫们不敢再拦他，太子顺利地来到落英阁门前，把钥匙交到易少卿手中，说：“把门打开！”

落英阁的大门上，那把已经生锈的铁锁，随着“咔哒”一声，打开了！

太子进入大门后，侍卫和士兵们全都呆立在门口，谁也不敢追进去。进入落英阁是重罪，就连皇亲国戚也不能幸免，持有皇上的令牌才可出入。

大家都知道皇上杀伐决断的性格。当年先帝驾崩，皇上登基后，做的第一件事情，就是用各种手段，将当初反对先帝立自己为太子的大臣一一诛杀，没有留下一个活口。

“快去通知皇上！要出大事了！”

落英阁是一个非常朴素的居所，不是很华丽的寝宫。这也是因为，当年黄妃娘娘并不是特别受先帝宠爱，而且也只被临幸过一次。

这些年来，这里已经变得破败不堪。房间里只摆放着一张桌子、几把椅子和一个屏风。不过还挺干净，看来一直有人打扫。

“少卿，对不起了。”太子放下短刀，说：“你走吧，带我去看。我想知道落英阁里隐藏着什么秘密。你是受父皇之命宣读圣旨，我不怪你。可是，父皇为什么要这么做？”

易少卿沉默许久，看着太子急切的眼神，叹了一口气说：“为什么你也会……”

“你说什么？”

“到了这个地步，瞒着你也没有意义了。有一件事情，可以告诉你了。”

易少卿像是下了很大的决心，终于说了出来：“紫死病，是不存在的。那是我们捏造出来的谎言。”

太子只觉得头晕目眩，手上的短刀差点儿没拿稳。

“你……你说什么？”

“走吧。我带你去看你想知道的真相。”

房间的左侧有一扇门。将门推开，眼前是一条长廊。长廊的尽头又是一个房间。

“殿下，我先声明。接下来你看到的，绝对是超越你常识的景象，你绝对很难接受的。不过，希望你……”

易少卿实在是找不出什么言语来安慰太子了，他叹了一口气，什么也不说了。

走到尽头时，太子推开了门。

“绯衣，太子殿下来了。梁太医，不用紧张。”

太子看到面前的景象，无法相信自己的眼睛。这样的画面怎么会出现在人间？

这个房间很大，似乎进行过改建，把墙壁敲去后合并成了一个房间，里面没有任何家具。四面的墙，都被漆成了黑色。

天花板上垂下了许多铁钩。而每一个铁钩上，都插着四到五个……婴儿！

皇上来到秘道的最下方。那里放着一个灵柩。

走到灵柩前，他缓缓地打开棺盖。里面有一副穿着衣服的白骨。

拿着油灯，凑近白骨，皇上轻轻抚摸着头骨。

“母后……”他嘴里喃喃地说着。

不受先帝宠爱，只因为一次偶然的临幸才怀上了自己。如果生下龙子，必然可以母以子贵了。

“当年的你，是那么想的吧？我只是你欲望的工具而已。”皇上凄凉地笑道，“人类所恐惧的那些东西，我在小时候就经历了。那天晚上……我十岁生日的那天晚上，那个穿着黑袍、隐没在一片黑暗中的东西出现在我面前……”

紫色的眼睛是标记，那是订立了契约的标记。

黄妃为了能够实现自己的欲望，和凶冥空间订立了一个契约——一个身为人类，绝不应该订下的契约。

“为什么……那些是什么东西？”

太子瞪大眼睛看着那些被铁钩挂起来的死婴。那些真的是人类的婴儿吗？

那些婴儿没有一个拥有人类正常的身体和面貌，不是扭曲着身形，就是五官极度骇人。而且，所有的婴儿都有紫色的眼睛！这些死婴的数量，绝对不在一百以下。

“紫死病，是我们造出的谣言。”站在死婴下面的梁太医说道，“那些对外宣传死于紫死病的皇子，全部都在这里。拥有紫色眼睛的皇子，一出生就是如此丑陋恐怖的形态。这是王室的耻辱，皇上当然会把他们葬送在这里。”

太子说不出话来。这些死婴……都和自己有着相同的血脉？即使他们如此丑陋，可是，他们一出生，就被剥夺了生命？自己是因为并不丑陋，才免于一死吗？

应绯衣跪在太子面前，说道：“殿下，我知道，在你看来，我们的罪恶纵然万死也无法赎回。但是，我并非为了自己才这么做。我的母亲临死前，给我留下了遗嘱。无论如何，也不能让黄妃娘娘的血脉——也就是你父亲，以及你父亲生下的这些孩子——得以存活。之所以让你幸免，是因为你的情况比较特殊，所以我认为，也许你不会被死报灵选中。可是，那只是我的一厢情愿。”

那些触目惊心的死婴，让太子感到一阵眩晕。他终于忍不住了，扶着墙壁大吐特吐起来。这里简直是人间地狱！

“为什么……不杀掉你们？”太子忽然暴怒起来，他抓住易少卿的衣襟，大吼道：“为什么不杀掉你们？该死的是你们才对！死的却是小林子他们……为什么！”

“因为我们有血眼卷轴。”易少卿早就料到太子会有这样的反应，平静地答道：“那是前任巫女用巫力印下的鬼眼标记，我们七个人都有一份，除此之外也有不少备份。有了那个卷轴，它们就无法对我们下手。不过，那种巫力已经逐渐减弱了。”

“七个人？”

“是的，知道落英阁的秘密的人，在这个皇宫里，有七个。”

“你们……不是人！”

太子一拳狠狠地打向易少卿。易少卿刚倒在地上，太子又打出第二拳、第三拳……

“我是什么？你们把我当成什么来看待？我是真心把你当成是朋友的！可是……可是，你们到底都做了什么？你们居然……”

就在太子又要挥下一拳时，一只有力的手忽然抓住了他的手腕。他回头一看，是刘震将军！

他也是少数获得皇帝许可，能够进入落英阁的人之一。

皇上合上了灵柩。

忽然，一阵风吹来，油灯灭了。

在灯火熄灭的一刹那，皇上忽然看到，在灵柩旁边，有一张满是红斑、左眼凸出的恐怖面孔！

母后的遗骸就放在那里。她和凶冥空间签订了一个契约。

“让我的孩子，成为这个国家的皇帝。”

人类区区一个欲望，带来了无尽恐怖。人类最初的恶，引导了那扇黑门的开启。

死报灵，就在那些欲望之中寻找签订契约的机会。

太子醒过来的时候，他的身体已经被锁链缠绕在落英阁密室的柱子上。眼前是他昔日最信任、视为知己的人。

“为什么……”

太子看着眼前的易少卿和应绯衣，如同在看着陌生人。

易少卿……自己昔日的知己，如今却要对自己挥下屠戮的刀刃……为什么偏偏是少卿？

刘震将军冷眼看着太子，说道：“殿下，如今你已经被皇上赐死，我们身为臣子，只是奉旨行事，请你莫怪……”

“刘震！”太子疯狂地咆哮道，“你以为我不知道你在想什么吗？我死了，太子之位自然就属于你的外甥桓真了！你心里巴不得我死吧！”

易少卿叹了一口气，对刘震和应绯衣说：“你们先出去吧，太子由我亲手……”

应绯衣会意，立刻离开了房间。刘震虽然不满易少卿的指挥，但他是皇上面前的红人，得罪他没有好处，只好也离开了。

密室里只剩下了易少卿和太子。易少卿开始觉得，太子的面孔变得越来越模糊了……梦中那模糊的身影……那疑似皇族的锦袍……是的……就是他！

孙伯绍在梦和现实的边缘徘徊着。梦，即将醒来了。

“七个恶鬼……”易少卿的脑海里出现了这四个字。他不知道这意味着什么，可是，那四个字始终无法挥去，犹如梦魇一般。

“少卿，是你吗？最终要杀我的，居然是你吗？”

太子的嘴唇翕动着，很久才说出这句话来。

“我尽力了。杀你，不是我的主张。”

易少卿只有这短短的回答。这不是辩解，这是他坦诚地向太子表明自己的真心。

“我不能背弃家族的忠义。父亲随同先帝征战，是无上的荣耀。如今天下四分五裂，到处都是背叛和杀戮。我国偏安南方，但是谁也不知道何时会陷入动乱。唯有忠义之臣，才能撑起国家。我不可以成为叛臣，这是为了家族，更是为了国家。”

太子沉默不语。他的那双紫瞳一直凝视着易少卿。

“所以，父皇要你杀我，身为臣子，你不能抗命，是吧？你不是像应绯衣那样，是为了拯救天下苍生？”

“少卿惶恐，臣区区微薄之躯，何以担负天下？我只是尽人臣的本分而已。君为臣纲，父为子纲，此乃人伦，更是大义。违背大义，和那些叛臣贼子何异？请殿下体察少卿的苦心。少卿不敢奢求殿下原谅我，但是，少卿今日所做之事，绝非为一己之私，而是为了忠义。”

“忠义？”太子冷笑起来，接着变成了号啕大笑：“忠义！父亲要杀儿子，这是哪门子忠义！你这是愚忠！比起你，我更欣赏你口中的那些叛臣贼子！至少，他们不会轻易把刀横在儿子的脖子上！我恨你……易少卿，你这个伪君子，满口仁义道德，却是一个真正的杀人恶魔！我诅咒你……你不是人，你是一个恶鬼！”

“长得丑陋就是诅咒吗？因为担心被诅咒，就提前铲除对自己不利的婴儿，把生命肆意玩弄，还一副理所当然的样子……易少卿，在我现在看来，你比我那些死去的皇兄皇弟们……丑陋百倍，千倍！”

易少卿的表情丝毫未变。

“我能理解殿下的心情。我不会让您感到痛苦的。殿下，最后，还有什么遗言吗？”

“告诉我，七个人是谁？你说的七个知道落英阁秘密的人，都是谁？父皇自然是一个，还有你、绯衣、梁风、刘震，还有两个人是谁？

是谁！”

易少卿问道：“这是殿下死之前，最后的心愿吗？”

“是……是的！”

说这句话的时候，太子几乎把嘴唇咬出血来。

于是，易少卿告诉了他。

“一个是刘妃，因为生下桓真的时候，他的情况大为不同，但是我们不能保证今后就一定没事，与其一直监视刘妃，不如告诉她实情，因为她为了桓真的利益，也会和我们合作。”

“原来如此。那最后一个呢？是谁？告诉我！”

易少卿沉默了很久。当太子又要再度发怒的时候，他缓慢地吐出了两个字。

“桓真。”

桓真……桓真是谁……

小夏在镜子前，忽然用手蘸着妈妈的粉底，写下了这两个字。

这好像是一个非常熟悉的名字。想起来了……他是桓真，前世是一个皇子。

所以，他才害怕润暗的那双鬼眼，才害怕自己也因为那恐怖的血统，变得像那些皇兄一样恐怖。他们不是人，是怪物啊……他们是诅咒的根源！所以，他们都得抹杀掉，要彻底地铲除！

桓真在一次偶然的机会，从母亲和舅舅的对话中，知道了落英阁的秘密。在那之后，他加入了他们。

每当妃子生下畸形的婴儿后，梁太医都会宣称是死胎，死于紫死病，然后将婴儿带到落英阁杀害。

桓真亲手杀死过很多这样的婴儿。那些都是和他有血缘的兄弟，却有着那么可怖的面貌。所以，杀害他们的时候，桓真从来没有过罪恶感。无论是撕开他们的胸膛，还是挖出他们的心脏，砍下他们的头颅，桓真都做过。

“是他……是他……”

那个可爱的皇弟，他也是将自己推入万劫不复深渊的人之一吗？

“你们都不是人……”太子的泪水不断地滴落。一个人，怎么可以做出这样的事情？

“你们根本不是人！你们比那些鬼魂更加恐怖，更加邪恶！你们是披着人皮的恶鬼，你们七个人……全部都是恶鬼！”

忽然，太子的眉心插入了一支箭！

他不敢相信地看着眼前的情景。他的父亲——皇上——手上拿着一把弓。

“你不是朕的儿子。你是鬼，你是恶鬼！你去死吧！朕是九五之尊，朕是天子！朕怎么可能有你这种怪物儿子！你们是我的污点，是我的耻辱，就和这个我出生的落英阁一样……我要把你们全部葬送在这里，和那扇暗无天日的门一样！”

易少卿看着皇上。这狰狞的神态，这疯狂的语言……他看起来，真的就像一个从地狱中爬出来的恶鬼！

太子忽然看到，在皇上的脑袋后面，缓缓地……缓缓地……冒出了一个人头！

那是人吗？那凸出的眼珠……那扭曲的面容……以及……那紫色的眼睛！

“啊——”

孙伯绍醒过来了。他看着自己的双手。

“这双手……是恶鬼的手……”孙伯绍完全忆起了自己的前世，他终于明白了“七个恶鬼”的真正含义。

千年以前，太子死去之后，成为了死报灵。而他无法伸张的怨念，和那些被杀害的婴儿的鬼魂结合在一起，形成了一个巨大的诅咒。一个千年也无法化解的诅咒！

看守凶冥之门的他们，让屈死的冤魂附体在人类身上，形成了所谓的灵异体质，润暗、润丽和闻紫魅都是这样的情况。他们因此拥有了和他们一样的紫色鬼眼，而对应七个恶鬼，鬼眼也有七种。

千年来，他们利用鬼眼的力量，搜寻着那七个恶鬼的转世。现在，七个恶鬼终于都被找到了。

任森博看到了他和董事长，也就是易少卿和前世的皇上。

宁洛看到了黎鸿命，也就是前世的刘震。

唐英瑄看到了方凯，也就是前世的梁太医。

童莫炎看到了明华睿，也就是前世的刘妃。

约翰看到了琉璃，也就是前世的应绯衣。

而润暗，他看到了小夏，也就是前世的桓真！

第13章
〔阿静最后的秘密〕

一切似乎都被隐藏在这峰峦重叠的大山之中。

润暗和阿静走着艰难的山路，按照闻紫魅笔记上画出的地图，寻找那个地方。

那幅地图画得并不很清楚，但是标示得很准确。这一带是未开发的山区，远离城市，树木看起来都有很大的树龄，几乎都是苍天擎柱一般的巨树。

越是深入山区，那种压抑的气息就越明显。

“真的可以找到，那个叫陆晓冥的人吗？”润暗内心怀着巨大的疑惑。

然而，这是目前唯一的希望了。可以避开凶冥空间诅咒的希望。

与此同时，在高宁市。

“荒唐透顶！”明华睿指着眼前表情严肃的孙伯绍说，“孙先生，我敬重你是伊先生的朋友，才来见你一面，可你居然和我谈什么前世今生的诅咒，你不觉得太荒唐了吗？”

“哦？”一旁的琉璃意味深长地说，“你不是灵异网站的记者吗？居然不相信前世今生？”

“那……那是两码事！”

明华睿大学毕业后，就开始在“冥府之门”网站工作。虽然她接触了不少莫名诡异的事件，但是她对于鬼神之说始终很难完全相信。

和她的反应完全相反，黎鸿命完全相信了。

“也就是说，前世的我是一个将军，在那个落英阁里，屠杀了无数被诅咒的婴儿？然后，那个太子会来找我们七个人索命？”

身为医生的方凯，在方滨秋出事后，已经心如死灰，他听着大家的讨论，完全没有反应。

“现在的问题是，”黎鸿命提出了一个疑问，“那个桓真皇子的转世在哪里呢？”

孙伯绍摇头道：“不知道呢。不过，我可以确定，目前在这里的六个人，都是七个恶鬼的转世。”说到这里，他看了看坐在沙发上脸色苍白的董事长——杀害自己亲生骨肉的暴君的转世。

孙正延终于明白了，他当初为什么如此恐惧任森博的紫色眼睛，那是他前世犯下的罪孽的印迹。他很害怕，从灵魂深处感到害怕。那正是太子的眼睛，每一个被杀害的皇子的眼睛。

这里是孙正延在高宁市买下的一幢房子。他知道，自己或许无法活着离开这里了。

前一天，他立下了遗嘱，他的律师已经返回国外。遗嘱的内容是，他死后，所有财产全部由润暗和阿静继承。他原本以为，这样自己就可以坦然地在死后面对灵秀了。

可是，他死后，真的还可以见到灵秀吗？灵秀还能原谅自己吗？

“总之，我不相信！”明华睿猛地甩着头说，“今后你们也别再来找我了，我就当今天没来见过你们！”说完，她夺门而出。也没有人去阻拦她。

“生死不由人，她既然不信，那就没办法了。”孙伯绍叹息着摇头。

琉璃是接受自己的前世最自然的一个人了。连她自己也都感到很意外，事实上，她怀疑自己复苏了一部分作为巫女应绯衣的记忆。

她自然也是太子仇恨的对象，这是毫无疑问的。尽管前世的自己，是为了遵从母亲的遗命，可她杀害了那么多无辜的婴儿，也是事实。而且，自己也是杀害太子的帮凶。太子是没有理由原谅自己的，绝对没有。

"那么……"孙正延终于抬起了头，看着面前的孙伯绍、琉璃、方凯和黎鸿命。

"你们……都能够接受吗？我们在前世犯下的罪恶？"

除了方凯，另外三个人都点了点头。孙正延看向方凯，他始终低垂着头，一言不发。

"梁太医……"不知道怎么的，他本来是打算叫"方医生"的，可话到了嘴边，居然变成了"梁太医"！

听到这三个字，方凯猛地一个激灵，他的头迅即抬了起来，当他看向孙正延时，居然情不自禁地说道："皇上……"

孙伯绍和琉璃都是一惊。这种情形，和他们二人先前的情况何其相似！那么，这意味着什么？

太子的冤魂，历经千年才找到他们的转世。他们真的没救了吗？

在前世，是血眼卷轴保护了七个人免遭鬼魂索命。如今，这卷轴只有一份，却有五个人。

孙伯绍也只有将卷轴分割，五个人各执一份了。根据他对前世的记忆，这样做应该是可行的。

但是，死报灵历经千年之久，还会和当初一样吗？谁也没有把握。

更何况，被凶冥空间诅咒的人，又如何能够逃出生天？所以，他们的希望就全部寄托在去寻找陆晓冥的润暗和阿静的身上。

周围的树木不再那么茂密了，面前出现了一条宽敞的路径。路径上没有杂草，可见这是一条常有人通行的道路。

有一队人从润暗和阿静的面前走过。那些人全部穿着白色长袍，身体严严实实地裹住了，脸上全部都戴着一张面具。那个面具实在太过诡异了。面具上画着一只大大的、血红的眼睛。

他们中有人注意到了润暗和阿静。领头的人停下了，其他人也朝这边望过来。

“你们是来旅游的人吗?”领头的戴面具的人问道。

润暗索性向前迈了一步，说道：“我们是来见贵宗的陆宗主的。我叫伊润暗，这位小姐是任森博先生的女儿，名叫任静。”

此言一出，顿时引起了一阵骚动。这些戴面具的人立刻把二人团团围住。

领头的人缓缓走近润暗。因为戴着面具，润暗看不到对方的容貌，但是，他能感觉到对方的敌意。

“离开这里。不要再让我们看见你们!”

在闻紫魅的笔记里提到，如果对方不愿意带他们去见陆晓冥，可以说出任森博的名字。可是，现在的情况却和笔记中记录的不同。

润暗知道，自己不可能回去。生存的唯一希望就在眼前，他怎么可以离开？不见到陆晓冥，他绝对不会离开。

“烦请你帮我们通报陆宗主，我们有很重要的事情要见她!”目前没有别的办法，润暗只有低头。

那个戴面具的人，不带任何感情地说：“你们离开！我不想再说第二遍!”

“让开，润暗。”

阿静走到润暗前面，对那个戴面具的人说：“鬼眼宗的教徒果然还是和以前一样无礼。”接着，她伸出了右手。

那个戴面具的男人立刻警觉起来，然而，他随即愣住了。

阿静的右手手心上，有一个绿色的小药片。

“你认得这药吧？鬼眼宗的人不可能不知道。让宗主来见我吧。”

润暗十分讶异，阿静拿着的药片是怎么回事？

“抱歉，润暗，这件事我一直瞒着你。我制作的所有药剂，无论是变色龙药水，还是亚空间药水，它们的材料全部是受到凶冥空间影响生长出来的植物。”

润暗此时惊讶的程度，比之戴面具的男人更甚。

“阿静，你到底……”

“父亲很早就发现了，我和凶冥空间有着无法割断的牵连，我和那扇黑色的门有着深重的联结。不过，现在这些都不重要了。我只是想和你一起活下去，只是为了这个！”说到这里，阿静的眼中盈满了晶莹的泪水，“你……愿意相信我吗？”

戴面具的男人接过那片药仔细看了看。

“不错，不会错的！二位，失礼了，请跟我们走，我们这就带你们去见宗主！”

这座山是鬼眼宗的总坛所在。这个宗派因为有许多社会名流的支持，一直得以维持至今。

阿静正要跟着戴面具的男人走，润暗紧紧握住了她的手。

“为什么要问那种多余的问题呢。我从来没有怀疑过你，阿静。你愿意在什么时候、对我说多少都可以。在任何时候，我都相信你告诉我的一切。”

阿静不禁莞尔一笑。

“润暗，你一直都对我这么信任啊……”

明华睿机械地敲击着计算机键盘。

孙伯绍的话一直在她的脑海中盘旋，久久无法消逝。她知道他说的都是真话。他不可能知道自己的梦境。

在她的梦里，她的确是一名皇妃，而生下了一个健康的男孩。最重要的是……负责为她诊脉的太医，的确和方凯长得很像。

不可能理由有那么多巧合。那么，她会死吗？真的会死吗？

忽然，一阵风猛地从窗口刮进来，桌子上的文件落了一地。

明华睿朝四周看去，却发现……办公室里居然一个人都没有。

大家都去哪里了？她看了看表，是到午休时间了。

她放下手上的工作，打算出去吃饭。

可是，办公室的门，却被那阵诡异的风又一吹，猛地关上了！

明华睿整个人跌坐在地上！

就在门关上的一刹那……她清清楚楚地看见了……有一双紫色的眼睛，在门的后面看着她！

那是一双怎样怨毒和凶恶的眼睛啊！

明华睿瘫倒在地上，喉咙像被堵住了一样，只能发出一些意义不明的呜咽声。

这间小小的办公室，突然就变成了一个巨大的牢笼。明华睿的脑海中突然浮现起前世的一个个景象。

“太子？”明华睿在这一瞬间，恢复了所有前世的记忆。她曾经是皇帝的妃子，在落英阁内扼杀了许多被诅咒的婴儿。

“不……不要杀我……”明华睿的身体不断地退后，向房间的角落挪去。

这时，一阵更猛烈的风刮了进来！

明华睿被风吹得瑟瑟发抖，她抬手抓住窗台，勉强支撑着自己站起来，打算把窗户关上。

当她站在窗前，手刚伸出去的时候，一阵更强劲的风直朝她的面颊割来！她一时间睁不开眼睛。

就在她的眼睛半睁半闭之时，她忽然看到在空中隐约有一个身影正向这里冲来！

那是一个穿着古代人的衣服，有着一双紫色眼睛的人！

明华睿还没有看清那个面孔，那个浮动在风中的身影已经冲到了她的面前！

“啊——”

这阵风把窗户死死地关上了。

办公室里空无一人。

眼前有一条巨大的瀑布。瀑布之下的溪流上，石子组成了一条道路。这个地方的空气很清新，听着震耳欲聋的水声，润暗和阿静的心也都提到了嗓子眼。

就要见到陆晓冥了——鬼眼宗的现任宗主。

“父亲留下的药材，都是通过鬼眼宗获得的。无论是从它们背离了化学常识，还是它们互相融合后产生的特殊效果，都可以确定，那不是人类世界的物质。”

一路上，阿静开始向润暗解释她研制的药剂的由来。

“鬼眼宗的诞生，很大一部分原因是这些植物。即使是有化学研究还不发达的古代，萃取这些植物都可以炼制出无数神奇的药物。”

那些戴面具的人始终一言不发，听阿静谈论着他们的宗派。阿静也知道，他们不会插嘴。因为，她说的都是事实。

“那么，”润暗想了想，问道：“这个宗派的诞生，是因为想更进一步了解这些植物？”

“不完全是。就像有信奉神的人，也有信奉魔的人。对于鬼魂和灵怪，人类除了恐惧之心，也有一种崇拜之心。那个时候，拥有鬼眼的人开始通过各种渠道了解和七个恶鬼有关的事情。即使了解得不全面，但是，他们开始崇拜凶冥空间的存在了，继而就有了鬼眼宗。”

“那个绿色药片，也是用那些植物研制的？”

“差不多吧。那种药可以抑制凶冥空间对我的肉身的侵蚀，但是也会造成我体内生灵的崩溃。我的身体不断地在人类的身体和凶冥空间的门之间挣扎。”

“门？”润暗一时愕然了。因为混沌空间吞噬了路深槐，所以他已经不记得路深槐对他说过，阿静的身体是一扇门。

“是的，润暗。这件事情，我也应该告诉你了。”

阿静闭上了眼睛，深呼吸了一下，随即说出了一个令润暗难以置信的真相。

“任静……只是我其中的一个存在。我是凶冥空间的一部分，也就是历代鬼眼宗宗主应当存在的形态。我觉察到这一点之后，就成为了鬼眼宗这一代的宗主，并且有了陆晓冥这个名字！”说到这里，阿静停了下来。

“我……骗了你，润暗。我的确也被诅咒了，注定会死，但是，即使我死了，凶冥空间的门还是会再度出现。”

润暗无法置信地看着阿静，什么话也说不出来。

那些戴面具的人忽然把阿静围了起来。

“对不起，润暗。我们终究不是同一个世界的人。可是，至少，你要活下去……哪怕违逆死报灵，我也无所谓……”

这时，一颗黑色的小痣，出现在阿静的眉心。戴面具的人们全部跪在了阿静面前。

“其实，他们也没见过我真正的样子，在鬼眼宗里，任何人都是戴着面具相见的。”

忽然，阿静眉心那颗黑色的痣分出无数黑色的筋，覆盖住了她的整张面孔，看起来很骇人。

“我真的不是有心欺骗你的，在看到那本笔记以前，我也并不知道，原来我才是救你的关键。所以，我来到了这里，在你面前……说出一切真相。”

阿静美丽的面容，此刻变得如同厉鬼一般恐怖。

润暗站在原地，一动也不动。他还无法平复内心的震惊。

“那个绿色药片，我已经连续三天没有吃了。所以，我想应该差不多了。我要舍弃任静这个人类的身份，为了救你，作为‘陆晓冥’出现……”

接着，阿静的脸完全变成了黑色的，她的眼睛也瞬间化为赤红，而后，她的身体开始扭曲，双手环绕在胸前，开始盘绕全身，最后，头发也变长了。阿静的身体完全被黑色的长发覆盖住了。

戴面具的人们纷纷散开来，跪在地上叩头。

阿静的身体被埋藏在那些漆黑长发之中后，形体变得更为奇怪。

那些头发开始变得坚硬，互相交融在一起，变成了一扇黑色的门！

不知道何时，山谷已经完全被黑暗笼罩了。

阿静……就是陆晓冥？同时，她也就是解开自己的诅咒的关键。

接着，那扇黑色的门开始散发出一股股黑色烟雾，犹如瘴气一般，包围了润暗。润暗还是呆呆地站着。

他那缺失的右臂，被那团黑烟包围之后，却产生了变化。

原本空荡荡的袖子，居然变得鼓了起来！接着，一只完好的手掌冒出了袖口！

可是润暗根本连看都不看，他慢慢地向那扇门走过去。

“伊润暗先生……”

那个戴面具的领头人站起身，对他说道：“宗主之前给我们寄的信里吩咐，要我们取出在那扇门后面埋藏的东西，交给和她一起来的那个人。那个人，就是你。”

润暗没有任何反应。

“宗主的话我们当然不能不听。去年她离开时就交代我们，千万不要去找她。我们也知道，宗主已经时日无多了。”

“让开。”润暗面无表情地说。

“伊先生，请把血眼卷轴拿出来，这样才能开启这扇门，拿出宗主交代的东西……”

“你给我滚开！”

润暗一拳打在那个男人的面具上，又上前一步，紧紧扣住那扇门的把手，吼道：“阿静，阿静！你在开什么玩笑！你居然要这么对我吗？彻底舍弃人类的身体，就为了给我生存下去的希望吗？你到底在想些什么！”

可是，没有人回答他。陆晓冥，是鬼眼宗宗主的名字，也是阿静为今后行动的方便而起的假名。三年前，她母亲死后，父亲的笔记上说，要她去和鬼眼宗的人接触，他们会照顾她的生活。

于是，阿静戴上了陆晓冥的面具。同时，她也明白了，自己不是纯粹的人类，而是凶冥空间的门和任静的血肉融合的产物。这就是阿静所隐瞒的全部事实。

就在这时，那扇门忽然开了。

润暗正在惊讶，一只苍白而腐烂的手从门里伸了出来。

他的脖子立刻被紧紧扼住了……

小夏惊恐地看着窗外被黑云笼罩的天空。

“这是怎么了?”

还不等他反应过来，天空中盘旋的黑云忽然聚在一起，依稀组成了一张凶恶的面孔。

那张面孔无比狰狞，深陷的眼眶处有两道紫色的光芒。

“不……不要!”

小夏立刻拉上窗帘，汗水浸湿了他的后背。

“恶魔……恶魔来了……他不会放过我的……”

这时，门开了。他猛然抬起头，几乎尖叫出来。

走进来的，是他的妹妹小雅。

“哥哥，你怎么了?”

小雅已经不是第一次发现哥哥的异样情况了。他的状态一天比一天糟糕。

先是幻觉，再是不断照镜子，这几天是不断做噩梦。

哥哥的眼中已经满是血丝，他头发蓬乱，双颊深陷，看起来简直像一个早衰的小老头儿。

“哥哥，你说的恶魔是谁?”

“小雅，他要来找我了……皇兄……皇兄他要来找我了……”

“皇兄?你说的是谁啊?”小雅完全被弄糊涂了。

“是他……桓元皇兄，他要来杀我啊!他不会放过我的，绝对不会!”小夏用手死死地抓着头发和脸颊，不停地大喊。

就在这时，窗帘被大风吹了起来。

在那一瞬间，小雅也看到了窗外的天空中那个狰狞的面孔。而那个面孔的嘴巴居然一张一合的。

一个声音出现在小夏的脑海里。

“四天之后……就是你的死期!”

“到鬼水岛去!”

明华睿失踪后，孙伯绍终于做出了这个决定。

鬼眼咒……终于发动了!

此刻，在孙正延的别墅里，围坐在一起的被太子视为“恶鬼”之人的转世，为了寻求活下去的方法，做出了最后的决定。

“任静小姐告诉了我很多事情。”孙伯绍不厌其烦地再三向方凯、黎鸿命解释，“你们或许还无法了解，千年以前就开启了的这个诅咒连锁，有多么恐怖和绝望。只要遭受到诅咒，无论如何都没有办法摆脱和逃走。最终，只能够等待死亡降临。”

黎鸿命想要问什么，孙伯绍制止了他，说道：“当然，我们也不能悲观。至少，我们现在知道，那个叫陆晓冥的人掌握了凶冥空间的秘密。她是鬼眼宗现任宗主。关于她的资料，我掌握得不多，因为这个宗派有太多不为人知的秘密。”

接着，他开始解释“鬼水岛”。

“鬼水岛在三年以前被我买下。那个时候，我在调查和任静小姐有关的事情时，了解到那个岛是鬼眼宗传说中距离凶冥空间最近的一个地方，也为这个宗派避讳。这个岛位于安川市的沿海海域，岛上极其荒芜，寸草不生。后来，为了能够将来在那里居住，在董事长授意下，我在那个岛上盖了一栋别墅。现在，我们要到那里去。凶冥空间应该已经产生了某些变化。”孙伯绍边说边捏紧了手中的血眼卷轴。

润暗醒了过来。

他躺在一张松软舒适的床上，这里看起来是一个普通的民房，摆设很简单，只有最基本的家具，连一台电脑都没有。

“阿静……阿静！”

润暗起了床，跑出房间，四处寻找阿静。

这里像是廉价出租了房，通向外面的大门锁着。而且，哪里都看不到有窗户。

他只记得，昏迷以前，他被一只从凶冥之门伸出的手拉了进去。那么，这里就是凶冥空间吗？

他拿出手机，给润丽打了电话。电话居然接通了。

“喂，润丽吗？告诉我，这段时间到底出了什么事？”

“哥哥？”润丽一听到润暗的声音，非常激动地说：“你现在好吗？找到陆晓冥宗主了吗？”

润暗挤压着太阳穴，说道：“润丽，你先告诉我，自从我和阿静离开，过了多久了？”

“已经过去四天了。”

“有人死去吗？”

“嗯。”润丽说了明华睿失踪的事。

润暗点点头，他回忆起阿静的身体变化为凶冥空间的门，依然心如刀绞。他一定要去救阿静！

“润丽，听好我接下来要说的，全部转告伯绍。阿静和鬼眼宗的关系，估计他也没有查出来。阿静，她其实就是……”

润丽听着润暗讲述事情的经过，听得心惊胆战。而她听到润暗说，他现在就在凶冥空间里，立刻惊叫起来：“哥哥！那你现在……”

“我要说的就是这些，别为我担心。我身上带了很多阿静制作的药水，别怕，我不会再恐惧了。你跟着伯绍他们，我一定会回去的！我爱你，润丽！再见！”

润暗挂了电话。他知道阿静送他来这儿的用意，是要他查探出凶冥空间诅咒的真相。她的愿望是“和润暗一起活下去”。

这时，通向外部的大门忽然打开了。

润暗紧张地看着门外。外面还连通着一个房间。他走进去一看，这是一个摆设极少，朴素而雅致的房间，同样没有窗户，没有一丝光线。可奇怪的是，润暗却能看清这一切。

这个未知的空间里，还有不少谜团等着他去探索。在这里，一定有一切诅咒的源头！也就一定有解除诅咒的方法！

润暗在心中暗暗发誓，一定要再见到阿静，无论那要面对多大的艰险，多大的恐惧。如果是人的恐惧创造出了凶冥空间，那么，也唯有人的勇气，才能终结它吧？

润暗只能这样坚信着。他毅然迈开步伐，向着未知的前方走去……

小夏知道，今天就是他的死期了。

他凝视着眼前的镜子。镜子里的面容一如往常，只是更加消瘦了。

母亲忙于工作，没怎么注意到他的变化。小雅却是一直看在眼里。

死报灵已经宣布了他的预言。小夏深深垂下了头。

“对不起，皇兄，是我的错。”

他已经完全恢复了前世的记忆。然而，人生无法重来，更何况是前世。这样忏悔，又能够减轻多少悲伤呢？小夏不想死，却没有任何办法。

吃过晚饭后，母亲坐在电脑前算账，小雅则在做作业。小夏还是在盯着镜子。

这时，镜子里终于有了变化。

镜子正对着他的卧室门口，里面映照出一幅恐怖的景象。

一双溃烂的手抓着小夏母亲范茵的双脚，慢慢地拖出了卧室。她的身体倒在地面上，任凭那双手摆布，脸上满是血痕。而那双手的主人却隐没在门外。

小夏迅速回头去看。

什么也没有。卧室的门口一切如常。

当他再度把头转回镜子前时……

镜子里有一张满是红色脓疮、左眼球非常凸出的面孔，死死地抵住镜子。

一双幽深、妖异的紫色眼睛，正直视着小夏，接着，这张面孔张开了那没有嘴唇，只露着森白牙齿的嘴巴！

一声尖厉的惨叫响起，住在隔壁的润丽听得心惊胆战。

润暗已经不记得穿行过多少个房间了。

几十个……不，几百个……

凶冥空间内部只有无数的房间。那些房间都连在一起。

润暗注意到了一件事情。每一个房间里都有钟表，是指针完全停了、根本不走动的钟表。

阿静究竟想要让自己找到什么？润暗待在某个房间里，一直凝视着眼前的钟。

然后，他感觉到，眼前的光线开始减弱了。

润暗回忆着阿静母亲的话语。

“你们的诅咒是可以逃避的，也是无法逃避的……”

这时，他的身后清晰传来了什么东西被撕开的声音！

润暗紧咬嘴唇，双拳紧攥，心里反复对自己说：“不能恐惧……不可以恐惧……”

仿佛是一大张纸被撕开的声音在反复回响着。

润暗回过了头。

润丽来到隔壁，按着门铃，大声喊道：“发生了什么事情？有什么可以帮忙的吗？我是住在隔壁的……”

房间里传来了撕心裂肺的尖叫声。

“不……小夏！小夏！”

门打开了。小雅抓住润丽的手，哭喊着：“伊小姐，你快来帮忙……我哥哥出事了，他出事了！”

润丽大惊失色。小雅把她拉进了屋里。

只见小夏的半张脸已经被一面镜子吞了进去。他的母亲范茵正死死拉住他的身体，想要抵抗镜子的吸力。

镜子里只是映照出小夏留在镜子外的身体，并无异常。

润丽惊愕了几秒钟才反应过来，赶紧上前帮忙一起拉住小夏的脚，喊道：“加油啊，你不会有事的！”

可是，镜子里的那股力量太可怕了，润丽和范茵，加上小雅的力量，也拉不出他来。

“打碎……打碎镜子！”润丽忽然一闪念，在周围寻找可以用来打碎镜子的东西。

“不……不可以！”范茵哭喊道，“小夏在镜子里的头怎么办！”

就在这时，小夏的右手微微抬了起来。他的右手食指，指向了他的妹妹小雅。

接着，他勉强说出了一句话。

“她……是她！她就是……”

他的话还没说完，镜子里的力量忽然变强了，范茵和润丽的手同时猛地抓空，小夏的身体完全被拽进了镜子里！

润暗醒来的那个房间里，空气之中传来一个清脆的破裂声。

一道大大的裂痕凭空出现，一只腐烂的手从里面伸了出来。

接着，碎裂声变得越来越响。随着一道蓝紫色光芒闪烁，整个空间裂开了一个巨大的口子。

一把三米多长的血红色光刃伸了出来。冥裂鬼刃！裂灵鬼眼创造出来的鬼刃。如今，可以使用这一鬼刃的，只有……

那张无法言喻的恐怖面孔，从碎裂的空气中浮现出来。一声低低的吼叫声传来，身体随即露出了出来。一身华贵的锦袍，包裹着这具死了千年的躯体。

这就是凶冥空间的死报灵——太子桓元的亡魂。

他的身体朝润暗离开的那扇门飘了过去，进入了另外一个房间。

一切恢复了寂静，空气中的裂痕开始逐渐恢复。

过了十分钟，忽然又有一只手，从那裂痕中破空而出！

一个倩影很快跨入这个空间，她脸色苍白如纸，一下伏倒在地，不停大口喘气。

“终于……进来了……”

阿静捂住胸口，挣扎着站起身来。

“这里……应该就是把润暗送进来的地方……”

陆晓冥，是阿静前世的名字。

三年前，母亲死后，她开始被一些古怪的梦境纠缠着。在梦里，她的名字是陆晓冥。最近，她前世的记忆渐渐恢复了。

鬼水岛，一个远离中原的地方。唐王朝已经走向灭亡之途，兵荒马乱之际，晓冥的族人选择迁徙到了鬼水岛。

这是一个四面临海、和外界隔绝的荒岛。族人们在这里耕作，也有许多人出海打鱼，过自给自足的生活。

晓冥来到这个岛上时，才十四岁。一切的灾厄，就是在那个岛开始的……

阿静没有找到润暗。

“果然，他醒过来了。”她思索着该如何找到他。这个凶冥空间是无限广阔的，要找到润暗没那么容易。

“必须尽快和润暗见面才行。可是，在这里无法用亚空间药水。”就在这时，阿静注意到了墙壁上的挂钟。

这是一个指针停止不走的挂钟。在看到钟的一刹那，一股寒意从阿静的脚底猛地升起。她有了一种不祥的预感，立刻离开了这个房间。

润暗的面前，墙纸被撕开了大半，里面露出了一大片雪白的墙壁。而刚才，这堵墙还是好好的。

润暗倒退了几步。

“不……不能害怕……”

他几乎要把嘴唇咬出血来了，指甲深陷进肉里，强行压抑着从全身每一个毛孔喷薄而出的恐惧。他不能在这里倒下。

那些奇怪的钟表究竟有什么意义？停滞的指针如果全都指向同一个时间，还可以理解为这个空间内部的时间是静止的。但是，这些钟的指针的指向几乎都是不同的，不可能没有任何意义。

润暗继续向下一个房间前进。

阿静知道，死报灵一定也在寻找润暗。他被找到，只不过是时间问题。但她还是把他送进了这里。因为，她很确定，润暗不会死，在他的“死亡日期”到来以前。

从闻紫魅的笔记中得知自己就是解开诅咒的关键时，她就停止了服用那种绿色的药片。她没想到的是，这让她重新获得了预知能力。而且，就连她以前没有的能力，预知被诅咒者的姓名、容貌和死亡日期都可以做到了。

但是，随之而来的是巨大的恐惧。因为……她和润暗、润丽的死亡日期……就在后天！

没有时间了。她和润暗，会死在同一天。润丽也同样逃不掉。

她就给鬼眼宗总坛写了信，命令他们在自己去到那里之后，立即去找伊润丽、孙伯绍等人，告知他们自己预知到的死亡日期。

现在死期还没有到，所以，根据规则，死报灵不能杀死润暗。

她抬起手腕，看着上面戴着的三块手表。这些都是瑞士名表，误差几乎可以忽略不计，何况有三块。掌握时间，就是掌握先机。

“等着我，润暗，我就去找你了……”

阿静刚准备行动，忽然发现脚动不了了。

她惊恐地低下头一看，只见自己原本穿着的白色皮鞋，居然……变成了一双红色高跟鞋！

阿静还来不及反应，那双鞋子就自动走了起来！自己也被带着走了起来！

她立刻想脱掉高跟鞋，可是那双鞋子仿佛牢牢长在脚上，根本脱不掉！

阿静平时总是穿裙子的，所以她可以清楚看到自己腿部的情况。有许多红色经络从那双鞋子上延伸到她的腿部，开始向她的身上蔓延。

阿静咬了咬嘴唇，鲜血喷涌而出。

她把可以把手臂上的皮肤化为锯子的药水滴在右手上，手上立刻长出了锋利的锯齿。这种药水已经进行了强化，锯齿的坚硬和锋利堪比钻石。

接着，她闭上眼睛，挥舞着右手手臂长出的锯齿，把自己双腿膝盖以下的部分锯掉了！

她的上身重重摔倒在地板上，然后她双手撑着地面迅速逃走。脚上传来钻心的疼痛，她拼命咬牙忍耐着。

那双被切断的脚，已经完全变成血红色的了，居然开始奔跑起来，向阿静追来。

阿静推开了眼前的一扇门，爬入另一个房间。她回过头看那双被切断的、穿着红色高跟鞋的脚。它走到了门口，却没有进来。

阿静感觉很奇怪。它为什么不进来呢？这个房间的摆设也很朴素，但是墙壁和门的颜色都和对面的房间不同。

那双脚就停在门口，一动不动。

阿静抬起手，把门重重地关上了！

联想到那些奇怪的钟，阿静豁然开朗。她开始了解这个凶冥空间的一些规则了。

“原来是这样吗？”

她的右手已经恢复了，锯齿消失了。阿静又拿出腐朽粉，洒在膝盖断开的地方。一股黑色烟雾弥漫，她的膝盖以下又重新长出了完好的双脚。

“果然，在凶冥空间里，腐朽粉的效果更好了。”阿静回想起润暗的手臂之所以复原如初，也是同样的道理。

她又站起身来。眼前又是一个挂钟。

阿静冷冷地看着那个挂钟，向另一个房间走去。

她要找到润暗，必须要靠腐朽粉的感应。她把之前润暗使用的腐朽粉倒在手心上，那些腐朽粉就逐渐指示出润暗现在所在的位置。

“是……在这儿!”

阿静在心里祈祷着，一定要比死报灵更快找到润暗！否则，一旦润暗被抓住，即使死亡日期还没到，阿静也无法再救他了。违逆了死报灵的自己，也一定会被死报灵杀害。

第14章
〔鬼水岛的前世今生〕

阿静回忆着自己作为陆晓冥而存在的前世。

那一天，她去了鬼水岛上的那个洞穴。如果，那一天她没有去那里，也许一切都不会发生。

她只是觉得那里好玩，那个洞穴很深，在一个山丘下面，被她偶然发现的。因为洞穴里有些暗，所有她举着一根蜡烛，漫步在幽静的洞穴中，长长的影子映在地面上。

忽然，陆晓冥注意到，眼前站着一个浑身都被黑袍包裹起来的人。这个人极其突兀地出现在她的面前！

她还来不及思考，只见那个黑袍人上前一步，踩在陆晓冥的影子上。陆晓冥的身体顿时一动也不能动。

然后，那个黑袍人缓缓地沉了下去。他居然……沉入了陆晓冥的影子里！

夜晚来临了。

月光之下，那座岛屿的轮廓映入了眼帘。润丽睁大眼睛，看着鬼水岛，那个一切恐怖的源头。

陆晓冥只能眼睁睁地看着那个黑袍人沉入了自己的影子里。她感觉很恶心，像是有什么东西侵入了自己体内。

她忽然又能动了。她跪坐在地上，抚摸着地上的影子，不知所措。

她手里的蜡烛掉在地上，四周陷入黑暗，洞穴里一片死寂。

鬼水岛近在眼前，孙伯绍的心情紧张到了极点。

终于要直面凶冥空间了。甲板上不时吹来的海风，让他感觉有些寒冷。

“那个时候，为什么太子成为了死报灵呢？”

孙正延、孙伯绍和琉璃站在游艇的甲板上。他们前世的记忆已经恢复得差不多了。

“我当时明明已经射杀了他的。”孙正延抬起手，凝视着掌心，他回忆起前世杀死太子的情景。

“恐怕是因为太子的执念吧。”琉璃看向孙正延，说道：“太子当时已经被凶冥空间的一部分侵入体内，虽然前世作为应绯衣的我勉强阻止了他和凶冥空间的完全融合，可是，这个联结已经发生了。如果太子因为那个强烈的执念，在死去以后，主动和凶冥空间订下契约的话……”

孙正延低下了头。

“都是我的错吗？如果前世的我没有犯下那个罪孽的话……”

“别那么说，董事长。”孙伯绍看着这位落寞的老人，“前世的悔恨已经无法弥补了，重要的是我们的今生。不可以就这么轻松放弃，我们还没有到绝望的境地。”

“那个李睦夏，就是桓真，这一点已经确认无疑了。但是，我很在意的是，”琉璃说道，“润丽说，他在被拉入镜子以前，指着他的妹妹。那究竟是什么意思？”

“润丽也留意着这件事。放心吧，鬼眼宗的人现在监视着她，有任何动向都会向我们汇报的。”孙伯绍摸了摸贴身的口袋，“而且，有亚空间药水在，要在这个岛和高宁市之间往返，也是非常方便的，只要在那个岛也滴上药水，在两地之间穿行就是一瞬间的事。那样，遇到危险也能及时脱身。”

“这可靠吗?”孙正延心有余悸地问，“之前你们在乐福市的那个旅馆里，这个药水不是失效过吗？如果这次也……”

“是的，也有这个可能。”孙伯绍点了点头，接着又说道：“可是，现在不能顾虑这些了。既然无论待在哪里，都是必死无疑，那还不如到这里来搏一搏。我们没有别的选择了。”

几个小时前，小夏身上的诅咒应验后，鬼眼宗的人出现在孙伯绍等人面前，说明了原委。他们还交给孙伯绍一封阿静的亲笔信。信上写明了七个恶鬼转世的每一个人的死亡日期。信上还提到，阿静和润暗、润丽，后天就会死去。

黎鸿命、方凯和孙正延三个人，会在明天死去。孙伯绍和琉璃，会跟润暗他们一起，都在后天死去。

现在他们要分秒必争了。鬼水岛是凶冥空间和人间产生联系的起点。阿静在信里也说明了她前世的经历。

陆晓冥被那个黑袍人侵入影子后，变得很奇怪。村子里的人开始害怕她。她不再帮父母忙农活，而是在自家后院种植一些奇怪的植物。

那些植物的生长速度很恐怖，只需要几个时辰就能够成形。但更为恐怖的，是那些植物本身！它们根本不是人间的植物！

有些植物会开出长着人眼的花朵；有些植物会不断散发出血红色的烟雾，吸入烟雾的人都会变得凶暴残忍；最夸张的是一种植物，当它开花时，会长出人脸来，那些人脸惟妙惟肖，和真人的面孔根本没有区别，而且全都面目狰狞，整日整夜不断悲鸣惨嚎，令人心惊胆战。

陆晓冥就这样，从一个阳光开朗的农家女孩，变成了一个可怕的魔女。

村里人越来越害怕那些怪异的植物，他们终于决定强行摧毁那些植物，并把陆晓冥关了起来。她的父母帮不了她，也感到非常害怕。

然而，那些植物根本无法被摧毁。无论是用火烧，还是把根挖掉，那些植物都可以很快再长出来。而且，在毁灭植物的过程中，许多人被那些植物伤害，有几十人受了重伤，还有几个人疯了。而且，那些植物开始在岛上疯狂地蔓延开来。

不到一个月，那种人面植物就遍布在岛上的各个角落，无论白天黑夜，岛上都充斥着那些人脸的疯狂惨叫声。

本来，村民们商议着要杀死陆晓冥，或许可以阻止灾厄的蔓延。但是，陆晓冥的父母是村子里德高望重的人，他们不断苦苦哀求。最后，村长提出，如果陆晓冥可以想办法毁灭这些植物，不再让它们蔓延，就不再追究此事。

陆晓冥被村民们审问，让她交代那些植物的来历。其实，这个问题已经不是第一次问她了。但是，她每次都说，她回过神时，就发现自己已经种下了那些植物。至于植物的种子来源、如何毁掉植物，她根本就不知道。

无论如何逼问，她的回答都是一样，村民们最后甚至想对她动刑了。因为，这个岛是族人们安身立命的地方，大家不想回到被战火荼毒的中原去。

最后，陆晓冥提出，她可以对那些植物进行研究，一星期之内一定给大家答复。大家实在没办法，只好答应了。

于是，陆晓冥去采集那些植物的果实。奇怪的是，那些植物都不会去伤害她，她每次采集果实都非常顺利，甚至把人面植物上的人脸也给掰了下来，进行研究。村民们日夜守候在她家门外，期待她早日得出结果。

那个年代，还没有化学的概念。陆晓冥虽然有务农的常识，但是对于这些异形植物也是完全一头雾水。可是，她一接触到果实，研究就进行得异常顺利，从果实中萃取出许多成分。有些是红色粉末，有些是白色汁液，她将那些成分都保存起来，继续进行各种实验。

她研制出的第一种药剂，就是“亚空间药水”。阿静是根据前世的记忆研制出现在的药水的。后来，变色龙液体、催眠药水等等，她都陆续研制了出来。现在的药剂，有一部分是诺索兰公司改良后的产品，阿静也运用现代生物学和化学知识进行了研发。

陆晓冥还研制出了一些效果非常恐怖、已经被阿静封禁的药剂。腐朽粉是唯一的例外，因为阿静认为今后或许能派得上用场。

阿静记起，陆晓冥仿佛是被什么东西操纵了一般，把那些药剂用在村民身上进行实验。结果，不到半个月，鬼水岛上除了陆晓冥之外，就没有任何活物了。等她清醒过来的时候，她发现自己站在一大堆尸体中间。

那些植物依旧在鬼水岛上疯狂生长，陆晓冥感到越来越恐惧。她也不知道，这个岛屿这样发展下去，会变成什么样子。

终于，再也无法忍受这一切的陆晓冥用了亚空间药水，逃回了中原。这种药水的特性是，如果不在另外一个场所也滴上药水的话，到达的地点完全是随机的，无法控制。而陆晓冥去到的，正是那个引发了大灾祸的南方国家。

陆晓冥觉得非常痛苦，她无法掌控自己，体内像是藏了一个恶魔。她的双手可以创造出给这个世界带来恐怖的各种异形植物，并轻易地杀害他人，就连亲生父母也是死在自己手中。她决定封禁自己的能力。

在这个国家的都城定居下来后，陆晓冥还是会在不知不觉间又在各处种植那些异形植物。异形植物在都城内疯狂繁殖，很快引起了朝廷的重视，陆晓冥就被关入了刑部大牢。她研制的所有药剂都被送到宫里进行研究。

那些植物开始让都城的人们发狂，有很多人陆续死去。那些植物能杀人于无形。陆晓冥成为了一个魔女。她以为自己死定了。

可是，有一天，刑部尚书居然到大牢里来向她宣旨，封她为国家巫女，而她的工作就是继续研究那些植物，作为这个国家的秘密武器。

那时南方一带的局势还算稳定，可北方还是战乱连连，各地割据势力混战，一个帝王对于陆晓冥这样可以研制出杀人武器的人才，当然要好好利用，也许未来就能扩充国家版图。

为了笼络陆晓冥，皇上给她赐婚，把她许配给朝中一个年轻有为的官员，那个官员名叫应仕龙。

陆晓冥知道，应仕龙是皇上最为信任的大臣，这桩婚姻的意图再明显不过了。就这样，陆晓冥由毁灭了自己生长的村庄的魔女，成为了这个国家的巫女，并且嫁入官宦人家。

后来，陆晓冥终于控制了异形植物的生长。后来，她奉命和兵部合作，用那些植物萃取的各种成分研制各种药剂，包括可以对灵体造成伤害的药水。应绯衣向即将侵入的太子的黑袍射出的箭，箭头就涂抹了那种药水。

陆晓冥成为巫女后发生的事情，在阿静的信里详细记录了下来。

有一天，陆晓冥对皇上说明了继续进行药物研究的危险性。

“我希望可以终止研究。”

当时，皇上震怒地对她说：“什么！朕封你为巫女，把你许配给仕龙，就是为了让你把才能全部施展出来，为朕未来的霸业打下根基！朕还要给你增加研究的费用，你居然敢说终止研究？”

“皇上，”陆晓冥答道，“这种力量曾经让我迷失自我，毁灭了我生长的村庄，甚至害死了我的父母，我一直恐惧并憎恨着自己。所以，我知道这种力量有多么邪恶。”

“你到底想说什么！”皇上已经很不耐烦了。

陆晓冥提出了她的担忧和恐惧。

“这一年多来，我开始发现了一些事情。无论是这些植物的种植，还是通过萃取果实炼制药剂，我都能强烈地感觉到，有一股恶意在入侵。那绝对不是这个世界的力量，那是来自一个凶冥世界的邪恶意志！

皇上，我认为，在我们的世界之外，还有其他世界存在着。而不同的世界要如何相互干涉呢？那就必然需要联系的媒介。我想，这些异形植物，就是将两个世界之间逐步拉近的一种媒介。”

“媒介？另一个世界？”皇上皱着眉说，“这些异形植物确实不属于这个世界，但是，就算这样又如何？使用另一个世界的力量有何不妥？”

“皇上，种植这些异形植物，扩大这种黑暗力量在人间的影响，最终也许会在两个世界之间产生出一个稳定的通路。而这些植物有多么恐怖和有杀伤力，皇上也是知道的。那股力量一定给这个世界带来灭顶之灾。如果继续研究下去，我担心，会把那个未知世界的恐怖力量召唤到人间来……”

“阿静的前世，居然是我的母亲。”

琉璃虽然经常在梦境中忆起前世，但都看不清母亲的容貌，甚至连名字都不知道。

“那些药剂，把鬼水岛变为了人间地狱。”孙伯绍感叹道，“不过，现在看来，那些异形植物不过是这种恐怖的前兆。”

踏上鬼水岛的土地时，孙伯绍一直摸着胸口，感觉到装着亚空间药水的瓶子还在，他才能够安心。

游艇虽然停靠在岸边，但是，在这个诡异的小岛上，什么事情都可能发生，即使游艇突然消失了，也不奇怪。

孙伯绍已经见过很多鬼魂了，太子的亡魂让他对鬼魂的存在没有任何怀疑了。这种亚空间药水，虽然和凶冥空间息息相关，却只有这种药水才能让他觉得安全。

血眼卷轴越来越烫了。就算裹在衣服里，还是感觉很热。

路面坎坷不平，整个岛屿寸草不生。孙伯绍买下这个岛屿后，曾经种植过一些花草，但都会立刻枯萎。这个岛屿，仿佛在拒绝鲜活的生命，就像千年以前那样。

被孤立的陆晓冥，没有理解她的人，对于国家来说，她只是一个兵器制造者。当那个黑袍人融入她的影子时，一切灾厄就开始了。她失去了至亲，失去了人的幸福，被当做工具和棋子被人利用。鬼水岛的悲剧会在这个世界重演，到时会死去更多的人。

能够倾听陆晓冥的痛苦的人，只有一个。不是她的丈夫应仕龙，而是落英阁的黄妃。

黄妃是出身庶民的妃子，在后宫没有任何地位。陆晓冥因为经常出入宫中，偶然结识了她。二人一见如故，因为都是平民，而且二人都很孤独。

那一天，皇上断然拒绝了陆晓冥停止研究的要求之后，她又去了落英阁。

“你是说，皇上不希望终止研究？”

黄妃笑吟吟地端了一杯茶给陆晓冥，说道：“其实这不是很好吗？你现在是国家的巫女，而且一个月之后，都城里就要用你制作的药水进行军事演练。”

“嗯，所以我才烦恼啊。”陆晓冥心事重重地端着茶，却也不喝。这一次实验的是亚空间药水，是要让军队进行空间移动。如果能够成功，那么未来在战场上取胜的把握就大大增加了。

然而，陆晓冥很担忧，不断打开不同空间之间的连接，会有怎样的后果？如果空间连通发生了什么错误，而和异空间联结在一起的话……会发生什么事情？

这时，黄妃轻抚着腹部，一脸满足地说：“晓冥，你也考虑生一个孩子吧？做母亲的感觉真的不错呢，这个孩子虽然还没有出生，但是，在我体内孕育的每一刻，都让我感觉很幸福。”她说着，眼中泛起泪花，“我没想到，还可以为皇上生孩子。现在我只想着这个孩子，这个孩子就是我全部的世界。”

“是吗……”陆晓冥看着黄妃幸福的神情，很为她感到高兴，同时又再次忆起自己罪孽深重。她亲手害死了自己的父母，却还苟活在这个世界上，用这双手继续播种那些罪恶的异形植物。

那时，她并没有注意到，黄妃在她的面前，心里在祈祷着。

希望这个孩子……成为这个国家未来的皇帝。

这个小小的、一个女人的愿望，却被陆晓冥影子里的那个恶魔听到了。

赤着脚走路的阿静感到愈来愈冷。

没有一个房间里有灯，阿静只能勉强看清前方。她不是没想到带手电筒来，可是，她不想把手电筒带入这个凶冥空间。

前世的她，害死了自己的父母，也把黄妃和她的孩子推入了地狱的深渊。这一切的元凶，就是深藏在自己的影子里的那个恶魔。

如果带着手电筒，就会看到自己的影子，她就会害怕，那个恶魔还会进入到影子里去。她对黄妃犯下的不可饶恕的罪恶，对那个冰冷的皇宫里，唯一对自己敞开心扉、接纳了自己的人。

眼前的这个房间，似乎比之前的房间还要冷。阿静进入了一间像是卧室的房间，她看到，床边的矮柜上，放着……一个手电筒！

在黑暗里待久了，阿静也渴望着光明。即使稍稍驱散一下恐惧的感觉，也是好的。她环顾四周，不禁把手伸向手电筒。

可是，因为太紧张了，她把手电筒碰掉在地上，滚落到了床下面。

阿静的心咯噔一下，立刻伏下身子，掀开床单，在地面上摸索着找手电筒。

她找了很久也没有找到。就在她要放弃的时候，手终于碰到了一个硬硬的物件。她松了一口气，按下了手电筒的开关。

久违的光明终于出现在面前。在光束之中，一张扭曲惨白的女人面孔随即出现了。

孙伯绍一行人走了很久，还没有到达小岛中央。不过，也没有人有怨言。方凯一路上始终低着头，黎鸿命则全神贯注地听着孙伯绍的指示，孙正延则不停地长吁短叹，琉璃的反应却是比较淡然。润丽很难忍受空气中的压抑感，她的心里隐约升起许多不安的感觉。

润丽不是没有猜过，哥哥隐瞒着她什么事情，只是她一直不愿意去相信。润丽已经猜到，自己或者哥哥也许是被诅咒者。这样一来，就可以解释，当初哥哥为什么会答应和阿静合作，也解释了阿静所说的哥哥的“心愿”。

但是，这个猜测太恐怖了。她深知被诅咒者要面临的是什么，因此不敢去深入考虑这个问题。她心不在焉地走过一个土坡时，脚下一绊，摔了下去。

跌倒在地面时，润丽瞪大了眼睛……

润丽看着眼前骇人的场景。虽然早有心理准备，可她看到那些骸骨时，还是无法压抑心中的恐惧。

那是三具白森森的骸骨。在土坡下躺着。

陆晓冥离开落英阁后，做出了决定。如果无法停止这个研究，至少也要制造出可以和那个异世界抗衡的力量，留存在这个世界上。

她回到应府，丈夫还是不在家，她早就习惯了。这场婚姻，本来就是要困住她、监视她的枷锁。

家里没有人，反倒让她放松了不少。她进入自己的房间，把门关上，上了锁。然后，她取出一副卷轴，放在书桌上。她把右手按在卷轴上，闭上了眼睛。

闭上眼睛后，并非是全然的黑暗，她感觉周围飘散着许多白色的灵络。她依靠意念，把那些灵络集中到自己手上，然后进入了卷轴。

这个卷轴事先滴上了亚空间药水，而那些灵络则是一种灵念力。

过了半个时辰，手上传来发烫的感觉。她一下睁开了眼睛。

一只巨大的眼睛浮现在卷轴上。

“成功了！居然这么容易。”

她又把卷轴翻过来。背面是一片空白。但是，很快渗出了许多血迹！那些渗出的血迹，居然开始组成文字。

“死报灵，为凶冥空间之使者，连接二界。一旦死报之诅启动，不杀尽全部人类，绝不会停止。被死报之诅所咒之人，绝无逃离诅咒的可能。除非死报灵和凶冥空间的联结被切断，诅咒方会停息。然……”

随着血迹不断渗出，整个卷轴被染红了。“然”字后面的一段文字，更让陆晓冥大为骇然。

“死报灵……凶冥空间……还有那个诅咒……”

陆晓冥对这个黑暗的预言越来越恐惧。这时，又出现了新的血字。

“进来了……进来了……”

在这段文字出现的同时，陆晓冥猛地听到，外面大堂的门被重重叩开了！

陆晓冥猛然卷起卷轴。

这绝对不是丈夫回来了，他不可能这么重地叩门。在锁好的大门外，她依稀看见有一个黑影正在接近.

陆晓冥把手伸向装着亚空间药水的小瓶子。可是这一摸，她的心顿时凉了半截。

那个小瓶子不见了！怎么可能！她明明把那个瓶子贴身放好的，现在居然找不到了！

那个黑影已经走到门前，开始推门。因为门上着锁，那个黑影没有推开。

陆晓冥回头看向窗户，这一看，更是倒吸了一口凉气。

窗户消失了！这种诡异的现象，过去从未发生过！

黑影还在继续叩击着房门。

陆晓冥的泪不停滑落下来。她开始明白自己面对的是什么了。

“够了……求你放过我吧……为什么……为什么要选择我……”

陆晓冥跌坐在地上，恐惧和无力已经彻底把她压倒了。

“我知道了……我不会终止研究的……你别来找我了！”

这句话说完后，叩门声停止了。

陆晓冥抬起头来。门外的黑影消失了。

孙伯绍一行人终于走到了别墅。

距离午夜零点还有一段时间。他们必须在明天之前，想办法进入凶冥空间。

“根据阿静的信，我们必须找到当初的那个洞穴。”之前看见三具骸骨并没有影响孙伯绍的心绪，他对即将被诅咒的三个人说：“目前你们三个最危险，最好待在这个别墅里。这个别墅是国内一流的风水师设计的，有一定的趋吉避凶的效果。我和琉璃、润丽去找那个洞穴。房间就由董事长来分配，我们吃完晚饭就出发。在这个岛上，手机没有信号，所以到时候要用亚空间药水来找我们。”

孙伯绍的想法是，用这瓶药水可以进入凶冥空间。

润丽看着外面昏暗的夜色，怎么也提不起勇气来。刚才土坡下的三具骸骨，让她对这个诡异的岛屿更加感到恐惧。

拿好手电筒，孙伯绍就和琉璃、润丽一起离开了别墅。

阿静的信上对洞穴的地点描述得不详细。毕竟是前世的记忆，很难保证不会出错。

一路上，三个人默默无语。会死吗？我们会死吗？

润丽一直注意着她发现那三具骸骨的方向。但是，如果她现在走到那里去，就会发现……那里已经空空如也了。

地面很泥泞，孙伯绍一边走着，脑海中开始翻腾起千年以前杀害太子的记忆。他仰望着黑暗的天际，没有一点儿星光。

“你害怕了吗？”琉璃忽然问道，“你害怕太子对你复仇吗？”

“那么，你呢？你害怕吗？”

琉璃看了看身旁的润丽，昂起头说：“害怕也没有用，越恐惧越逃脱不了凶冥空间的诅咒。这一点，我很清楚。在前世，母亲要我阻止死报灵诞生，我没能做到。现在，我要弥补这个过失。”她攥紧拳头，暗自下定了决心。这一次，要一起活下去！

方凯待在自己的房间里，对着墙壁发呆。他满脑子想的都是滨秋。他的女儿被凶冥空间杀死了，现在自己的性命也难保。

在前世，他身为一个医者，却屠杀了许多婴儿。这就是报应吗？

他忽然感到头像裂开了一样痛。土坡下那三具骸骨的样子，无法从脑子里赶走。

这个岛……距离那个空间最近啊……

这时，他的鼻子忽然闻到了一股泥土的味道，眼前出现了一个清晰的幻象。

两只惨白的小手撑在地面上，眼睛离泥土很近。头抬起来，视线里看到的是……这幢二层别墅！它正快速地朝这里爬来！

方凯惊惧地从床上跳起，这段影像的真实感觉让他很不安。他披上衣服，拿起手电筒。他要到外面去看看，他希望能证实这是自己的幻觉！

一个小时后，黎鸿命和孙正延才发现方凯离开了别墅。

死亡日期是在明天啊！而方凯现在就失踪了。

两个人在别墅里到处找，都找不到方凯。他们陷入了恐慌。

“要去外面找方医生吗？”黎鸿命提议道。这个岛不大，搜寻一遍应该没问题。

孙正延看了看表。距离午夜零点还有两个小时。在这个岛上，只有这个别墅相对比较安全，这是孙伯绍特别强调的。

孙正延思忖道：“死亡日期还没到，他肯定没事。他身上有亚空间药水，要是出事了也能立刻逃回来。可能他是想跟着伯绍他们一起去找那个洞穴吧。我们离开这里，反而危险。”

一阵诡异的大风开始席卷鬼水岛。

“找到了！”

孙伯绍三人终于发现了那个洞穴的入口。进入洞穴的时候，三人反而没有不安的感觉。洞穴里也并不特别暗，加上有手电筒，他们并不特别害怕。

不过，他们越深入，光就越暗了。孙伯绍看看手表，只剩下不到半个小时了。

“这个洞看来很深。”琉璃觉得他们已经走了好几公里了，可还是没有走到头。越往里走，洞穴越狭窄。

这时，他们面前出现了一个岔路口，一条路向左，一条路向右。

“怎么办？要不，润丽，你跟琉璃走左边，我走右边。”孙伯绍知道润丽胆子很小。

“不，我没有关系。”润丽却一反常态地说，“我自己走左边吧。”

孙伯绍看了看表，说：“差不多了，就在这里吧。”他从身上拿出小瓶子，在地面上洒上亚空间药水，形成了一个足以让三个人通过的圆圈。

孙正延和黎鸿命提心吊胆地待在别墅二楼的大厅里。

狂风不停地把玻璃震得发出巨响，两个人的心里都七上八下的。这时，灯突然忽明忽暗地闪起来。

紧接着，玻璃不知怎么的爆裂了，室内的灯也全部熄灭了！

孙正延惊讶地问：“事先不是检查过电路，万无一失了吗？”

黎鸿命咬了咬牙说：“孙董事长，我们走吧！用亚空间药水！”

“好的！”孙正延立刻伸手去抓口袋里的瓶子。

可是，他没有摸到。

“怎么会……没有了？”

午夜零点的钟声敲响了。

所有在这个岛上的人的眼前，都出现了一幅恐怖的画面。

那是方凯！在幻象中，方凯的脸近得几乎要贴到每个人的脸颊。

一根黑色的钉子，从他的头顶穿过，从下巴刺出。他的眼睛已经翻白了。

润丽顿时瘫倒在地。她知道午夜零点已经过去了。很快，那个虚化的影像消失了。

润丽过了一会儿才挣扎着站起来，她想扶着旁边的岩壁，可摸到的，却是……如此柔软的触感……像是床单！

她惊恐地看着四周，这是一个黑暗的房间，她的面前还站着一个人。而这个人的面孔是如此熟悉。

“哥哥！”

“润丽……”

阿静把身体紧紧地靠在墙上，脚也拼命地往后缩，惊恐地看着眼前的门。

门的另一边，刚才床底下的那个女鬼正虎视眈眈地看着她。可是，女鬼却不进来，就像刚才那双红色高跟鞋一样。

阿静对于自己的推理已经有了九成九的把握。她仰起头，看着黑暗中的天花板。

“娘娘，这就是我的报应吧？即使转世，也无法和凶冥空间断绝联系，最终性命不保。”

那一天，如果她没有妥协就好了。没有她对门外的那个黑影妥协，毅然终止研究的话……

“一切都是我的错。”阿静摇了摇头，挺直身说:“没时间考虑这些了，后悔已经没用了。只有尽力尝试了。”她要和润暗一起活下去!

那一天，天空突然裂开，裂缝中飘出一个黑球……前世的记忆是那么清晰。阿静不会忘记，落英阁被那个黑球彻底笼罩的一幕。这件事，只有她亲眼看见了，只有她知道落英阁发生异变的真相。所以，她才交代绯衣，在自己死后，答应易少卿担任巫女，阻止死报灵的诞生。

然而，绯衣终究还是失败了。凶冥空间吸收了太子作为人类的恐惧自知，令这个诅咒形成了一个无法打破的连锁，疯狂地在人间蔓延。

“哥哥，”润丽忽然意识到了什么，“这里……就是凶冥空间?”

润暗点了点头。

“我居然真的进来了。”

他们说话的时候，都没有注意到，旁边的一床被子发生了变化。虽然很轻微，但是，那床被子开始慢慢移动起来。

“润丽，你是从鬼水岛到这里来的?”

“嗯，鬼眼宗的人交给我们一封阿静的信。对了，哥哥，陆晓冥是阿静前世的名字，她的前世就是应绯衣的母亲，那个巫女!”

“什么!”润暗大吃一惊。

“而且，陆晓冥曾经发现了可以解开凶冥空间诅咒的方法，但是，那个方法却……”

这时，那床被子已经落到了床下。润丽挡住了润暗的视线，他没有看到那床被子在地板上移动。而且，润丽说的话太让他震惊了。

“这……就是方法吗？解开诅咒的真正方法?”

润丽告诉润暗，阿静在信里写出了那个卷轴上的血字“然”字后面的内容。

被子距离润丽越来越近了。它在地板上一点点移动着。当距离润丽不到一厘米时，被子开始慢慢隆起。一个圆圆的东西凸现出来，被子开始升起来。

“算了，先不想这些了。”润暗叹了一口气，“我们快走吧。我总感觉，好像有什么东西一直在跟着我。”

“在跟着你?”

“嗯，这种感觉刚才越来越强烈，那个东西……好像对我有着强烈的恶意。”

这时，润暗忽然看到润丽的身后出现了一团白乎乎的东西，他还来不及叫出声，那床被子已经紧紧裹住了润丽!

“不——”

阿静加快了脚步，她匆匆走过每个房间，尽量不停留。靠着腐朽粉的指引，她感觉离润暗越来越近了。

“一定要赶上……”

就在她踏入一间像是客厅的房间时，就听到前面传来了润暗的叫声:“不——”

阿静的心一紧，随即飞奔着穿过几个房间，只见润暗抱着一团被子，被子里依稀看得出一个人的轮廓。

“润暗!”阿静喊道，“快进来！到这个房间里来！带着被子里的人一起!”

润暗回过头，一见是阿静，又是大吃一惊，立刻毫不迟疑地抱着被被子完全裹住的润丽，以百米冲刺的速度跑到阿静所在的房间。

当他们跨过门槛的一刹那，那床被子像被狂风吹过一般，从润丽身上飘落下来。

阿静松了一口气，润丽此时已经吓得魂不附体，刚才她被被子罩住的时候，她看到的恐怖景象……已经不愿再去回想了。

“太好了，终于找到你了。”阿静如释重负地对润暗说，“赶在死报灵之前找到了你。”

润暗不敢置信地看着阿静，忽然想到了什么，对她说：“龙岳。”

“乾坤。怎么，你怀疑不是我吗？”

阿静嫣然一笑，然而，当她微笑的眼睛掠过这个房间里挂着的钟时，她的笑容凝固了。

“怎么……怎么会……”

阿静的表情变得极度惊恐。她的手颤抖地指向墙上的钟。

“快逃啊，润暗！”

“什么？阿静？”

话音未落，刚才润暗冲进来的那扇门忽然“砰”的一声，紧紧地关上了！而另一头的门也同时关闭了！

“润暗，快想办法把门弄开！”阿静哭喊着抓住润暗的肩膀，几乎要把指甲掐进他的肉里：“快逃！否则我们会被困死在这里，直到死报灵找到我们！”

“死报灵……你是说太子吗？”

“没错！”阿静几乎要号啕大哭了，“他找到我们的话，我们就死定了！绝对死定了！”

阿静已经明白了这个凶冥空间的规律。这些连接在一起的、无限的黑暗房间，以及那些停滞的钟，还有鬼魂为何无法进入其他房间。这恐怕是因为……

第 15 章

〔凶冥空间的对决〕

孙伯绍和琉璃奔出了洞穴。

“董事长他们有危险!”

当方凯死去的画面出现在眼前，而他们并没有用亚空间药水逃到洞穴里来时，孙伯绍就明白，一定已经出事了!

刚才，他们回到那个岔路口时，润丽所走的左边那条路，居然消失得无影无踪！而且，他们身上的亚空间药水瓶子莫名其妙地不见了!

孙伯绍和琉璃还可以活到明天。可是，董事长今天就会死去!

他们一路狂奔，终于跑回了别墅。

孙伯绍一边喘着粗气，一边取出钥匙开门。

上到二楼，孙伯绍看到，孙正延和黎鸿命居然好好地待在大厅里。

“董事长……为什么停电了?”

“不知道啊。”孙正延刚才也被方凯死去的情景吓了一大跳。他们本来想立刻逃走，但是亚空间药水不见了。不过，黎鸿命冷静地说，这个岛上哪儿都不安全，逃出去只会和方凯一样的下场，还不如在这里等着，伯绍他们找到洞穴后一定会回来的。

“洞穴找到了吗?”

“嗯。”孙伯绍点头道，“而且，润丽已经进去了。”

“进去了?”

“是的。”孙伯绍看向琉璃，在黑暗中，他依稀能看到琉璃脸上无法掩饰的害怕。

“我们只能指望她了。”孙伯绍说道，“点一根蜡烛吧，大家一起待在这里，轮流值班。”

他轻舒了一口气，在心里呼唤道：“润丽，润丽，你听见了吗？我是伯绍。”

在来这个岛以前，每个人都喝了阿静研制的心灵感应药水。喝下同一瓶药水的人，就可以通过心灵进行对话，可以超越空间的阻隔。

孙伯绍刚和润丽的心灵联结，就听到她惊恐地大喊道：“不……不要啊！”

孙伯绍顿感不妙，忙问道：“润丽，发生什么事了？你见到任静小姐了吗？见到她的话，就让她喝下‘心灵药水’！”

那些房间——根据阿静的推断——全部是人死后化成的鬼魂，在这个冥府里的住所！

这些鬼魂居住的房间相互连通，而那些钟的指针所指的时间，是鬼魂死亡的时间。

如果有活人入侵凶冥空间，待在那些鬼魂的住所里，必定会被咒杀。但是，再凶厉的鬼魂，也只能杀死入侵自己住所的活人。一旦那个活人跑到另一个鬼魂的住所，就不可以对其动手。这些鬼魂遵守着凶冥空间的互不侵犯原则。

不过，这个凶冥空间里的每一处，都是鬼魂的房间，也就是说，无论逃到哪里，都注定会被咒杀。

这就是为何当初阿静的母亲说“你们受到的诅咒，是可以逃避的，也是不可以逃避的”。

因为，即使逃开了这个鬼魂的诅咒，逃到另外一个房间，还是会受到新的诅咒。

就在刚才，阿静忽然发现，这个房间的钟上的时间是……零点！这是一个厉鬼居住的房间！

阿静极为肯定这一点。虽然中午十二点和午夜零点从指针上判断不出来，但是，这个无孔不入的死亡诅咒，不可能对他们有丝毫仁慈。

三个人都非常惶恐。即使死亡日期还没有到，可是，如果一直困在这里，那么，死报灵找到他们，只是时间的问题！

一股极为浓重的血腥气息，从房间的各个角落发散出来。

把凶冥空间召唤到这个世界来的人，正是阿静的前世陆晓冥。

琉璃还清楚地记得母亲临死前告诉她的话。

在对那个黑影妥协的一个月之后，深夜时分，母亲进行了亚空间药水传送军队的实验。广场上有一千名御林军，要移动到另一个城镇，距离都城非常远。

药水洒在广场四周，为了确保效果，陆晓冥在广场中央种植了一株人面植物。因为一次性传送那么多士兵，她也不是特别有信心，所以要用人面植物作为辅助，确保传送空间的稳定性。

实验开始时，士兵们忍受着人面植物发出的凄厉惨嚎，列队站在广场中央。

然而，那株植物上的一张人脸忽然昂起头来，对着天空发出一声极其尖厉的啸声。那声尖啸让所有士兵都抱住头，痛苦地倒在地上。与此同时，陆晓冥目瞪口呆地看到……天空中出现了一条巨大的裂缝！

那条裂痕越来越大，一个巨大的黑色球体从裂缝里飘了出来。而它飘向的地方……正是落英阁！

只有陆晓冥看到了这个球体，其他人根本无法看到。巨大的黑色球体笼罩住了整个落英阁。

当日，黄妃意外早产，她生下儿子之后就死了，落英阁里的人几乎全都死了。黄妃的儿子，就是桓元的父亲，七个恶鬼之一，今生成为了阿静的外祖父。

来鬼水岛的计划，是琉璃提出的。她决定在鬼水岛上种植那种人面植物。当初，是那种植物把凶冥空间带到了人间，那么，现在再度利用那种植物和亚空间药水，应该可以把死报灵送入其他空间，然后再把那株植物彻底毁灭，完全切断死报灵和凶冥空间的联结！

琉璃恢复前世记忆后，已经知道了栽种那种人面植物的方法，在一天之内长成也没有问题。但是，如何连通一个新的异次元空间，只有母亲——也就是阿静——才知道。

阿静在信里说，她变成凶冥空间的门之后，大概要三到四天，才能进入凶冥空间。他们的计划就是，让某个人进入凶冥空间找到阿静，然后通过心灵药水，让阿静教会琉璃这些事情。这是赌上了一切的计划！

血腥的气息越来越浓烈了。

润暗抡起一把椅子，疯狂地砸向大门，可是，椅子都砸碎了，那扇门还是完好无损。

“如果还有鬼眼就好了。”润暗累得浑身是汗。

阿静和润丽也拿着各种工具敲打另外一扇门。可是，她们怎么做都没用。

“阿静，”润丽上气不接下气地说，“你有没有能把门弄开的药水？一定有的吧？”

“不，没有。没有任何药水可以直接抵抗凶冥空间的诅咒，我做不到！”阿静说话时，手也没有停下，还在拼命砸门。

润丽咬了咬牙，说道：“那就只有一个办法了！”

润丽放下手里的工具，取出一瓶蓝色药水，对惊讶的阿静说：“这是你研制的‘心灵药水’。喝下这个，你就可以和琉璃通话。你们前世不是母女吗？琉璃的计划是……”

润丽刚要说明整个计划，忽然听到“轰”的一声巨响。三个人立刻去找声音来源，原来是从角落的一个柜子里发出的。

紧接着，又是“轰”的一声巨响！柜子里的东西在拼命撞击着，要到外面来！

他们一动也不敢动。

柜子里面……是一个厉鬼啊！

撞击声越来越响，整个柜子都颤动起来！

阿静忽然接过了那瓶药水，拧开瓶盖，喝了下去。接着，她就在心里呼唤道："绯衣，是绯衣吗？"她现在仿佛又变回了陆晓冥。

"母亲大人？"琉璃先是一惊，她没想到阿静会叫她"绯衣"。

"你有什么计划？"

柜子的门终于被打开了。可是，柜子里空无一物。

"快说！绯衣！"

"知道了，妈妈，我的计划是……"

阿静一边听着琉璃的想法，一边警惕地注意着周围。

即使是最乐观的状况，恐怕也要失去手脚。

听完以后，阿静说道："明白了，方法我可以告诉你，虽然成功的可能很低……"她刚要说话，忽然感觉……脖子感觉被什么东西紧紧地勒住了……

琉璃正等着阿静的答案，联系却忽然中断了，她心中一凛。

别墅二楼大厅的那根蜡烛，此时也开始随风飘曳。

紧接着，他们眼前出现了幻象，和方凯看到的一样。

琉璃、孙伯绍、黎鸿命和孙正延都看到了。

"那是什么？"

眼前的幻象正在这个别墅的正前方。就像是幻象连通了某个东西的眼睛，而那个东西正在看着这个别墅。

周围的风景飞速地倒退，离别墅越来越近了。终于，到了大门口。

大家凝神屏息，连一根针掉在地上的声音都能听得见。

一只阴白的小手，伸向别墅的大门。

那扇门，应该是锁好了的。可是，那只手居然轻易地把它推开了！

紧接着，四个人同时听到了，一楼传来门"吱呀呀"打开的声音！

千年前，皇上把箭射入了太子的头部，就离开了密室。

易少卿的手伸向了太子。

“殿下……”

太子的额头上插着的那支箭，似乎也射入了易少卿的心。

“我……是恶鬼吗？”易少卿自言自语地重复着太子死之前对自己的诅咒，忽然狂笑起来。

他看到了刚才在皇上身后的那个鬼魂。

纵然有血眼卷轴的保护，纵然可以阻止这个世界被凶冥空间入侵，可易少卿杀害了自己挚友、杀害了这个无比信任自己的人的事实，不会改变。

门“吱呀呀”地打开的声音，让孙伯绍的心猛地一颤。随后，那双阴白的手在地面上爬着，飞速朝楼梯前进……

它要上来了！

孙伯绍的手颤抖起来，就像千年以前一样……

“少……少卿……”那个时候，太子居然没有死绝！明明头上已经插入了一支箭，可他居然还活着！

“救……救我……求你……”太子奄奄一息地说，“我……我知道，巫女有……有一种治疗药水，可以……可以救我，求……”

太子的目光里满是绝望，可是，他还是祈求着易少卿。

“我……”易少卿的双手颤抖着。

只要再把箭插深一点儿，就可以杀死太子了。

死报灵只能选择活着的人作为宿主。只要死报灵不出现，凶冥空间能够影响到的，只有这个落英阁，最多涉及皇宫周边地区，绝对扩散不到整个世界。这个可能会成为死报灵的男人就会消失。

今后，只要继续在落英阁工作就可以了。那样，这个国家、这个世界就可以得救。那正是他从小就仰慕的陆晓冥巫女希望实现的事情。

易少卿只要伸一伸手，就可以拯救这个世界。

那双阴白的手缓慢地在楼梯上爬行着。

孙伯绍打开了窗户，看了看高度，对其他人说："没办法了，跳吧！"

此时，那双手已经到了楼梯的最上面一级。距离他们所在的地方只有几条走廊了！

从二楼跳下去是摔不死的，当然可能会受伤，但是有阿静的治疗药水在，就不会有问题。

治疗药水……一想到这个，孙伯绍的心猛地一跳。

"求你……少卿……"太子还在垂死挣扎。

易少卿犹豫了。

因为时刻处在那些鬼魂的威胁下，他确实随身携带着治疗药水。这种药水是陆晓冥研制的唯一有治疗作用的药水。无论受多重的伤，只要失血没有致死，就绝对能救活一个人。

那支箭封住了脑部的伤口，箭头插入得不深，如果现在用那种药水，就能救得了太子。那样做就意味着欺君罔上，也意味着毁灭了这个世界。

死报灵已经选中了太子，这是不争的事实。那一天，如果应绯衣慢了一步，太子就已经是死报灵了。只有杀死太子，才能让这个国家、这个世界得救。

"我们是同罪的。"易少卿冷冷地对不知何时走进密室的绯衣说，"我们是不可饶恕的。"

"这不是易大人的错。"绯衣摇了摇头说，"这是为了天下苍生，不得已做出的抉择。"

易少卿杀死过很多婴儿，他都狠下心做过了，以前并没有犹豫过。

唯独太子……他是那么信任自己，他并没有任何过错……他眼中涌出的泪水……

易少卿做出了决定。他取出一个小瓷瓶，拧开了盖子。然后，他上前一步，抓住那支箭，猛地拔了出来！顿时，大量鲜血溅在易少卿脸上。

“少卿……你打算做什么!”应绯衣意识到了什么，连忙飞奔过来。可是，她和易少卿还隔着一段距离。

易少卿将瓶子里的乳白色液体倾倒在手上，抹在太子的额头上那个不断涌出鲜血的伤口处。

“不——”

顷刻之间，伤口消失得无影无踪了。

应绯衣跑到易少卿面前，惊讶得说不出话来。他居然救活了太子!

阿静早就知道，孙伯绍并不是七个恶鬼之一。

他身上的诅咒，不是太子的诅咒，而是其他怪婴对他的杀戮的憎恨，或者是凶冥空间本身的安排。

七个恶鬼，分别是皇上、刘震、梁太医、应绯衣、刘妃、桓真，第七个人则是……巫女陆晓冥，也就是阿静!

阿静才是七个恶鬼中，太子最憎恨的人!

而看到她的，自然是她的亲生父亲任森博的阴阳鬼眼。

太子并不恨孙伯绍，因为孙伯绍是他的救命恩人。阿静预知到孙伯绍死亡的关键词，和其他人的不同。其他人死亡的关键词都是“死报灵”，而他死亡的关键词，则是“紫瞳鬼婴”。

孙伯绍之前在酒店里听到的诅咒他的声音，并不是太子的，而是那些怪婴的。

此时，阿静的脖子被死死地勒住，一个在天花板上伏着的黑影，将一根黑色绳状物套在她的脖子上，把她吊了起来!

阿静知道，太子会选择最后杀死她，杀死这个带来恐怖的人，他最为痛恨的恶鬼!

“阿静!”润暗正准备上前帮忙时，通往外面的门忽然开了。

太子首先要束缚住阿静。除此之外的被诅咒者，只要在死亡日期施加诅咒就可以了。阿静无论如何……一定要死！

虽然这个凶冥空间拒绝一切生命，但是，死报灵必须是活着的生命。因为，唯有活着的生命，才会有人类的自知，才会有恐惧的感受。

死去的鬼魂，不是沦为诅咒的一部分，就是因为怨念而化为怨灵。它们没有善恶观，没有心，自然就没有恐惧的感受。

死报灵是凶冥空间连接人类内心恐惧的源头，由此创造出各种恐怖诅咒。只要死报灵存在，人类一天没死绝，这个诅咒就不会结束。

润暗根本不去看打开的门，只是对润丽说："你快逃吧，我要留下来救阿静！"如果不是和阿静一起活下去，他的生命就没有意义了。

天花板上那个黑色的身影，发出低低的呻吟。那条黑色绳索勒得其实并不紧，只是吊住了阿静，毕竟她的死亡日期是明天。

润丽很想立刻从这个厉鬼的房间逃走，可是，哥哥和阿静都在这里啊！

"你快逃啊！"润暗咬了咬牙，抓起椅子，对着天花板上的黑影猛地扔了出去！

椅子砸中了那个黑影，接着摔在地上。

"不……润……"阿静拼命想说话，可她一说话，脖子就会被勒得更紧。

她感觉得到，拿着冥裂鬼刃的死报灵桓元太子，距离这里越来越近了！只有十个房间的距离了！

一旦遭遇死报灵，在这个凶冥空间里就只能任他宰割了！

与此同时，她在内心向琉璃传递着种植人面植物、连通异度空间，以及毁掉异形植物的方法！

太子不可能不到鬼水岛去杀死那几人。只要太子去了那里，就能把太子送到别的空间去，就可以切断他和凶冥空间的联结了！

润暗正打算继续扔家具，他的身体忽然被牢牢地按在了墙壁上。

他惊恐地看到，他的手脚处各有一个畸形怪婴，无视重力地贴在墙壁上，手里都拿着一根黑钉！

润暗还来不及反应，那些怪婴就把黑钉死死地钉入了他的手脚！

死报灵桓元，即将到达这个房间了！

易少卿不敢置信地看着太子。他居然治好了太子，这个被皇上赐死、将会成为死报灵、毁灭人间的存在！

太子左右两边的腰上，出现了黑色的袖子。随即，太子的整个身体猛然被拽进了那身锦袍里！

密室里，易少卿和应绯衣不敢置信地眼睁睁看着眼前空荡荡的一身锦袍。

死报灵，就是在那一刻诞生的……

阿静的身体被完全捆缚起来，牢牢地绑在天花板上。而润丽已经晕过去了。

来了……他就要来了！

阿静感觉到，死报灵就要进入这个房间了！

刚刚打开的那扇门，传来了清晰的脚步声。索命的死神，就要进来了……

这时，阿静已经把所有心法，都通过心灵感应告诉了琉璃。现在，一切希望就寄托在琉璃身上了。

孙伯绍从窗户一跃而下，他跌落到地面上，基本没有受伤。

紧接着是琉璃。黎鸿命扶着孙正延准备往下跳时，那个东西已经移动到了大厅门外。

他们早就在门口堆放了各种重物，勉强可以抵挡一会儿。

黎鸿命咬了咬牙，抓住孙正延猛地向下一跳。孙伯绍和琉璃在下面尽量接住他们。孙正延毕竟年纪大了，虽然有治疗药水，但是还不清楚是否能治愈骨折。

在他们跳下去的一瞬间，门被撞开了。

黎鸿命安全地落了地，孙正延则重重地摔在地上，右腿骨折了，腰部也受伤了。

“黎警官，”孙伯绍指着前方说，“我们分头逃走，你们往那边逃，我们走这边。务必小心！血眼卷轴还可以起到一定作用。”

四个人就这样分开逃走了。在飞奔逃命时，他们脑海中的影像也在继续变化着。

他们看到，那个“东西”现在已经爬进了房间。

孙伯绍拉着琉璃撒腿狂奔，在这个没有任何草丛树木的岛屿上，只有依靠岩石来掩护。

“种出人面植物的话，就可以把死报灵……”他一边飞奔，一边对琉璃说：“送到另外一个空间去！任静小姐告诉你方法了吗？”

琉璃点了点头。她已经完全恢复了前世的记忆。前世易少卿救了太子的事情，只有易少卿和应绯衣知道。其他人都以为，是那个冥府使者带走了太子的尸体，也不会有人怀疑易少卿的话。

“是我……亲手让这个世界的恐怖源头复苏的……真正的罪人是我……”孙伯绍非常清楚这一点。

但是，如果让他再选择一次的话，他是不是还会去救太子呢？

眼前的场景又切换了。那双阴白的手开始爬上窗户，然后沿着墙壁飞速向下爬动！

孙伯绍不断加快速度，尽管已经跑出了很远，体力快要透支了，他还是不敢停下来。

终于，他的脑海里不再出现那个幻象了，而他们也快跑到岛的边缘了。这里岩石很多，易于躲藏。

“在这里能种吗？”孙伯绍心有余悸地向后看了又看。

“是的，这里就可以了。”

“但是，别墅里的化学器材……”

“不需要。”琉璃回答道，她在附近选了一块比较松软的土地，对孙伯绍说：“你来帮我……少卿。”

孙伯绍走过去，帮忙刨开土块。

“这样就可以了。”琉璃——不，应该说是绯衣——点了点头，接着说道：“现在可以开始栽种了。”

“但是，怎么种呢？”孙伯绍不解地问。

“你知道，当初母亲是如何在鬼水岛上种植那种人面植物的吗？”

孙伯绍摇了摇头。

“是影子。”琉璃解释道，“母亲把自己的影子作为种子来栽种。我也可以做到。你打开手电筒，照出我的影子。”

孙伯绍拿出手电筒，摁下了开关。

琉璃的影子投映在地面上。她蹲下身子，抚摸着地上的影子，然后，用大拇指和食指按住地上的影子，接着把影子撕了一小块下来！

被撕下的影子就像一张碎纸片，缺失的影子很快又被填补上了。

她把碎纸片一样的黑影埋入刚才挖开的土里，把土填平。

“这样就可以了。今晚一定可以长出来。”

孙伯绍此时在心里默默祈祷，希望董事长和黎鸿命可以撑到那个时候。

琉璃又蹲下身，像刚才一样继续撕下自己的影子。

“即使投胎转世，我还是继承了母亲的这种能力，可以用自己的影子来种出异形植物。现在的阿静大概也可以做到。”说着，她把影子递给了孙伯绍。

“这个，由你来种。”她一脸认真地看着孙伯绍，“这是你的责任，少卿。”

孙伯绍知道，他无法反驳琉璃的话。

“前世我们所做的事情没有错，现在我们做的事情，也同样没有错。”琉璃的眼中闪着泪光。

“必须这么做。你明白吗？少卿？”

孙伯绍颤抖地伸出手，接过了影子碎片。还是要自己来动手吗？还是要杀死太子吗？即使过了千年，他要面对的问题依然没有改变。

“我明白了，绯衣。”

拿着影子碎片，感觉不到上面有温度。孙伯绍感觉心也是冰凉的。

再做一次选择的话，自己会怎么做？现在他要面对这个问题了。

“该怎么种？”孙伯绍问道。

“把影子碎片融入血眼卷轴的碎片里，就可以了。阿静刚才是这样告诉我的。”

“知道了。”孙伯绍拿出他的血眼卷轴，把影子碎片放在卷轴上。

很快，影子融入了卷轴，卷轴顿时被染成了黑色，在他的手上逐渐融化了。

琉璃眼疾手快地取出一根试管，接住了这些黑色液体。黑色液体装满了一个试管。

陷阱准备好了。

和死报灵的这场战斗，不是你死，就是我亡！所有人的命运即将被决定。

天际依旧还是一片黑暗。这里离海很近，能听到波涛拍岸的声音。

两个人都没有睡意，一直盯着播种好的泥土。

“绯衣，”孙伯绍盘膝坐着说，“你还是认为，当初我做错了吧？”

琉璃沉默良久，问道：“你还是认为，你没有做错吗？”

“我不知道。”孙伯绍仰望着天空，“明天晚上，我还能够看到天空吗？”

琉璃叹了一口气。

“未来，还没有决定。我当初答应代替母亲成为巫女，不惜弄脏自己的手，杀死那些怪婴，也要毁灭凶冥空间和这个世界的连接点。但是，一切终究还是没有逆转。”

孙伯绍忽然抱住了琉璃。

“我累了。前世作为尚书的我，前世作为巫女的你，我们都太累了。”

孙正延和黎鸿命后来也分开逃跑了。

孙正延的脑海里，那个阴白的小手还在地面上疾速爬行着，不断越过眼前的地面。这惊人的速度让他心惊胆战。

毕竟年纪大了，他上气不接下气地扶住一块岩石，坐下来休息一会儿。

这时，他脑海里的影像消失了。这反而让他惊恐起来。这样就无法了解那个鬼魂的位置所在了。

黑暗的门外，跨进了一只被长长的衣摆遮住的脚。

黑暗之中，那腐烂和恐怖的气息，让阿静浑身都不能动弹。

他现在还不能杀死自己。最早也得等到今晚午夜零点。可是，对于阿静来说，这已经没有任何区别了。

无数恶鬼盘绕在冥裂鬼刃上，漂浮在太子那张悚人的面孔周围，血红的光芒之中，那双紫色的眼睛大大地睁着。

死报的判决，将在今夜午夜零点，从他那张无唇的嘴里，向阿静下达!

拂晓来临了。

当黑暗终于被初升的旭日驱散时，地平线上出现的曙光多少让孙伯绍又有了一些勇气。

他怀里的琉璃还在睡着。他们种下的种子还没有生长出来。

孙伯绍已经没有血眼卷轴了。也就是说，他失去了生存的凭依，到了今晚午夜零点，他的死亡就无法逆转，如果琉璃的计划失败的话。

他低下头，看着琉璃美丽安详的睡脸。为什么命运会如此残酷呢?

前世他仰慕着巫女陆晓冥，希望可以成为朝中的重臣，和巫女一起为皇上效力。皇上有心用巫女的力量来一统天下、结束战乱，易少卿感觉很激动。他希望，自己的子孙后代将来可以生活在和平安逸、没有战争的世界。

原本他是想成为军人，但是他是易家三代单传的独生子，父亲没有允许，因为谁也不知道战火哪一天会烧到南方，到时候如果出兵打仗，一旦他战死沙场，易家就会断了香火。

所以，他只好做科举考试的准备。这时，传来了一个惊人的消息。太子登基后不久，巫女陆晓冥就提出辞去巫女一职。这个消息惊动了全国。

巫女已经成为了这个国家的希望。如果她不在了，那么，这个国家未来的命运会如何？

这个国家国土狭小，土地有限，生产水平低下，国库常年亏空，再这样发展下去，这个国家总有一天会衰败的。如果那些异形植物制作的武器投入战场，绝对会取得压倒性的胜利。变色龙液体，能让敌人根本看不到自己，亚空间药水能让军队受困时即刻逃脱，而治疗药水更可以让士兵不惧死亡地勇猛杀敌。

把这些研究应用于军事的话，这个国家很快就能发展为一个强国。而当时还无法广泛把药水应用于军事的一个问题就是，量产有很大的困难。因为要量产就要大量种植异形植物，但是如果那些植物不受控制，国家也会被它们毁灭。而控制植物的量的话，这些神奇的武器只能少量运用，无法打造出一支具有超高战力的军队。

皇上当时非常震怒，但是巫女心意已决。

易少卿成为刑部尚书后，第一次见到应绯衣，是在易竹轩。

“无论如何，巫女大人都是我们的希望。”易少卿那时对她们母女说，“巫女大人，请你再考虑一下。而且，你应该知道，如果你不愿意为国效力，只有……死亡这一条路了。你明白吗？”

陆晓冥淡淡一笑，说道：“我早就是一个死人了。我只不过是行尸走肉而已。”

应绯衣那时也很坚决地对易少卿说：“尚书大人，母亲无论如何都不会再进行那些植物的研究了。”

那时的易少卿还没有正式接管落英阁，而他是真心希望巫女能够再度成为这个国家的希望的。

“那个时候的事情，你还记得吧？”孙伯绍紧紧地抱着琉璃，“我几乎每个星期都会去易竹轩两三次，劝你说服你母亲重新担任巫女。你每次都拒绝了我，可是，我当时无法读懂你忧伤的眼神，不了解你真正的痛苦。所以，我很渴望了解你，想懂得你的心。”

“你是在那之后不久，就接管了落英阁吧？”

“是的，因为宫里闹鬼的传言多了起来，也开始出现了受害者，所以，身为刑部尚书的我参与这个计划。而且我父亲是开国功臣，所以皇上对我还是比较信任的。可是，那些事情颠覆了我的常识，我无法想象……”

他重重叹了一口气，继续说道：“后来，我隔了一个月才去找你。在我……杀死了第一个紫眼婴儿之后。我开始理解巫女的心情了。可是，我还是去找你了。只是因为……只有在你面前，我才能找回真实的自己。”

“是这样啊。”琉璃一直看着埋入了她的影子碎片的泥土，说道：“你那时很痛苦吧？你和太子是好朋友，却又在背后屠杀他的兄弟。每时每刻，你的灵魂都无法安宁吧。你还是对我抱有期待，你想结束这一切。”

“我只是想找到一条正确的路，一条可以让战乱平息的和平之路。可是，那只是我的一厢情愿……我当时救了太子，却等于杀害了千千万万的人。我亲手缔造了这个局面。我明明那么希望天下可以安定太平，那么希望贯彻自己的理想。可是，唯独在太子面前，我无法再当一个刽子手，在你面前也是一样。”

如果当初他杀死了太子，他就是拯救了世界，但同时也是出卖了好友的叛徒。

“我从来没有在你面前杀死过任何人。即使在你担任巫女后的那两年里，我一次也没有在你面前杀害那些婴儿。那两年，是我人生中最幸福，但也是最痛苦的两年。只是因为和你在一起，我才可以撑下去。因为你和我背负着同样的孤独，同样的痛苦，以及同样的罪恶……”

他低下头，深深凝视着琉璃的脸，说道：“太子……他也爱着你。他是为了见到你，才那么多次到尚书府来的。这一点，我看得出来。那一次狩猎，他知道你会随行，就非常高兴。”

琉璃沉默了。前世的她，也隐约察觉到了这一点。她苦笑道：“这一切都不重要了。”

孙伯绍看着晴朗明亮的天空，喃喃道：“是啊，都不重要了。无论对错，接下来的，就是我们必须去做的事情。千年以前，我们就该做的事情。”

琉璃把脸凑近了孙伯绍。二人深深地对视着。

“今生还能再见到你，真是太好了，少卿。”琉璃的眼中噙满泪水。

“我也是一样。”

他们被命运作弄，深陷这样的恐怖境地，但是，却在前世的羁绊下，始终牵系着缘分。

到了下午一点，泥土里终于有了动静！

一根大约有易拉罐那么粗的黑色长茎，从地下冒了出来。

“还在继续长……”孙伯绍面露喜色。这就是他们活下去的希望！

与此同时，孙正延正胆战心惊地躲藏在一块岩石后面，不时紧张地环顾四周。

在他的脑海里，看到那个鬼正在岛上各处搜寻自己。手上拿着的血眼卷轴已经烫得难以忍受了，孙正延还是不敢松手。卷轴已经把他的掌心烫得起泡了。

“别……别找到我……”

孙正延在内心不断祈祷着，这时，他忽然手上感到一阵剧烈的灼热。他低下头一看，几乎要惊叫起来。

血眼卷轴居然自己燃烧了起来！

孙正延连忙扑灭火焰，可是火舌一下就把血眼卷轴舔光了，连一丁点儿灰烬也没有留下。

血眼卷轴的咒力，终于崩溃了吗？方凯的死，也是因为卷轴烧毁了吗？

得去找孙伯绍求助！孙正延回忆着孙伯绍和琉璃逃走的方向，心惊胆战地向前走去……

下午三点。孙正延终于找到了孙伯绍和琉璃，黎鸿命也已经早一步找到了他们。

四个人都发现了一件非常匪夷所思的事情。

这个岛……似乎变得比原来大得多了！

原本步行绕着岛走一圈，也不用一个小时。可现在，孙正延用了两个多小时，才走到岛的边缘。只是因为这个岛上到处都是岩石，几乎找不到参照物，才没有立刻察觉。

“可是，”孙正延不解地问，“为什么要把这个岛变大？这样我们不是更容易躲藏吗？”

“这还不简单吗？”孙伯绍盯着长得越来越大的植物黑茎，说道：“董事长，七个恶鬼已经全部被找到了，可是，过了好几个月，我们身上的诅咒才开始一一应验。在此之前，我们只是不断看到幻象，这是为了在精神上折磨我们。太子不会立刻杀死我们的，他故意扩大这个岛，就是让我们不会那么快被找到，他要让我们的精神在这种折磨中崩溃，最后再把我们推入地狱的深渊。”

这时，一声凄厉的惨叫突然从黑茎上发了出来！

一个大肉团，从茎的表面蠕动出来，接着是第二个、第三个……看起来确实很恶心。紧接着，那些肉团开始形成了一张张狰狞可怖的人脸。

“终于培育成功了。”琉璃看着不断长出人头的植物，说道：“伯绍，看到那个女人的头颅了吗？把它割下来，我要用那颗人头来制作亚空间药水。”

鬼水岛再度被黑暗笼罩了。

孙伯绍四人围坐在岛的边缘地带，等候着太子的到来。要杀死他们，太子绝对会亲自动手的。

他们的中间是那株人面植物，肉球不断从茎部蠕动生长出来，变化为新的面孔。它们不断发出凄厉恐怖的惨叫，那种声音就可以让人发疯。

有这个声音，别说鬼，就是人，也该被引诱过来了。

孙伯绍神色紧张地看着人面植物。胜败就在今晚了。

“伯绍，”黎鸿命说道，“你完全恢复前世的记忆了，对吧？那么，对于前世的所作所为，你怀有罪恶感吗？”

孙伯绍看着那株植物，摇了摇头。

“我不能后悔自己做的事情。这对那些被我杀掉的婴儿，或者这个世界的每一个人，都是不公平的。”

晚上十一点。太子还是没有现身。

大家虽然饥肠辘辘，甚至不时有倦意，可是没有人敢放松警惕。

这时，在凶冥空间，那个厉鬼的房间里，太子依旧凝视着阿静，一动也不动。润丽依旧在昏迷中，润暗也还是被钉在墙上。

阿静也沉默地看着太子。

他是黄妃娘娘的孙子，是自己犯下的罪孽的直接受害者。千年以来，他一直活在这个凶冥空间里，却比那些死去的鬼魂更不自由。他只是一个活死人。

他有多恨自己呢？恨到要让自己坠入地狱，承受永恒的痛苦，灵魂永远被折磨吧？太子不会让她安息的，绝对不会。

“还不来吗？”孙伯绍又看了看表，已经快到午夜零点了。

时间拖得越长，每个人的神经就绷得越紧。太子是故意这样折磨他们吗？

“不对……”琉璃忽然感到很不安。

太子真的没有来吗？她感觉也许没有这么简单。

环顾四周，看起来非常宁静。可是……太子……他一定已经来了！只是，此时他在哪里？

润暗背对着太子。他无法看清楚太子的面孔，却时刻能感受到太子带给他的恐惧感。他一句话也说不出来，就像有什么东西哽在喉咙里一样。

这时，他无意中向润丽倒下的地方看去。他突然看见了，最令他恐惧的东西。

润丽倒下的地方，离墙壁很近。房间里虽然很暗，可润暗还是依稀看清了。

在墙壁上面……有一道清晰的爪痕！

回忆开始浮现，父母日记里提到的恐怖爪痕……

“那道爪痕，要进入我们的房间！”

父母死去时的景象再度在润暗的脑海中闪现，这时，记忆深处猛然蹦出一个极为恐怖的念头。

为什么……这么多年来，他一直没有注意到？

他早就应该发现的……当年，父母的尸体都是身体被爪痕割为三段！可是，为什么会是三段？

润暗把三道爪痕和三段身体混淆了，居然一直没有发现那个不自然的地方。

如果真的是三道爪痕的话，父母的身体应该是被切为四段才对啊！

现在，墙壁上又出现了一道爪痕，难道是说……

当年实施杀害父母的诅咒的，只有两道爪痕吗？当时他和润丽因为不在家才侥幸躲过一劫，第三道爪痕，原本是要杀死他们兄妹的！

终于，直到今天，这个迟到了八年的诅咒才要应验吗？

太子已经来了。琉璃此刻非常确定这一点。

但是，太子果然藏在什么地方呢?

她紧咬着嘴唇，开始思索如何找出太子。紧张的汗水，不断从她的额头滴落。

“太子……太子就在这里!”

黎鸿命忽然惊恐地叫了起来。

他的表情异常惊骇，其他三个人如同惊弓之鸟，警惕地站起来环顾四周，可是，哪里有太子的影子?

孙正延走到黎鸿命面前，问道:“黎警官，太子在哪里?”

“就在……这里啊!”

黎鸿命说完，就把自己的头拿了下来!

阿静忽然发现了一件事情!

刚才，由于太子身边环绕着太多鬼魂，加上房间里太暗，她没有发现……太子的袖子是空荡荡地垂在身体旁边的!而他的脚部，因为被长长的衣摆遮挡，所以看不真切。

难道……阿静的猜想很快得到了验证。

太子的头颅突然漂浮起来，那身衣服掉落在地上。

一直在阿静面前的，仅仅是太子的头颅!

紧接着，那颗头颅消失了。它离开了凶冥空间，出现在鬼水岛，在黎鸿命的手上!

孙正延还来不及反应，冥裂鬼刃已经刺穿了他的胸膛，并被高高地举起，狠狠地扔到孙伯绍的脚下!

没有了头的黎鸿命，左手拿着太子的头，右手拿着冥裂鬼刃!

不，他不是黎鸿命。黎鸿命和孙正延分开后，就立刻被太子杀掉了。太子割下了他的头，然后自己的头返回凶冥空间继续寻找润暗和阿静，他的身体则把黎鸿命的头装在脖子上，穿着黎鸿命的衣服，来到孙伯绍他们面前!

“快传送啊! 伯绍!”

听到琉璃的一声大喊，孙伯绍才如梦初醒，立刻在地面上抹上最后一点儿亚空间药水!

“下地狱去吧!”

孙伯绍把亚空间药水抹完后，四周立刻出现一道道黑光，地面变成了一个巨大漏斗，下面是深不见底的黑暗。

那株人面植物漂浮在这个巨大的漏斗之上，无数的人头疯狂咆哮着。孙伯绍扶着孙正延和琉璃迅速逃离。

太子挥起冥裂鬼刃，可是，忽然周围漂浮的鬼魂都被吸入了黑暗漏斗之中，鬼刃很快消失了。

太子疯狂地怒吼，拼命地挣扎，但是，他如何敌得过异空间的巨大吸力?

孙伯绍和琉璃在远处看到这个情景，都在内心祈祷着：老天啊，求求你，给我们最后的希望吧!

太子还在垂死挣扎，可是他的身体已经不可抗拒地向漏斗倾斜，周围的泥土石块也被吸入了漏斗中。吸力越来越大，即使孙伯绍和琉璃离得很远，要不是他们紧紧抓住一块巨岩，也要被吸进去了!

“啊……你给我……进去吧! 别再出现在我们面前了!”

孙伯绍吼出这句话时，他又去看表，现在是23：59分!

他看着身旁奄奄一息的孙正延，他的胸口已经被鲜血染红了。

“董事长，请坚持一下!” 只要这个漏斗消失，孙伯绍就能给孙正延治愈伤口了。如果孙正延活过了午夜零点，也就打破了死报灵的预言，那样，太子就会消失了!

“啊啊啊啊啊啊啊啊啊啊啊啊啊啊啊啊啊啊啊啊啊啊啊啊——”

太子的尖厉咆哮响彻鬼水岛，他最终无法抵抗巨大的吸力，身体彻底没入了黑暗之中。

黑色漏斗消失了，地面恢复了原样。

第 16 章
〔死报灵诞生〕

午夜零点到了。

阿静摔到了地板上，她抬头一看，天花板上的黑影消失了。润暗也发现，墙壁上的那道爪痕不见了。

“成功了吗？我们活下来了吗？”润暗简直有些不敢相信。

治疗药水马上治愈了孙正延胸口的伤，孙伯绍也把那株人面植物毁掉了。

太子绝对没办法再回到这个世界来了。

“成功了……”

此时，孙伯绍并没有狂喜，却感到深深的惆怅。太子最后的悲叫依旧萦绕在他的耳际。

千年以前，他动了恻隐之心，救了太子。千年之后，他却还是当了杀害太子的刽子手。

“太好了……”琉璃流出激动的泪水，“我们成功地封印了死报灵。伯绍，我们成功了！成功了啊！”

“是啊。”孙伯绍甩了甩头，他不想再去思考那些无法挽回的事了。活着比什么都重要。

润暗手脚上的黑色钉子都不见了，伤口自然被阿静的治疗药水很快治愈了。

“琉璃他们成功了吗？”润暗还是不太敢相信。

“有这个可能，但也不是百分之百确定。总之，我们先回人间吧。”阿静扶起还昏迷着的润丽，说道：“我留了一部分腐朽粉在你最初醒来的那个房间，在那里，空间裂痕还没有完全修复，可以从那里回去。动作要快一些，如果太子真的被封印了，那么，凶冥空间很快就会和人间彻底断开联结，就像以前的楼梯诅咒一样。”

“嗯，我来背润丽吧，你放心，我的手已经完全好了。”

“好，我来看看腐朽粉指路的方向。”

润暗背起润丽，和阿静迅速离开了这个厉鬼的房间，依靠腐朽粉的指引，穿过一个个房间。

此时他们还是很紧张，万一诅咒真的已经解除了，而他们赶不及离开凶冥空间的话……

润暗连想都不敢想。

鬼水岛上，孙伯绍三人正在走回别墅。

“我还是有些担心啊。”孙伯绍一边走，一边很紧张地问琉璃：“太子他……会不会再回来？如果他用冥裂鬼刃……”

“不可能的。”琉璃嫣然一笑，“你不是也看见了，冥裂鬼刃已经消失了吗？他和凶冥空间断开联结后，就没有办法再使用鬼眼能力了。你放心，他绝对回不来了。再说，阿静的信里不是说了吗？孙董事长的死亡日期是在昨天，你看，他现在不是活得好好的吗？这就证明，诅咒已经被打破了。所以，太子现在一定烟消云散了。因为根据凶冥空间的规则，死报的判决如果没有执行成功，死报灵就会自动消失。我们只要回别墅去睡一觉，明天离开鬼水岛就行了。”

孙伯绍忽然停住了脚步。

“怎么了？”琉璃不解地问。

“这里……”孙伯绍看着脚下的土坡，“我们刚来时，好像就是在这里发现了那三具骸骨。”

琉璃仔细看看四周，的确是这里，她对伯绍说：“别管了，反正一切都结束了。”

孙伯绍走到土坡顶上，向下看去，琉璃连忙上去拉住他，说：“别看了，伯……”

就在这时，他们突然被人从身后猛地一推，顿时失去平衡，摔了下去！

他们摔到土坡下，错愕地抬起头，只见孙正延站在土坡顶上，冷笑地注视着他们。

润暗走进一个房间时，发现了一个东西。

“那是什么？”

黑暗中，地板上有一件东西。阿静走上去仔细一看，那是一个制作精巧的洋娃娃。

“这个洋娃娃……我好像在哪里见到过。”

她开始在记忆中搜索……一定见过……是在哪里呢？

“啊！”回忆起来后，阿静迅速地远离了那个洋娃娃！

这是……小夏的妹妹小雅一直抱在手里的洋娃娃！

阿静忽然想到了什么，连忙说道：“润暗，快叫醒润丽！快！”

润暗一时没反应过来，疑惑地问：“为什么？而且我们不能在这里久留啊。”

“快弄醒她！”

润暗见阿静如此惶恐，明白一定出了大事，就不再多问，连忙把润丽放下，急促地呼唤她，可她还是没有醒。

阿静拿出了催眠药水，对润暗说：“给她喝下去！快！”

润暗连忙照做，把药水灌进润丽的嘴里。很快，她的眼睛睁开了，只是眼神很呆滞。

阿静指着洋娃娃，问道：“润丽，那天，你看到小夏被拉到镜子里，他的手不是指着他妹妹吗？那个时候，他妹妹手里是不是拿着这个洋娃娃？”

润丽张开了嘴，阿静的心提到了嗓子眼。

“是的。”

阿静顿时跌坐在地板上。她之前和琉璃进行心灵通话时，琉璃告诉了她，润丽看见小夏被拉进镜子前，指着他妹妹所说的话。之前阿静没有想明白，现在才了解了。

忽然，这个房间的门都关上了！

“嘻嘻嘻嘻嘻嘻嘻嘻嘻嘻嘻嘻嘻嘻嘻嘻嘻嘻嘻嘻——”一个令人毛骨悚然的笑声响了起来，是从洋娃娃身上发出的！

此时，在小雅家里。

“妈妈，你看到我的洋娃娃了吗？我找不到它了……”

洋娃娃站立了起来，它那精致漂亮的面孔，忽然布满了红色斑点，左眼球凸出来，接着，它的身体开始变大、扭曲……

太子找到七个恶鬼之后，就一直用鬼眼监视他们。而且，他用裂灵鬼眼分割了自己的灵魂，把自己的大部分灵魂附在小雅的洋娃娃上面。

被孙伯绍他们送入异度空间的，只是他分裂出来的一小部分灵魂而已，即使失去了，也没有太大影响。

孙伯绍和琉璃惊恐万分地看着土坡上的孙正延，他的表情变得很阴沉，很陌生。

“董事长……”

“少卿，你这个反贼！”孙正延恶狠狠地盯着他，怒吼道：“你居然欺君罔上，违抗圣旨！当年，你救了太子，对不对？”

孙伯绍辩解道：“您当初不是亲手射死了太子吗？他的脑部中箭，怎么还可能活着……”

“太子在自己寝宫里，已经被冥府使者入侵了一部分，所以，就算他头部中箭，能够一时不死，甚至保持意识，也不奇怪。朕当时居然没有察觉。你这个逆贼，就等着被凶冥空间诅咒而死吧！”

“凶冥空间？可是，太子不是已经……”

孙正延表情狰狞地看着孙伯绍，咬牙切齿道：“是你……朕是因为你，才会死的！”

这时，孙伯绍忽然发现，孙正延的胸口被血染红了。可是，刚才他不是已经把伤治好了吗？

“难道说……”琉璃明白过来了。孙正延在被冥裂鬼刃刺入胸膛的一瞬间，就已经死了。现在站在他们面前的孙正延……是一个鬼！

孙正延的身体忽然栽倒下来，跌在土坡下面。琉璃壮着胆子走上前去，抬起他的胳膊，一摸脉搏，她的猜想果然没错。

太子……还活着！

这时，她忽然发现，身边还有两具尸体。一具是头部被黑钉贯穿的方凯，另一具是赤身裸体的无头尸，不用说，这肯定是黎鸿命。

“快逃！”孙伯绍拉起琉璃的手，立刻向海岸的方向逃去！

琉璃忽然想起了什么，连忙回头看去，只见那三具尸体的位置很眼熟……

她想起来了！这三具尸体的位置，和刚上岛时看到的那三具骸骨的位置一模一样！

那么，之前他们看到的三具骸骨，其实就是……他们三个未来的尸体！

琉璃感觉双腿发软，可是，逃不掉的话，只有死路一条！

她还能再试着制作亚空间药水吗？太子可能会给他们这个时间吗？从头到尾……他们始终被太子玩弄于股掌之间！

这时，二人的脑海里又出现了新的幻象，准确地说，是鬼魂眼里看到的景象。

他们看到的是……正在飞奔的自己的后背！

逃不掉了。

今天，是润暗，润丽和阿静的死亡日期。他们没有任何希望了。

太子正缓缓地向他们走来。

此时，他已经从洋娃娃变成了骇人的死报灵。他要来宣布润暗他们的死亡。

这时，润暗看到，太子头顶上方的天花板上，又出现了……那道阴魂不散的爪痕！

阿静感觉到了前所未有的恐惧，她战栗地看着一步步向自己逼近的死神。而自己是这个死神最憎恨的恶鬼。死亡是她唯一的结局了。

那双深邃的紫色眼睛，燃烧着千年的恨意。

“住手！”

太子距离阿静不到一米了。

“你给我住手啊——”

润暗咆哮着，他正准备冲上去，却看见那道爪痕已经移到了地板上，距离润丽的脖子只有几厘米！

该怎么办？一边是阿静，一边是润丽。

太子伸出了手。

那双腐烂的手，那双不知道葬送了多少生命的、死神的手，正在向阿静逼近。

而那道爪痕，眼看着就要碰到躺在地板上的润丽的脖子了！

润暗的脑子里浮现起昔日和阿静、润丽在一起的回忆。他们一起努力，一起对抗诅咒，一起想方设法拯救被诅咒者，面对了多少鬼魂和怨灵，都没有屈服过。

可是，这一切走到终点了。

不……不甘心，他不甘心！

如果有办法可以拯救她们，即使是和恶魔做交易，润暗也愿意奉上自己的灵魂！

真的不可能有这样的奇迹了吗？

这时，润暗脑海里忽然跳出了润丽对他说的话。

血眼卷轴上记载的那句话。唯一可以终结太子的诅咒的方法。

他没有别的选择了。

润暗昂起了头。他笑了。其实，只要这样做就可以了。

“凶冥空间!”

润暗对着天花板，用自己最大的声音吼出了这句话。

“由我……来成为死报灵!”

在他说出这句话的一瞬间，太子的手在半空中停住了。

“血眼卷轴上面说过，‘然唯有死报灵之更替，可令原死报判决无效，并启动新的诅咒。’也就是说，如果我代替太子成为死报灵的话，就可以让阿静、润丽的死报判决无效，对吧？不，不光是她们，而是在太子担任死报灵期间，死报判决的所有人，只要还活着的，今后都不会再被诅咒了。”

太子一动不动，如同成了塑像。靠近润丽脖子的爪痕也停住了。

“凶冥空间，会和人类的欲望订下契约，然后选择一个内心有着强烈的恐惧自知的人类，成为不死的死报灵，然后根据凶冥空间的意志，对人类进行诅咒，对吧?”

润暗仰面大笑起来。

“你选错人了！你应该选的，不是他，而是我！一个养尊处优、从小生活在皇宫里的太子，哪里懂得人心真正恐惧的是什么？太可笑了！但是，我就不同了。我是一个恐怖小说家啊！这些年来，凡是看过我的小说的人，都深陷于心理恐惧之中。因为我呈现给他们的不是虚构故事，而是勾出了他们内心最深处真实存在的恐惧啊！不光是鬼魂，只要是能够让人绝望得无法挣脱的恐怖……”

润暗伸出双手，对眼前的太子说：“只有我才能做到！这个世界上也许有比我更加了解人类的恐惧心的人，但是，他们会心甘情愿地成为死报灵吗？只有和你订下契约，你才能够选出死报灵，不是吗？就像当年的黄妃那样……”

他向前跨出一步，更急切地伸出双手。

“我会比太子更优秀、更残忍、更恐怖！选择我吧！我会把人心中最阴暗、可怕的一面，在人间显化出来!”

房间里陷入死一般的寂静。

阿静感觉自己完全无法理解润暗的话。他刚才……说什么？他要……成为死报灵？

“润暗……”阿静刚要说话，眼前紧接着发生的一幕，让她把话咽了回去.

太子的手缩回去了，紧接着，他的身体开始变化了。

一只黑色袖子，从太子的胸口穿了出来！接着是另一只！

太子说不出话来。可是，他的眼睛变了。虽然他的目光还是那么可怕，但是，他的眼睛变得更像人类了。那是……恐惧的眼神!

那个黑色斗篷的头部从太子的脸上凸现出来。冥府使者从太子的身体里走出来了!

太子瘫倒在地，他眼睁睁地看着黑色斗篷漂浮离开了。

凶冥空间不再需要他了。

黑色斗篷挥了挥袖子。

太子张开嘴，却发不出声音。他的身体漂浮起来，背后一扇门打开了，他的身体迅速地朝那扇门飞过去！他通过那扇门之后，门立刻关闭了。

几秒钟后，门又重新开启了。太子消失了。

黑色斗篷漂移到润暗面前。

“你能……稍微等我一下吗？”润暗对黑色斗篷说，“就一会儿。让我和阿静最后说几句话，可以吗？以人类的身份。”

黑色斗篷没有回答。或许它也无法回答。

润暗就当成它是默认了，转向阿静。

“这是唯一的办法了，不是吗？阿静，你终于能够活下去了。”润暗微笑着说，“你放心，我不会死的。死报灵必须由活人来担任，只是我必须永远待在这个空间里。我能够永生不死呢，这不是很好吗?”

阿静默默不语地看着润暗。

“你不要劝我。”润暗看着躺在地板上的润丽，“你带着润丽离开吧。她醒过来后，你就告诉她，我已经死了。”

阿静没有动。

“你快走啊!”润暗提高了声音，“没有更好的办法了，不是吗?牺牲我一个，你们，还有伯绍和琉璃就都可以得救了。何况我也不是真的死了……”

“我也留下来。”

“你说什么?”润暗没明白阿静的意思。

“我会留下来，留在凶冥空间。”阿静不顾润暗的惊讶，坚定地说道:“你说得对，这是最好的办法了。但是，我不能离开你，独自活下去。没有你，即使还能够活着，我也不可能感到幸福。就让润丽活下去吧，伯绍一定会好好照顾她的。我和你留在这里，孙家的财产就全部由润丽来继承，她今后的生活也不会有任何困难。”

她深深地看着润暗，说道:“我，绝不会走的。我要留在这里，继续担任凶冥空间的守门人，为你守护往来人间的门户。我和你，永远都不会分离。我也会永生不死，一直陪伴你，直到……最后一个人类死去。”

“不……阿静，你不可以……”

阿静走到润丽面前，对她说:“你听着，拿好这些粉末，按粉末指示的方向，走到一个房间，从那里的空间裂缝回到人间去。”

被催眠药水控制着的润丽木然地站起身来，接过粉末，然后向打开的那扇门走去。

“阿静……”润暗还想劝说，可是阿静走到他面前，一下吻住了他的双唇。

这深深的一吻，包含了太多太多无法言诠的情感。

从今以后，他们将舍弃人类的身份，获得永生，永远存在于这个黑暗的凶冥空间……永远……

鬼水岛上。

“这是怎么回事?”

本以为自己必死无疑的孙伯绍和琉璃，发现自己居然还活着。

刚才，看到那个幻象后，二人同时晕了过去。当他们再度醒来时，发现自己还在鬼水岛上。

“我们……是死了吗?变成鬼魂了吗?就像刚才董事长那样?”孙伯绍实在无法相信，他看向琉璃，她也是一脸茫然。

“没理由的，我们怎么可能还活着……”她喃喃自语道，忽然听到身后传来什么东西碎裂的声音。

“啊——”

吓了一大跳的她回头一看，发现来人居然是……润丽!

只见润丽从一个空间裂缝里走出来，目光呆滞，走出来以后就呆呆地站在那里。

当阿静的唇不舍地离开润暗的唇时，深深凝视的二人都非常清楚，对方就是自己在这个世界上的永恒了。

润暗平静地看向黑色斗篷，说道:“可以了，你来吧!”

他话音刚落，黑色斗篷立刻化为黑色烟雾，向润暗的身体涌了过来!黑色烟雾把润暗的身体完全笼罩住了。

润暗的脸瞬间涌出无数黑色筋条，血色全然褪去，眼睛也在瞬间翻白。

一张令人胆战心惊的恐怖的脸孔，一身全黑的衣服。

新的死报灵诞生了。

时光荏苒，八年过去了。

“你听说了没有?”

“嗯，你是说那个学校的学生集体失踪了吧?”

“现在已经公布了全国二十个禁止进入的自然景区，都是发生了诡异事件的地方。”

孙伯绍从书报亭抽出一张报纸，上面刊登着公布禁入区域的新闻。

八年了……到底凶冥空间发生了什么变化？

这八年来，世界发生了可怕的剧变。

孙伯绍他们从鬼水岛回来后，仅仅过了几天，全世界范围内就发生了多起大规模灵异恐怖事件。最初，世界各国政府都出面辟谣，并且请许多科学家进行调查研究，试图解释那些灵异现象。

可是，那些事件发生得越来越频繁，诡异程度越来越疯狂。最极端的一个事件是，某个国家的一个城市，在处决了一名死刑犯之后，不到一个月，这个城市里的每一个人——无论是老人、小孩，男人还是女人——全部都变成了那个死刑犯的样子！然后，这些人疯狂地相互残杀。

灵异事件数不胜数，死亡和失踪人数不断攀升。而世界各国的谋杀案件直线下降，因为出于对鬼魂的恐惧，让人根本不敢去杀害他人。到了后来，更多国家考虑废除死刑，因为这样做能够防止怨灵增加，如果那些凶恶的罪犯死后变成恶鬼，就会比活着时杀害更多的人！

八年来，全世界每年都有大量人口因为灵异现象死亡和失踪。灵异现象也已经为人们接受和相信，成为了新的科学领域。一个研究灵异现象的国际组织专门收集和分析各国的情报资料，总结出种种规律。而灵异题材的任何文艺作品，在世界范围内全面被禁，以免引起民众更大的恐慌。人类面临着灭亡的危机。

孙伯绍一边看报纸，一边走向一家西餐厅。

今天，是从鬼水岛归来、劫后余生的纪念日。

孙伯绍知道润暗和阿静肯定已经死了，但是，他一直不明白，为什么自己和琉璃没有死？如果说自己是因为救了太子所以没有被诅咒，还说得过去，但是琉璃怎么可能活下来呢？而且，润丽也不应该还活着啊。阿静的信里，很明确地写了他们都受到了诅咒。八年来，这个问题让他百思不得其解。

上到西餐厅的二楼，琉璃已经在等着他了。她笑着站起身，忽然看到了孙伯绍手上的报纸，顿时怔住了。

“扔掉它吧。”琉璃说道，“不是说好了吗？我们好不容易获得新生，就别再去考虑诅咒的事情了。”

“可是，还不能百分之百地肯定诅咒消失了啊。”孙伯绍把报纸折好，坐了下来，说道：“算了，今天不提这个。润丽还没来吗？”

“是啊，她还没来。但是，我们约好了的，每年这个时候都要聚一次。她大概是在给她哥哥和阿静扫墓，所以晚了吧。我们等她一会儿。你今天工作怎么样？辛苦吗？”

“老样子，做这些工作那么多年了，辛苦不辛苦都没感觉了。”

琉璃似乎有些心事，她沉思良久，还是说了出来。

“现在润丽不在，正好，有件事情，我想告诉你。”

“哦，什么事情？”孙伯绍看她很郑重的样子，连忙问道。

“我……怀孕了。”

孙伯绍怔住了。

“我……我想把这个孩子生下来！”琉璃紧紧抓住伯绍的手，说道：“我们结婚那么多年了，看到那些有孩子的家庭，我羡慕得要死……我喜欢孩子，我自己是在孤儿院长大的，没有享受过父爱和母爱，所以，我真的很想把这种爱加倍地给予自己的孩子……求你，伯绍，让我把他生下来！”

“可是……”孙伯绍听到自己的声音在颤抖，“你考虑过后果吗？如果这个孩子生下来，受到了诅咒怎么办？如果他将来死去，我们会有多痛苦？我无法再承受这样的打击了。”

“伯绍，我……”

手机铃声打断了二人的谈话。孙伯绍拿出手机，是润丽打来的。

“喂，润丽。”

“伯绍，小姿在你那里吗？”

小姿是润丽的女儿，今年七岁，刚上小学。润丽从鬼水岛回来后，非常痛苦。为了解开诅咒的谜团，她和一个灵异学者结婚了，她的丈夫也加入了那个国际灵异组织。

“没在啊。怎么了?”

“我刚才去接她放学，打算把她带回家就过去和你们会合的，可是，她的班主任说，她早就回家了！她到底去哪里了？我……我真的很担心!”

“会不会是夜灵把她接走了呢?”

白夜灵就是润丽的丈夫，国内有名的灵异学者。

“我给夜灵打过电话了，他说他完全不知道，他现在正在赶回来。如果小姿和你们联系了，请马上通知我，我要出去找她了。”

润丽匆忙挂断电话，孙伯绍和琉璃都有些害怕。

“不……不会吧?”孙伯绍的手控制不住地微微发抖。

“不，应该不会的!”琉璃抚摸着腹部，内心很是彷徨不安。

一个月过去了。

白小姿真的人间蒸发了。

润丽发疯一般地找遍了所有她可能去的地方，所有她认识的人都联系过了，但是没有一点儿消息，至今也没有接到勒索电话。

这一天，润丽和她的丈夫白夜灵又在外面张贴寻人启事。

润丽请了半年的假。虽然八年前她继承了孙家的全部财产，可是她一分钱都没有动，全部捐献给了国际灵异组织，用来支持他们的研究工作，她也因此结识了丈夫。白夜灵年轻有为，对美丽温柔的润丽一见钟情，二人结婚多年，感情一直都很好。可是，现在他们坠入了痛苦的深渊。

润丽拿着寻人启事，看到附近有几个孩子正拿着一根竹竿玩耍，眼泪立刻掉了下来。

“没事的，润丽。”白夜灵安慰她道，“我们一定会找到小姿的，我托了很多人帮忙，现在都在找她，一定能找到的。”

"嗯，对，一定，一定找到的。"润丽抹了抹眼泪，又开始贴寻人启事。

孙伯绍和琉璃在马路的对面看着夫妻二人。

"琉璃，要不要生下这个孩子，"孙伯绍紧抓住琉璃的手，说道："由你来决定。无论你的决定是什么，我都会支持你。"

琉璃紧咬嘴唇，她的内心正在痛苦挣扎。

这时，两个女高中生走过二人身边。其中一个女生手上拿着手机。

"你看，就是这张照片。"她们停了脚步，其中一人指着手机屏幕说："我觉得这张照片拍得不好。"

"我也觉得我的这张不行，要不删了吧，看着不太舒服。"

"唉，上次出来我就后悔了，为什么要去那个蜡像馆。我放学的时候路过那里，感觉很新奇，才和你进去的。那里也真是奇怪，还限制参观的人数和时间。对了，那些蜡像的作者，名字也很奇怪。"

"对，叫什么来着的……啊，是叫陆晓冥。"

孙伯绍听到这句话，犹如晴天霹雳！他立刻上前问道："请问，你刚才说什么？"

"嗯？你是谁？"女高中生警惕地看着孙伯绍。

孙伯绍解释说："是这样的，你刚才说的那个陆晓冥，也许是我认识的人。你说的是什么蜡像馆？"

"哦，那个啊，是一家奇怪的蜡像馆，里面的蜡像稀奇古怪的，都是拿着各种武器的人。做得太逼真了，看着实在是……啊，对了，这里有照片，你要不要看看？"说着，她把手机递给孙伯绍。

孙伯绍接过手机一看，屏幕上的正是这个女高中生，她站在一个手拿长矛的男人前面。

"这个男人是谁？"孙伯绍问。

"这是蜡像啊！"

孙伯绍猛然醒悟，再仔细一看，那蜡像实在太逼真了！

这时，马路对面那群小孩把竹竿的头部削得很尖，挥舞着玩耍。

马路上开过来一辆大卡车。

“我要走了。不过，第二天我路过那条街时，就找不到那家蜡像馆了，真是很奇怪。”女高中生拿回手机，和她的同伴过马路去了。

蜡像馆消失了？孙伯绍感到身上有些发寒。

就在这时，马路对面的一个小孩忽然把竹竿猛地掷出去，发力很猛。那两个女高中生不看红绿灯就冲过马路。卡车开过来时，猛地撞到竹竿，把它弹飞起来，竹竿在天空中甩了几下，径直掉下来。一个女高中生听到动静正好抬起头……

那根竹竿一下刺入她的嘴巴，从后脑勺穿了出来！

孙伯绍、琉璃、润丽、白夜灵都看了过来。

那个女高中生就这样莫名其妙地死在马路上！

孙伯绍清楚地记得刚才看到的那张照片，那个女高中生站在拿着长矛的蜡像前……而这根削尖的竹竿，正像长矛一样！

“啊——”另一个女高中生吓得蹲在地上，抱头尖叫。

卡车司机连忙刹车并转弯，撞到了旁边的限速路牌。那个路牌被撞倒了。

而另外一个女高中生还低着头，满脸泪水地看着死去的朋友，丝毫没有觉察……路牌正向她砸下来。

路牌倒下时，它的边缘部分居然正好砸在这个女高中生的脖子上，一瞬间把她的头颅切了下来！

她的头滚到了目瞪口呆的润丽脚边！

孙伯绍立刻挡住了琉璃的眼睛，他不想让怀孕的妻子看到这样的场面受刺激。

被竹竿刺中的那个女高中生手上还抓着手机。

此时，手机屏幕上切换到了另外一张照片。

润丽慢慢地走上前去，蹲下身子，看向手机屏幕上的照片。她只看了一眼，就抱住头，尖厉地惨叫起来。

“不……不要！太子，你为什么……”

她猛然抬起了头。

路边有一个商店，商店的橱窗上映照出令润丽难以置信的影像。

一个面如狞鬼、穿着一袭黑衣的男人，正站在她的身后。

润丽立刻回过头去，可是，她的身后只有白夜灵和一大群围过来看热闹的人。

她又看向橱窗。

“怎么可能……”

虽然那张脸完全变形了，可是，润丽还是认出来了。

“哥哥……是你吗？”

她没有听到回答。

那个黑衣男人慢慢向后退去。而他的身后凭空出现了一张黑色的女人面孔。

那是一张美得不可方物的脸。接着，那个女人用一双黑色的手臂，缠绕在黑衣男人的手上。两个人的脸上都没有任何表情，仿佛漠视着世间的一切。

接着，那两个人变化成了一扇黑色的门。

“阿静？”润丽无法相信自己的眼睛。哥哥和阿静怎么可能……

手机屏幕上的照片，就是另一个被路牌砍头的女高中生的。她蹲着身子，做出一个胜利的手势，身旁是一尊高举着斧头的蜡像。

而那个砍掉她的头的路牌加上铁杆，看上去就像一把斧头！

而让润丽崩溃的是，照片上的女高中生之所以蹲下来，是因为……那尊举着斧头的蜡像……是一个只有七八岁的小女孩！小女孩的面容和润丽几乎一模一样……

润丽在橱窗里看到，那扇黑色的门化为一缕黑烟，在这个城市的上空慢慢消散了……

（全书完）